Ernst Heimes

Der Sommer, der alles veränderte

RHEIN
MOSEL
VERLAG

erweiterte Neuausgabe
(ursprünglich erschienen bei Brandes & Apsel Verlag)
RHEIN-MOSEL-VERLAG
Bundesbahnhof 1, 56859 Bullay / Mosel
Deutschland
Tel.: 06542 / 5151
E-Mail: rhein-mosel-verlag@t-online.de
www.rhein-mosel-verlag.de

ISBN 978-3-89801-485-4
Ausstattung: Stefanie Thur
Umschlagbild: Heinz M. Müller
Autorenfoto: Gudrun Linde-Heimes

Ernst Heimes

Der Sommer, der alles veränderte

Roman

Zurück nach Maillé

Rhein-Mosel-Verlag

Mais ou sont les neiges d'antan?
Wo ist der Schnee vom alten Jahr?
François Villon

Verwandlung ist nicht Lüge.
Rainer Maria Rilke

Inhalt

Rauchopfer

Wir waren wenig freundlich empfangen worden. Noch halbe Kinder waren wir und wurden *Stifte* genannt. Der neue Lebensabschnitt, von dem schon so oft die Rede gewesen war, begann bei lausigen Temperaturen auf einem verregneten Flugfeld. In Dreierreihen mussten wir uns aufstellen, sollten uns *formieren* und *ausrichten*. Ausrichten! Weil die Reihen der Kolonne, die wir bildeten, schnurgerade verlaufen und ebenmäßig aussehen sollten.

Eine Armlänge Abstand zum Vordermann, hieß es. Dreißig Zentimeter zum Nebenmann, mindestens, denn es sei ja wohl keiner schwul hier!

Ein nicht besonders zackig wirkender Hauptfeldwebel der Luftwaffe hatte uns mehrere Männer in grauen Kitteln als unsere künftigen Chefs vorgestellt. Auf ein Zeichen trat einer von diesen vor und brüllte unsere Namen in alphabetischer Reihenfolge. In dieser hatten wir uns aufzustellen: der erste im Alphabet vorne links, der letzte hinten rechts. Mit unseren Nachnamen, und nur mit diesen, würden wir auch die folgenden dreieinhalb Jahre unserer Lehrzeit angesprochen werden. Unsere Vornamen wurden ignoriert wie ein überflüssiges Anhängsel, und wenn es hieß, Kohns, herkommen, dann war das noch die zivilste Form der Anrede. Denn beim Aufrufen der Nachnamen auf dem Flugfeld wurde jedem eine Nummer zugewiesen: Kohns, Nummer neun!

Rief künftig einer der Graukittel: Nummer neun, wurde von mir erwartet, dass ich mich meldete.

Jetzt war gebrüllt worden: Ohne Tritt, Marsch! Einrücken in die Werft!

Ohne Tritt, was hatte das zu bedeuten? Ich hatte keine Ahnung von militärischer Sprache gehabt, um die es sich bei der Schreierei offenbar handelte. Umso mehr verunsicherten mich einige meiner Lehrlingskollegen, die, kaum dass der Befehl an unsere Ohren gedrungen war, den Kopf mit einem unnatürlichen Ruck in den Nacken warfen, das Rückgrat durchdrückten und sehr ernste, wichtige Gesichter aufsetzten. Ein bedeutender Moment schien gekommen zu sein, und ich hatte das dumme Gefühl, etwas nicht begriffen zu haben.

Unsere Kolonne setzte sich in Bewegung. Vor uns die weit aufgeschobenen Tore der Flugzeugwerft. In dem dämmrigen Innenraum standen, von draußen nur schemenhaft zu erkennen, sechs Jagdflugzeuge vom Typ F-104. Starfighter wurden diese Maschinen genannt und waren bekannt wegen ihrer massenhaften Abstürze. US-Piloten hatten dem Flieger den Namen *der schöne Tod* gegeben. Aber davon wussten wir damals nichts. Mit ihren kurzen Stummelflügeln, kaum Tragflächen zu nennen, glich eine F-104 mehr einer Rakete als einem Flugzeug, und wenn sie bei schönem Wetter mit ohrenbetäubendem Lärm von der Startbahn abhob und in der Sonne blitzte, waren wir fasziniert.

Bereits nach wenigen Schritten, die einige meiner Kollegen zu meiner Irritation in einer Art preußischem Stechschritt auszuführen versuchten, war unsere akkurat aufgestellte Lehrlingskolonne auch schon in Auflösung geraten und glich wieder einer ganz gewöhnlichen Gruppe von Heranwachsenden. Ich war erleichtert. Aber dann wurde *Sauhaufen* gebrüllt, und ich wusste noch nicht, dass dieser Begriff ein fester Bestandteil des künftigen sprachlichen Repertoires der Graukittel sein würde.

Der erste Tag meiner Flugzeugmechanikerlehre beim *Jagdbombergeschwader 33* auf dem Fliegerhorst Büchel ist mir noch bestens im Gedächtnis. Wie ich damals mit dem flauen Gefühl der Erwartung im Magen in aller Frühe mein Zuhause im Moselörtchen Kanaul verlassen und den Nahverkehrszug nach Cochem bestiegen hatte, um dort in den Bus zum Fliegerhorst umzusteigen. Wie neugierig ich war in meinem jugendlichen Alter auf alles Unbekannte, alles was mich erwartete. Gespannt auf die technische Ausbildung, die ich auf Drängen meines Vaters einer Malerlehre vorgezogen hatte. Doch erst einmal wurden *Stifte* aus uns gemacht. Wir wurden gedeckelt, ausgerichtet und in grobe Schranken gewiesen.

Gut drei Jahre nach dieser ersten Ernüchterung stand in wenigen Monaten die Abschlussprüfung bevor. Die Graukittel, die sich als unsere Ausbilder entpuppten, hatten im Laufe der Jahre, je mutiger, erwachsener, je gebildeter und reifer wir Stifte wurden, Einbußen an Autorität und Einfluss hinnehmen müssen. Nach und nach hatten sie ihre dubiosen pseudomilitärischen Übungen und gleichförmigen Gehversuche mit uns Stiften eingestellt. Ihren Hang zum Militärischen hatten sie aber nie aufgegeben. Das Brüllen zum Beispiel und ihr herrisches Benehmen, das auf uns immer weniger Eindruck machte und das wir, seltener werdend, letztlich nur noch belächelten. Schließlich waren sie allesamt Handwerker, gute und weniger gute, betraut mit der Aufgabe, uns zu brauchbaren Flugzeugmechanikern heranzubilden, beheimatet in den Eifeldörfern rund um den Fliegerhorst. Fast keiner von ihnen besaß einen Meisterbrief. Maschinenschlosser, Werkzeugmacher, Dreher, Metaller, Autoschlosser waren sie. Alles Leute, welche die Gunst der Stunde zu nutzen gewusst und sich, als die Lehrwerkstatt in den Sechzigern eröffnet wurde, beim Bund auf eine gesicherte Stellung beworben hatten. Bei festem Einkommen einen ruhigen Lenz schieben bis zur Rente.

Meine Sache war das Militärische nicht, das merkte ich bald. Ich hatte keine Lust Uniform zu tragen, geschweige denn auf Befehl zu marschieren oder Schlimmeres.

Die Fliegerei hingegen begeisterte mich. Das Militärische blendete ich aus, so gut es ging. Und trotz aller soldatischen Fisimatenten, mit denen man uns immer wieder bedrängte, erhielten wir eine fundierte praktische und theoretische Ausbildung.

Nach gut drei Jahren waren wir in der Lage, mechanische Flugzeugteile herzustellen und gegen defekte auszutauschen, Schäden an der Beplankung eines Flugzeuges zu reparieren, Strahltriebwerke zu überprüfen und in Gang zu halten. Ich hatte gelernt, Fahrwerke auszutauschen, Ruder und Klappen einzustellen, Sicherungen vorzunehmen, die ein Lösen der Schrauben durch Vibrationen während des Fluges verhinderten. Ich beherrschte die Prinzipien der Hydraulik, der Mechanik, der Elektronik. Die Gesetze der

Aerodynamik faszinierten mich, und ich wusste sie auf die Praxis zu beziehen. Ich kannte mich aus mit den Instrumenten im Cockpit unterschiedlicher Militärflugzeuge, und manchmal durften meine Kollegen und ich nacheinander den Flugsimulator besteigen, das vorgebliche Flugzeug in die Höhe schießen lassen, um es nach einigen Runden am Himmel wieder sicher auf der virtuellen Rollbahn zu landen. Was heute in jedem Kinderzimmer mit Computer und Joystick vorgegaukelt werden kann, war damals eine atemberaubende Erfahrung, die wir immer wieder suchten.

Technische Zusammenhänge verstand ich leicht. Physik lag mir mehr als Chemie. Wir wurden in technischem Englisch unterrichtet, und meine größte Begabung zeigte sich bei der Anfertigung technischer Zeichnungen.

Die Arbeitszeit ging von Montagmorgen bis Freitagmittag. Mittwoch war Berufsschultag. Freitagnachmittag wurde früher als an anderen Tagen Feierabend gemacht, und da nach der Mittagspause so kurz vor dem Wochenende niemand mehr Lust auf Arbeit hatte, weder Ausbilder noch Stifte, wurden die verbleibenden Stunden für einen Vorgang genutzt, der sich *Belehrung* nannte. Als es nichts mehr zu belehren gab, was sich schnell zeigte, wurde die Zeit mit Zigarettenrauchen verbracht und viel dummes Zeug dabei gequatscht. Lieblingsthemen waren die Mädchen und wie man es anstellen würde, sie am Samstagabend nach der Disco rumzukriegen. Ab und zu trieb ein Graukittel, um das Niveau der letzten Arbeitsstunden vor dem Wochenende nicht komplett in den Keller sinken zu lassen, einen Film auf, den wir uns ansahen. Darin ging es um technische Neuerungen im Flugzeugbau oder um die Erweiterung oder Neugestaltung von Flughäfen. Manchmal waren es reine Werbefilme, welche die großen Unternehmen der Flugzeugindustrie produziert und zur Verfügung gestellt hatten.

Jetzt aber, kurz vor der Abschlussprüfung, waren wir an einen Streifen mit dem Titel *Im Einsatz* geraten, der Teufel weiß wie. Der Film war anders als alles, was wir bisher zu sehen bekommen hatten. Er war aus der Flugperspektive aufgenommen worden und bot schwindelerregende Ausblicke auf üppige Wälder, auf Höhenzüge und Niederungen, auf fließende und stehende Gewässer, Reisfelder vielleicht.

Im Sinkflug rücken kleine, schlichte Hüttendörfer ins Blickfeld. Menschen sind in den Gassen und auf den Plätzen einer Siedlung zu erkennen. Frauen beginnen plötzlich zu laufen, greifen nach ihren Kindern und zerren sie hinter sich her. Auch Bauern, die eben noch seelenruhig mit ihrem Vieh hantierten, auf Traktoren oder hinter Ackergeräten auf ihren Feldern unweit der Dörfer unterwegs waren, rennen mit einem Mal los, stürzen sich in Gräben oder suchen Schutz hinter vereinzelt stehenden Bäumen, als plötzlich die Maschine, in der die Kamera läuft, in einen Sturzflug übergeht. Das Öffnen der Klappen im Rumpf des Fliegers, das Ausklinken der Kanister ist deutlich zu hören. Ein heftiger Ruck! Dann das Fauchen des plötzlich auftretenden Luftstromes! Kurz danach wird die Maschine hochgezogen, Nase steil in den Himmel. Die Bilder auf der Leinwand überschlagen sich für kurze Zeit. Im Abdrehen richtet sich die Kamera auf eine sich rasend schnell ausbreitende Rauchwolke am Boden, aus der Sekunden später eine Feuerwalze hochschießt. Die Kamera kann das plötzliche, gleißende Licht nicht sofort verarbeiten, und nur allmählich werden die übersteuerten Bilder klarer und schärfer, bringen hervor, was geschehen ist.

Der Abspann des Films klingt wie eine ergänzende Fachkunde für angehende Flugzeugmechaniker. Wir werden von einer Stimme, wie der eines Nachrichtensprechers, darüber informiert, dass die US-Streitkräfte in dem vor Kurzem beendeten Vietnamkrieg 400.000 Tonnen Napalm auf das Land hatten herabregnen lassen, dass die Einsätze meist durch Jagdbomber im Tiefflug gegen Flächenziele erfolgt und erst gegen Ende des Krieges die Napalmkanister zunehmend durch Streubomben mit Splitterwirkung ersetzt worden seien.

An dieser Stelle bricht die Vorführung ab. Irgendein Gedudel, das im Hintergrund des Films lief, stagniert abrupt. Geflimmer auf der Leinwand. Die Spule des Filmvorführgerätes, das in der Mitte des abgedunkelten Raumes auf einem hohen Hocker steht, beschleunigt ratternd ihre Umdrehungen. Das Ende des Filmstreifens wirbelt umher. Jemand knipst das Licht an.

Der Filmvorführer, ein Graukittel, schaltet den Apparat aus. Langsam kommt die Spule mit dem kreisenden Ende des Filmstreifens zur Ruhe. Der Graukittel nimmt die Brille ab, reibt sich die Augen. Er greift in seine Brusttasche nach der Zigarettenpackung. Wir Stifte recken und räkeln uns auf den Stühlen, suchen in den Taschen unserer Overalls nach Tabak oder Kippen.

»Bringen wir dem Herrn noch ein Rauchopfer dar«, versucht der Graukittel zu scherzen, »dann ist Abmarsch ins Wochenende.« Er hebt die Hand. Zwischen Zeige- und Mittelfinger steckt eine Zigarette. Fragend blickt er in die Runde: »Wer in diesem Sauhaufen hat denn mal Feuer für mich?«

Mit Frau Häbel unter einem Dach

Meine Mutter ließ mich nicht gern aus dem Haus gehen. Mich aber drängte es hinaus. Wenn es auch nicht die weite Welt war, in die ich zog. Die Strecke entlang der Mosel von Kanaul bis Cochem beträgt nur knapp 30 Kilometer. Zum offiziellen Grund meines Auszugs aus dem elterlichen Haus erklärte ich die umständliche Anfahrt zu meiner Ausbildungsstätte. Schließlich musste ich von Cochem bis zum Haupttor des Jagdbombergeschwaders noch einmal fünfzehn Kilometer mit dem Bus über kurvenreiche Straßen zurücklegen. So zog ich zum Beginn des dritten Lehrjahres in eine Cochemer Mansardenwohnung ein. Das Haus war jahrhundertealt, stand in einer engen Gasse und hatte ab dem ersten Stockwerk nur noch dünne Fachwerkwände. Das Parterre darunter war aus massivem Bruchsteinmauerwerk gefertigt, welches auf einem wuchtigen Kellergewölbe ruhte. In den Keller geriet man über eine steile Außentreppe.

Meine Vermieterin hieß Frau Häbel. Sie bewohnte das gesamte Haus, soweit sie es nicht vermietet hatte. Was nicht viel war, denn auf jeder der drei Etagen befanden sich nur ein oder zwei kleine Zimmer. Das gemeinsame Klo war in der zweiten Etage eingebaut und direkt vom Treppenhaus erreichbar, wodurch die Zimmer auf dieser Ebene noch etwas kleiner ausfielen. Verbunden wurde alles von einer nach Bohnerwachs duftenden, ausgetretenen Holztreppe. Obwohl auch meine Mansarde nur diesen bescheidenen Grundriss hatte, erschienen mir meine beiden Zimmer wie purer Luxus. In dem größeren, das man vom Treppenhaus kommend zuerst betrat, wohnte ich. Im dahinter liegenden aber hatte ich mein erstes eigenes Maleratelier eingerichtet. Hier gab es fast nichts für meinen persönlichen Gebrauch, aber fast alles, was ich zum Malen und Zeichnen benötigte.

Frau Häbel war schwerhörig, was unser Zusammenleben unter einem Dach leicht machte. Anders hätte sie es womöglich nicht ertragen, dass sich meine Mansarde schon wenige Wochen nach meinem Einzug zu einem Treffpunkt für Freunde und Bekannte entwickelt hatte. Sie spüre nur manchmal die Vibration in den Wänden und auf dem Fußboden, sagte sie, und das täte ihr sogar gut, denn dann wisse sie, dass sie nicht allein sei im Haus.

Ich verstand mich von Anfang an gut mit ihr. Als wir den Mietvertrag abgeschlossen hatten, der eigentlich gar keiner war, denn auf den Schreibkram, sagte sie, könne sie verzichten, ein Wort sei schließlich immer noch ein Wort, schenkte sie uns einen *Uerdinger* Schnaps ein. Sie hob ihr Glas, sagte: »Auf gute Zusammenarbeit!« Trotz der Schwerhörigkeit meiner Vermieterin bat ich meine Besucher möglichst leise das Treppenhaus zu betreten, woran sich nicht immer alle hielten. Aber gut, es kam nie zu Beschwerden, und das einträchtige Verhältnis zu Frau Häbel blieb ungetrübt. Ja, es verbesserte sich sogar noch. Als sie erfuhr, dass ich malte und einen der beiden Räume ausschließlich zum Malen nutzte, sagte sie fast empört: »Aber dann brauchen Sie doch viel mehr Licht!« Das stimmte, doch den Umstand des nur spärlichen Lichteinfalls hätte ich nie an sie herangetragen. Viel zu zufrieden war ich in meinen Fachwerkwänden unter dem nicht besonders gut isolierten Schieferdach mit seiner schmalen Dachluke. Meine Staffelei stellte ich einfach in das je nach Tageszeit einfallende Licht.

Der Vorschlag, aus den Fachwerkfeldern der hinteren Giebelwand die Steine zu entfernen und durch Glas zu ersetzen, kam von ihr. Ebenso das Angebot, dass sie die Materialkosten übernähme, sofern ich und meine Freunde, denen sie mittlerweile schon häufig begegnet war und die ihr deshalb keine Unbekannten mehr waren, den Umbau eigenhändig bewerkstelligten.

»Ihr jungen Leute könnt so was doch!« Außerdem sei sie selbst ja auch nicht auf den Kopf gefallen und werde die Pläne für den Umbau ausarbeiten. Es dauerte keine vier Wochen, und aus meiner hinteren Dachkammer war ein von Licht durchfluteter Raum geworden. Meine Freunde Eddi und Hotte hatten mit Hand angelegt und in Eimern die aus den Fächern entfernten Steine und den Mörtel durch das Treppenhaus hinuntergeschleppt. Linda zeigte sich äußerst geschickt beim Einsetzen der von Frau Häbel beim Glaser bestellten Scheiben. Frau Häbel hatte sie selbst ausgemessen, Viertelstäbe und Kitt besorgt und dann das weitere Vorgehen mit Linda besprochen, als handele es sich um reine Frauensache.

Das Richtfest wurde mit *Uerdinger* gefeiert, den Frau Häbel aus ihrem Kühlschrank holte und hinauf in die Mansarde brachte. Ich besaß keine Schnapsgläser, und wir tranken den *Uerdinger* Doppelwacholder aus Wassergläsern. Während Eddi und Hotte nach dem ersten mannhaft herunter gekippten Glas das Gesicht verzogen, dass es mir gegenüber Frau Häbel schon fast peinlich war, schlürfte Linda die Flüssigkeit genießerisch und nahm sie tropfenweise mit der Zunge auf.

Es war wohl das einzige Mal, dass Frau Häbel mit uns zusammen in meiner Mansarde gesessen hat, und als zwei Flaschen *Uerdinger,* wie sie es nannte, ihrer Bestimmung übergeben waren, wobei das meiste vom Schnaps auf Eddis und Hottes Konto ging, verabschiedete sie sich. Bevor sie die Mansarde verließ, trat sie in die geöffnete Tür zum Atelier und warf einen Blick auf die neue Verglasung. Wir sahen, wie die Abendsonne durch die Scheiben fiel und sich in warmen Farben über Frau Häbels Gesicht ausbreitete. Diese legte den Handrücken über die Augen und lächelte zufrieden.

Einige Jahre später fand ich Frau Häbel eines Morgens tot, aufrecht im Sessel sitzend. Mir war aufgefallen, dass ich sie ein oder zwei Tage nicht gesehen und nichts von ihr gehört hatte. Ins Haus war eine seltsame, verstörende Ruhe eingezogen. Als ich das Treppenhaus hinunter lief, mischte sich neben dem Knacken der Holzstufen ein leises Rauschen in diese Ruhe. Ich rief nach Frau Häbel. Als sich nichts, wirklich gar nichts rührte und ich noch mehrmals gerufen hatte, öffnete ich die Tür zu ihrem Wohnzimmer, wo ich auch die Ursache für das Rauschen vermutete. Sie saß, mir abgewandt, vor dem eingeschalteten Fernseher. Die Mattscheibe zeigte in Schwarzweiß ein flimmerndes Nichts, das wir damals *Schnee* nannten und das nach Sendeschluss auftrat. Frau Häbel saß da mit geöffneten Augen, den Kopf zu meiner Verwunderung ein wenig zu einem Buch geneigt, das aufgeschlagen auf ihren Oberschenkeln lag.

Gehab dich wohl, du lieber Freund,
Jetzt geh ich halb verwaist von hinnen
Und tröste die betrübten Sinnen
Mit allem, was nur möglich scheint.
Ich komme wohl so bald nicht wieder
Und denke weiter in die Welt,
Nachdem der Lohn für meine Lieder
Im Vaterlande mager fällt.

Der toten Frau Häbel über die Schulter schauend, las ich die erste Strophe des Gedichtes von Johann Christian Günther, einem mir damals unbekannten Dichter, wie einen Gruß zum Abschied.

Wenige Tage nach Frau Häbels Beerdigung erhielt ich die Kündigung. In einem aufgeblasenen anwaltlichen Schreiben mit Düsseldorfer Absender wurde mir mitgeteilt, dass ich die Wohnung binnen Frist zu räumen hätte. Die Erbin, Frau Häbels Tochter, von deren Existenz ich bis dahin nichts wusste, wolle das Haus verkaufen.

Doch bis zum Tod meiner Vermieterin waren einige Jahre ins Land gegangen, und ich hatte unter ihrem Dach eine meiner produktivsten Phasen als Maler erlebt.

Kindsköpfe

Der Film war mir in die Knochen gefahren. *Im Einsatz*, ein prosaischer Titel, sachlich, trocken, leidenschaftslos. Seine Bilder aber drängten sich ins Bewusstsein und ließen sich nicht einfach abschütteln. Gerne hätte ich den Abend nach der Filmvorführung allein verbracht, hätte meine Gedanken zu ordnen versucht, sie vielleicht aufgeschrieben. Sicher hätte ich Skizzen gezeichnet, um meinen Gefühle näher zu kommen.

Die Feuerwalze, ob sie zu malen gewesen wäre? Am besten sicher mit Ölkreide, fett aufgetragen vor schimmerndem Grün aus leichten Wasserfarben. Skizze für Skizze hätte ich mich an die endgültige Form herangearbeitet, Farben ausprobiert, verschiedene Techniken. Aber es war Freitagabend, das Wochenende stand bevor, und auf das Erscheinen meiner Freunde war Verlass.

Am Gesang der Holztreppe, die zu meiner Mansarde hinauf führte, konnte ich die meisten meiner Besucher erkennen, bevor sie an meine Tür klopften. Ich nannte das Geräusch des Begehens der Treppe Gesang, weil zwar jede Stufe nur knarrte, dies aber in ihrer ganz eigenen Art und Tonlage. So entstand beim Begehen der Treppe immer die gleiche Tonabfolge, das gleiche Lied. Allerdings in Variationen. Jeder betrat die Treppe in unterschiedlichem Tempo, unterschiedlich fest. Jeder trat etwas anders auf. Linda legte immer vor Frau Häbels Wohnzimmertür einen kurzen Stopp ein, wohl um nach ihr zu lauschen. Oft hörte ich die beiden auf dem Treppenabsatz miteinander reden. Wenn Hotte kam, fabrizierte er eine ganz besondere Melodie, denn er nahm mit seinen langen Beinen drei Stufen auf einmal. Das veränderte den Gesang der Treppe erheblich und wirkte auf mich wie ein Frühwarnsystem: Hotte kommt!

Hotte kam. Er betrat meine Mansarde, grüßte nur kurz: »Hi, Ako, alles klar?« und erwartete keine Antwort. »Wollte nicht großartig stören.« Mit einer Geste fragte er, ob er die Gitarre nehmen und darauf spielen dürfe. Ich nickte, obwohl ich wusste, was mich erwartete, wenn er zu spielen begann. Hotte spielte nicht. Er klimperte.

Er beherrschte nicht einmal die Griffe C, G und F, mit denen jeder Fünfjährige erste Erfolge auf der Gitarre meistert. Hotte nannte es spießig, mit Griffen zu hantieren. Das freie Spiel sei seine Kunst, für die er allenfalls ein wenig Anerkennung erhielt, wenn alle um ihn herum bekifft waren.

Ich kochte Kaffee. Hotte fragte nach einem Tee. Wenn ich wolle, könne ich eine ganze Kanne aufschütten, denn Linda und Eddi seien bereits unterwegs und würden meinem Kaffee ebenfalls Tee vorziehen.

»Oder hast du Wein?«

Ja, ich hatte Wein, ich hatte immer Wein, denn mein Vater, Nebenerwerbswinzer wie viele seiner Generation damals, versorgte mich gut damit. Aber ich wollte jetzt keine Flasche öffnen und vertröstete Hotte auf später.

»Tee oder nix«, sagte ich.

»Dann lieber Tee«, antwortete Hotte.

Linda und Eddi ließen auf sich warten, und Hotte leerte die Kanne Tee allein. Ich goss mir einen zweiten und dritten Kaffee auf und für Hotte noch eine weitere Kanne Tee. Wir sprachen über Vietnam und die Verbrechen der Amerikaner. Über den Film, den ich am Nachmittag gesehen hatte, über die Feuerwalze nach dem Abwurf von Napalm. Über meine Verwirrung, mein Entsetzen angesichts der Wirklichkeit, die sich mir heute in einem Film offenbart hatte, konnte ich noch nicht reden.

Ich legte eine Platte aus dem Doppelalbum *Woodstock* auf. Hotte versuchte verzweifelt, Richie Havens' *Freedom* auf der Gitarre mitzuspielen. Als die legendäre Pop-Krähe Janis Joplin zu singen begann, war ich erleichtert, dass er das Instrument beiseite legte. Wir hörten Jimi Hendrix, Hottes großes Vorbild. Glücklicherweise begleitete er ihn nur auf der Luftgitarre.

Natürlich kannten wir auch das Musical *Hair*, das gerade große Erfolge feierte und unser damaliges Lebensgefühl gut beschrieb. Linda besaß von uns allen die meisten Platten, auch diese, und wir hatten uns die Musik schon oft gemeinsam angehört. Der Sound der 1960er und frühen 1970er Jahre gab uns Orientierung. In seiner rebellischen Stimmung fühlten wir uns aufgehoben. Er war wie eine Handreichung aus der Welt des Protests, des Aufbruchs und der Veränderung herüber zu uns ins katholisch-stickige Hinterland einer schmuddeligen, immer noch andauernden Nachkriegszeit. Wir wussten von Sit-ins und den Protesten der 68er in den Großstädten, die sich am Vietnamkrieg, dem Widerstand gegen die Notstandsgesetze und vielem anderen entzündet hatten. Wir verehrten Rudi Dutschke und lachten uns halb kaputt über die Kapriolen des Spaßguerilleros Fritz Teufel. Aber wir waren nicht wirklich politisch. Willy Brandt war uns lieber als Kiesinger, Martin Luther King näher als Nixon. Wir fieberten mit bei den Liedern von Joan Baez, Bob Dylan und Pete Seeger und sangen sie in schlechtem Englisch nach. Was aber in Wirklichkeit hinter all den Bewegungen und Protesten stand, hatten wir bis dahin nicht wirklich begriffen, spürten nur, hier bot sich ein begehbarer Weg auf der Suche nach Zukunft.

Der Gesang der Treppe verriet Linda und Eddi schon, als sie die ersten Stufen betreten hatten und die Haustür hinter ihnen ins Schloss gefallen war. Beide waren gut drauf und ziemlich aufgedreht. Sie spürten aber, kaum, dass sie im Zimmer standen, dass hier eine andere Stimmung in der Luft lag.

Ich goss eine weitere Kanne Tee auf, hörte wie Hotte ihnen von der Feuerwalze erzählte und dem Film für angehende Flugzeugmechaniker.

Das verstehe er nicht, sagte Eddi, ein solcher Film wirke doch eher abschreckend als motivierend, gerade für Leute mit meinem Beruf. »Oder sind die bei euch alle durchgeknallt?«

»Nein, nein«, antwortete ich schnell, überlegte einen Augenblick: »Nun, der eine oder andere vielleicht – wer weiß?«

»Immerhin weiß jetzt jeder von euch, zu welchen Einsätzen die Maschinen fliegen, an denen ihr da herumschraubt.« Hotte stellte die Gitarre ab, auf der er inzwischen wieder zu Klimpern begonnen hatte und blickte mir ernst ins Gesicht. »Hörst du?«

»Danke, Hotte«, sagte Linda, die mit verschränkten Beinen neben Hotte auf der Couch saß und hingebungsvoll begonnen hatte, einen Joint zu basteln.

»Na also, Linda meint das auch.«

»Mein ich aber nicht«, sagte Linda ohne von ihrer Arbeit aufzublicken.

»Sondern?«

»Danke, dass du endlich die Gitarre weggestellt hast.«

Obwohl ich Hottes Geklimper auch nicht mehr schätzte als Linda, ärgerte ich mich jetzt über ihr Gezänk. Hotte nahm es leicht:

»Sphärisch, Linda, sphärische Klänge waren das. Schon mal was von *Pink Floyd* gehört?«

»Ja, ja, sphärisch, und sie künden von einem neuen Zeitalter, *Age of Aquarius*, ich weiß. Hören sich aber einfach nur beknackt an, wenn du sie spielst. Tut mir leid.«

Ich hatte auf solchen Knatsch keine Lust, mochte er auch nicht so ernst gemeint sein, wie er klang. Ich verdrückte mich in mein Atelier, ließ die Tür zum Wohnraum aber offen. Ich riss ein bekritzeltes Blatt vom Block auf der Staffelei und begann, das Blatt darunter zu bemalen: Ölkreide, mein liebster Werkstoff bis heute, ein Garant für Spontaneität in Gestaltung und Farbe.

»Weißt du, Linda«, hörte ich Eddi sagen, »wenn Hotte wirklich Gitarre spielen könnte, hätte er es nicht nötig, von sphärischen Klängen zu reden. Es ist mehr seine Verzweiflung, mit der er diese Töne an den Tag bringt, weil er nicht einmal einen einzigen Akkord sauber spielen kann.«

Hotte ging auf Eddis Häme nicht ein, fragte stattdessen: »Hat mal jemand von euch den Film *Wiegenlied vom Totschlag* gesehen? Ein echter Antikriegsfilm. Genau wie der Film *Im Einsatz* schreckt er dadurch ab, dass er dem Betrachter die Gräuel des Krieges vor Augen führt. Er spielt zur Zeit der Indianerkriege in Amerika. Zunächst plätschert die Story milde vor sich hin. Dadurch wirkt das Massaker am Ende umso deftiger. Da rollen Köpfe, da werden Frauen vergewaltigt. Alles in Nahaufnahme.«

»Na, prima«, sagte Linda leise, aber voller Ironie.

»Ja, die Amis hatten es schon immer drauf, wenn es ums Massakrieren ging«, wusste Eddi.

»Nun, wir Deutsche aber auch!«, wandte Hotte ein. »Ist nur schon bisschen länger her als Vietnam. Aber die Indianerkriege ...«

»Das bestreitet ja keiner«, unterbrach Eddi. »Aber Deutschland steht auf einem ganz anderen Blatt.«

»Wieso *das* denn?«, fragte Linda und sah zum ersten Mal von ihrem Joint auf, den sie begutachtend drehte und beklopfte. »Mörder sind Mörder und tot ist tot, und was es für eine Frau heißt, vergewaltigt zu werden, da könnt ihr alle drei nicht mitreden!«

»Heißt das nicht eigentlich vergewohltätigt?«, frotzelte Hotte und freute sich diebisch, dass auch Eddi und ich über seinen Witz lachten.

Linda blickte böse in die Runde: »Manchmal finde ich Männer nur zum Kotzen!«

»Mensch, Linda«, versuchte Eddi einzulenken, »ist doch nur ein dummer Scherz, eine Eulenspiegelei!«

»Dumm, ja, dumm ist, was ihr hier quatscht«, ärgerte sie sich.

»Aber was Sex betrifft«, sagte Eddi mit plötzlich sanft werdender Stimme, und war da bei seinem Lieblingsthema, »freie Liebe, und so, das haben wir doch immer wieder diskutiert, und da sind wir uns doch alle einig.«

»Freiwilligen!«, sagte Linda aufgebracht und wiederholte nachdrücklich: »Freiwilligen Sex! Aber was Hotte da von sich gibt, ist ein billiger Scherz auf Kosten von uns Frauen.«

»Aber Linda«, rief ich aus meinem Atelier, »es geht doch nur um ein kleines Wortspiel.«

»Bist du jetzt auch so drauf?«, entgegnete sie empört. »Von dir hätte ich etwas anderes erwartet, Ako!«

»Aber Linda«, sagte Eddi, »es muss doch erlaubt sein zu denken, dass eine Frau, auch im Falle einer Vergewaltigung, positive erotische Gefühle haben kann. Oder sagen wir, haben könnte. Oder noch anders. Eine Frau sieht einen Mann und denkt, wenn der mir zu nahe käme, hätte ich nichts dagegen, weil sie, sagen wir, scharf auf ihn ist. Das und nichts anderes meint Hotte, wenn er scherzhaft *vergewohltätigen* sagt. Oder Hotte?«

Dieser schüttelte den Kopf und grinste.

Linda löste sich aus ihrem Schneidersitz, beugte sich vor und legte den fertigen Joint behutsam auf der Tischkante ab.

»Wenn wir zusammen nach Frankreich fahren wollen, müssen wir uns auf ein Limit einigen, das nicht überschritten werden darf. Ich bin ja für Vieles zu haben, aber Diskriminierung von Frauen, auch verbal, ist für mich eine Überschreitung.«

»Und was ist mit freier Liebe und so?«, fragte Eddi. »Darüber sind wir uns doch einig gewesen.«

»Kapierst du denn gar nichts?«, antwortet Linda. »*Freie* Liebe, nichts anderes. Da steckt das Wort frei, also Freiheit drin und Liebe. Mich in Freiheit für Liebe und Sex entscheiden. Das und nichts anderes!«

»Hatte ich aber schon ...!«

»Jetzt lass mal gut sein!« Hotte war aufgestanden und fasste Eddi energisch am Arm. »Linda hat schon Recht. Bei aller Freiheit, die wir uns wünschen, dürfen wir uns nicht gegenseitig verletzen.« Aber, sagte Hotte und ließ sich wieder in die Polster sinken, er müsse noch einmal auf *Das Wiegenlied vom Totschlag* zu sprechen kommen, der für ihn – genau wie für mich der Film beim Jagdbombergeschwader – ein Schock gewesen sei. Aber es gäbe einen Unterschied! Im *Wiegenlied* sei das Entsetzen des Zuschauers gewollt, sei Absicht und Ziel der Produktion. Und wenn er das richtig verstanden habe, sei es bei dem Film *Im Einsatz* um die Darstellung von Waffentechnik gegangen, bei der Zerstörung und Leid in Kauf genommen würden.

»Mehr noch!«, sagte Linda leise, »um Waffentechnik, deren einziger Zweck das Töten ist.« So sanft Linda diese Worte ausgesprochen hatte, so nachdrücklich, so unüberhörbar drangen sie in den Raum. Ich hatte meine Kreiden beiseite gelegt und ein halbfertiges Etwas auf der Staffelei hinterlassen. Ich stand im Türrahmen meinen Freunden zugewandt.

Wir rauchten den Joint. Jeder nahm seine Stimmung mit in den milden Rausch. Er übernahm uns behutsam und verlief glimpflich. Wir dösten vor uns hin und hingen unseren Gedankenbildern nach. Ich sah, dass Eddi und Linda sich schweigend gegenüber saßen. Sie hatten ihre Oberkörper entblößt und blickten einander in die Augen. Für eine Weile weidete ich meine Blicke an Linda und ihren niedlichen Brüsten.

Wir nannten es sexuelle Freiheit, mit der wir uns aus dem Sumpf anerzogener Prüderie und kleinbürgerlicher Muster zu lösen versuchten. Manchmal spielten wir Pfänderspiele, die uns als Vehikel zur Überwindung unserer verkorksten Scham dienten. Die Einnahme von Marihuana oder einer Flasche Wein half, die übrigen Verklemmungen zu lösen. Auf diese Weise unserer sexuellen Schranken einigermaßen entledigt, hatten wir uns ein Spiel ausgedacht, dass wir *Fühlspiel* nannten. Genau genommen war es von Eddi erdacht und von den übrigen als brauchbar abgesegnet worden. Es schloss sich meistens an ein Pfänderspiel an und wurde bevorzugt im Halbdunkel ausgetragen. Wir versuchten ein möglichst wirres Menschenknäuel zu bilden, bei dem alle Beteiligten einander zärtlich berührten. Obwohl es nie ausgesprochen wurde, kam es dabei nie zu Penetrationen, gleich welcher Art. Es ging ums Fühlen, streicheln und gestreichelt werden. Dass die jungen Männer dabei eher die Körper der beteiligten Frauen suchten als die ihrer Kumpels, stand außer Frage, verstieß aber im Prinzip gegen die vereinbarten Spielregeln, die besagten, dass jeder mit jedem gleichermaßen und unabhängig vom Geschlecht umging.

Eddi, der im Krankenhaus als Pfleger arbeitete, hatte eines Abends seine Stationsschwester Sieglinde im Schlepp. Sieglinde war ein paar Jahre älter als wir, Mitte zwanzig, wirkte sehr gepflegt und im Vergleich zu uns, die wir unseren gesellschaftlichen Protest, unseren Unmut durch abgewetzte, bunte Kleidung und immer länger werdendes Haar nach außen trugen, ein wenig bieder. Sieglinde verfügte über füllige und vollkommen runde Körperproportionen, ein Versprechen auf Zartheit und Weichheit! Kaum dass wir beisammen saßen, brachte Eddi das Gespräch auf das Fühlspiel. Sieglinde musste lauthals lachen, als sie erfuhr, um was es dabei ging. Aber ihre Augen und Lippen, die gleichermaßen feucht glänzten, verrieten ihre Neugier und Erregung. Sieglinde willigte umstandslos ein mitzuspielen.

Diesmal geriet das Fühlspiel völlig aus den Fugen, und Sieglinde hatte sich kaum zu retten gewusst, genoss es aber spürbar, sich kaum retten zu können. Denn alle wollten die Neue begreifen. Auch Linda war begeistert, denn sie könne sich, seit Sieglinde dabei sei, endlich entspannen.

Von da an tauchte Sieglinde in zuverlässigen Abständen in meiner Mansarde auf. Sie nannte uns *Kommune endlos*. Im Gegensatz zur berühmt gewordenen Berliner *Kommune eins*, über die sie wusste, dass ihre Existenz nach kaum drei Jahren schon wieder beendet war.

Schnell zeigte sich, dass Sieglinde sich nicht für die Inhalte unserer Gespräche interessierte, die wir hochschweifend *Theorien* nannten. Gelegentlich zog sie dezent an einem Joint, der die Runde machte. Doch gehörten Haschisch und Marihuana nicht zu ihrer Welt. Manchmal hatte sie, um auch einen praktischen Beitrag zu unseren Treffen zu leisten, eine Flasche französischen Rotwein dabei, die mit Begeisterung entkorkt und geleert wurde. Es verging kein Abend mit Sieglinde ohne Fühlspiel. Niemand hatte es ausgesprochen, aber jeder wusste, Sieglinde kam nur deswegen. Bis sie im *Safari*, der einzigen, aber legendären Cochemer Diskothek, einen Amerikaner kennen lernte, einen Schwarzen, der bei der US-Armee Dienst tat und auf dem Fliegerhorst Büchel stationiert war. Sie nannte ihn *Richie,* und sie habe sich, wie sie sich ausdrückte, unheimlich schwer in ihn verknallt. Dem Eddi vertraute sie an, dass unser Fühlspiel allenfalls ein nettes Geplänkel zu dem gewesen sei, was sie mit Richie erlebe. Das solle Eddi aber für sich behalten. Er wirkte ziemlich geknickt, als er es mir verriet.

Lindas Joint war verraucht. Kraftlos und schwächer werdend verglomm er auch in unseren Köpfen. Es war Linda, die uns plötzlich aus unserer Lethargie riss. Sie stand auf, wandte sich vom verdutzt dreinblickenden Eddi ab und verfügte: »So, jetzt lasst uns mal konstruktiv …« Sie durchschritt das Zimmer, legte den Kopf unter den Wasserhahn, trank Wasser, wusch und trocknete ihr Gesicht.

Konstruktiv sei gut, sagte Eddi, folgte ihr rasch und versuchte sie zu befummeln. Sie schlug abwehrend mit dem Handtuch nach ihm, schnappte sich ihr indisches Shirt, zog es über und sagte: »Schluss jetzt! Es geht um Frankreich!«

»Worum geht's?«, fragte Eddi und kicherte verdattert.

»Um unsere Fahrt! Schon vergessen?«

Von Hotte war zu hören: »Ich fahr total ab!«, während er eine schwingende Gitarrensaite bis ins Endlose quälte. Worauf Linda sagte: »Seht ihr, Hotte ist schon unterwegs!«

»Alles easy!«, antwortete Eddi.

»Wisst ihr eigentlich, wie groß Frankreich ist?«, fragte Linda. Ich erzählte, dass ich schon einmal dort gewesen sei, im Elsass: Wissembourg, Strasbourg und mit dem Fahrrad runter bis Colmar. Von dort einen ziemlich anstrengenden Abstecher auf den *Col de Bussang* zur Moselquelle.

Also, da wolle sie ja nun wirklich nicht hin, empörte sich Linda. Mit Frankreich und Urlaub würde sie das Meer verbinden. Baden im Meer und nichts als das Meer! Das verstehe sie unter Erholung. Eddi behauptete, dass Erholung etwas für Rentner sei, nicht aber für ihn, der er danach trachte, jede Sekunde seines Lebens auszukosten. Deshalb wolle er die Zeit in einer Landkommune bei Tours verbringen. Schließlich habe er bereits Kontakt dorthin aufgenommen und in einem Briefwechsel mit einem gewissen Gégé unser Kommen angekündigt. Die Adresse habe er in einem Branchenbuch für alternative Projekte gefunden. Maillé heiße der Ort, in dessen Umgebung die Kommune einen Hof bewohne. Er liege vielleicht dreißig Kilometer südlich der Stadt Tours.

Jetzt protestierte ich: »Moment mal! Wir haben vereinbart, auf dem Weg in die Bretagne einen Umweg über Tours zu machen, um ein oder zwei Tage dort zu bleiben. Einen ziemlich großen Umweg übrigens, wie du weißt. Es war nie die Rede davon, drei Wochen dort zu verbringen.«

»Locker bleiben«, sagte Hotte, hob die Hand und formte die Finger zu einem Peace-Zeichen.

Ich blieb hartnäckig. Der wichtigste Grund für mich, eine so weite Reise anzutreten, war das bretonische Städtchen Pont-Aven. Hier hatte der Maler Paul Gauguin mehrere Jahre gelebt und gearbeitet. Ich wagte zu hoffen, ihm und seiner Kunst in Pont-Aven nachspüren und näher kommen zu können.

»*Wem* willst du da begegnen?«, fragte Eddi.

»Zum hundertsten Mal! Gauguin, du Blödmann!«

»Der ist längst tot«, sagte Linda trotzig, »und ich will ans Meer!«

»Linda! Die Bretagne ist umgeben vom Meer!«

Himmel noch Mal! Was waren wir doch manchmal für Kindsköpfe, glaubten aber die ganze Welt in die Tasche stecken zu können.

Ich zog einen Bildband aus dem Regal, das Buch, in das ich mich fast täglich vertieft hatte, seit ich es besaß. Ich rückte zu Linda auf das Sofa und begann in dem Buch zu blättern.

»Hier, siehst du? Gauguin!« Ich ahnte, die sensible Linda würde sich auch von der Schönheit der Bilder berühren lassen. Und so war es auch. Ich konnte es spüren. Ich zeigte ihr Gauguins Gemälde aus der Südsee und erzählte, dass der Maler bereits vor mehr als 80 Jahren das Leben suchte, das auch wir suchten, frei von Zwängen, menschlich, rauschhaft, nah an der Natur.

»Und hier, Linda, seine Aufzeichnungen von Noa Noa! Wie ein Blick in den Garten Eden!«

»Noa Noa«, lächelte Linda, »das gefällt mir.«

»Gauguin hat sein Paradies in der Südsee gefunden, und das Beste, er hat es gemalt! Seine Bilder machen mich süchtig. Sehnsüchtig! Danach, es ihm gleich zu tun. Deshalb will ich in die Bretagne!« Linda legte ihre Hand auf eine ganzseitige Abbildung. Eine Frau mit kräftigem Rücken und breitem Gesäß, seitlich von der Sonne beschienen, den Kopf ein wenig gebeugt, als blicke sie in das aufgewühlte Meer vor ihr. Lindas Fingerspitzen glitten über das Bild und den Rücken der Frau. Ich konnte sehen, dass ihre Augen feucht wurden. Ich las den Titel des Bildes und musste schmunzeln, *Paul Gauguin, Frau am Meer*.

»Siehst du?«, flüsterte Linda, rückte noch näher an mich heran und legte mir einen Arm um die Schulter.

»Wieso denn Bretagne?«, mischte Eddi sich unsensibel und barsch ein. »Dann musst du doch in die Südsee fahren!«

Ich bejahte und erklärte Eddi, dass ich mich zwar zunächst mit der Bretagne begnügen wolle, aber durchaus daran dächte, später einmal eine Reise nach Tahiti zu unternehmen. Da verstummten überraschend die von Hotte produzierten sphärischen Klänge. Hotte stellte das Instrument beiseite. Alle Aufmerksamkeit war plötzlich auf ihn gerichtet. Er strich sich die Haare aus dem Gesicht, machte einen verblüffend klaren Eindruck, und fragte: »Warum lernt man eigentlich so einen Scheiß wie Flugzeugmechaniker, wenn man im Grunde doch Maler sein will? Künstler! Und du bist Künstler, Ako, für so was hab ich ein Gefühl!«

Linda löste ihre immer noch feuchten Augen von den Abbildungen im Buch, lächelte und nickte: »Da hat Hotte aber Recht!«

Wieder war es Eddi, der unangenehm ins Gespräch platzte: »Lasst uns endlich nach draußen gehen und eine Sitzprobe machen. Wo hast du dein Auto geparkt, Ako?«

»Unten am Bockbrunnen«, sagte ich.

»Am Bockbrunnen«, alberte Eddi und deklamierte den auf dem Brunnenbecken eingemeißelten Reim, den Cochemer Kinder bereits in der Grundschule lernten.

Weiße Trauben fraß der Bock.
In der Kelter soll't er's büßen.
Roter Saft floss in den Trog.
Seine Unschuld war erwiesen.

Eddi verneigte sich, theatralisch, mit übergroßer Geste. Aber niemand applaudierte.

Hotte fragte: »Was denn jetzt für 'ne Sitzprobe?«

Aber Eddi war schon durch die Tür im Treppenhaus.

»Hast du ja wieder mal prima hingekriegt!«, rief Linda ihm ärgerlich hinterher.

»Komm Hotte«, sagte ich, »wirst schon sehen.«

Sitzprobe

Die Sitzprobe in meinem 500er Fiat gestaltete sich problematischer als befürchtet. Ich musste hinter das Steuer, denn ich besaß als einziger einen Führerschein. Ich maß ein Meter sechsundachtzig und brauchte Platz für meine Beine. Also rastete der Fahrersitz im hintersten Loch ein. Das hatte nichts mit Egoismus zu tun. Ich wusste, dass ich nur in dieser Sitzposition in der Lage war, das Fahrzeug über weite Strecken zu manövrieren.

Auf der Rückbank dahinter würde Eddi seine Beine nicht verstauen können und schon gar nicht der lange Hotte, der meine Körperlänge noch übertraf. Also probierten wir es erst gar nicht aus, sondern beschlossen: Da muss Linda hin! Sie hat die kürzesten Beine. Linda sagte nichts, schien aber einverstanden zu sein.

Eben noch einig, was Linda betraf, begannen Eddi und Hotte sich zu zanken. Beide wollten auf den Beifahrersitz. Es gab gute Argumente für Hotte, der Eddi um fast eine Kopflänge überragte. Aber Eddi behauptete, er sei der bessere Navigator und müsse deshalb vorn sitzen. Linda blickte mich mit großen Augen fragend an: »Navigator?«

Ich zuckte die Schultern.

Ohne gute Navigation würden wir nie und nimmer durch Frankreich finden, behauptete Eddi allen Ernstes. Hotte, der außer seinem langen Fahrgestell, für das auf dem Vordersitz mehr Platz wäre als dahinter, nichts entgegen zu setzen wusste, begann über Eddi zu lachen. An so etwas Idiotisches wie Navigation, sagte er, habe er in der Tat noch nie gedacht.

»Da seht ihrs!«, sagte Eddi zornig. »Außerdem ...« Er beendete den Satz nicht. Denn auch Linda und ich mussten jetzt lachen über die Ernsthaftigkeit, mit der Eddi sein Navigationsargument ins Feld führte. Hotte steigerte seinen Munterkeitsausbruch noch, drehte auf einem Absatz eine Pirouette und schlug sich dabei mit der flachen Hand auf die Stirn.

Schließlich gab er klein bei, immer noch amüsiert und kopfschüttelnd, als Linda ihm anbot, dass er und sie sich während der Fahrt auf der Rückbank arrangieren könnten. Er und Eddi sollten sich außerdem nicht so bescheuert anstellen. Schließlich könne man die Sitzplätze ja auch mal tauschen.

Nachdem die Sitzordnung ausdiskutiert war, begann der praktische Teil der Sitzprobe. Wir quetschten uns, anders kann man es nicht nennen, in die süße Nuckelpinne hinein, wie Linda meinen Fiat fast schwärmerisch nannte. Eddi stieg als letzter ein, klemmte sich auf den Beifahrersitz, löste die Sitzbefestigung und schob den Sitz mit Schwung nach hinten. Hotte schrie auf: »Bist du bescheuert?« und fasste sich an sein Knie. Eddi entschuldigte sich, das sei nicht so gewollt gewesen, und rückte den Sitz freiwillig wieder ein wenig vor.

Als sich alle soweit beruhigt hatten, erinnerte ich daran, dass ja auch noch Gepäck ins Auto müsse.

»Hm«, brummte Eddi und begann aufzuzählen: »... das Zelt mitsamt Gestänge, Heringen und so weiter, Akos und meine Gitarre und unsere Rucksäcke.«

»Kann das Gepäck denn nicht in den Kofferraum?«, fragte Linda.

»Oje, oje«, lachte Hotte, der so beengt saß, dass ihm die Knie fast bis ans Kinn reichten. »Kofferraum?« Der vordere sei mit dem Verbandskasten schon überladen und der hintere schon besetzt. Niemandem außer Hotte war nach Lachen zumute. Linda fragte: »Besetzt?«

Steilvorlage für Hotte: »Vom Motor!«

»Ach Mann!«, ärgerte sich Linda und schlug Hotte die flache Hand auf den Oberschenkel.

Obwohl ich inzwischen ein wenig Sorge um mein Auto hatte, und ich mich fragte, ob es der Belastung standhalten würde, versuchte ich die Stimmung nicht ganz in den Keller gleiten zu lassen.

»Bisher war der Sommer doch spitzenmäßig«, sagte ich, und bei schönem Wetter sei das mit dem Platz kein Problem. Wir würden das Faltdach zurückklappen und hätten nach oben Raum bis zum Himmel.

Man könne sich während der Fahrt sogar auf den Sitz stellen und sich oben rausstrecken, fügte Eddi hinzu, und bei dem zu erwartenden Tempo, das der Klapperkasten bei dieser Besetzung noch erreichen würde, sei das auch mit dem Fahrtwind kein Problem.

Innerlich verfluchte ich mich, dass ich das Faltdach angesprochen hatte. Stattdessen bemerkte ich, und versuchte es witzig klingen zu lassen: »Willst du jetzt mein Auto beleidigen?«

»Also wisst ihr was, Leute!« Hotte klang plötzlich so klar und entschieden, dass wir alle ein wenig erschraken, und niemand ihm etwas entgegnete, als er erklärte: »Ich sag's in aller Kürze: Ich fahr nicht mit! Lasst mich jetzt aussteigen. Ich geh heim.«

Überrascht öffnete Eddi zögerlich die Autotür.

»Nun mach, schon!«, drängte Hotte. »Ist schon okay!«

Eddi verließ den Wagen, klappte die Rückenlehne seines Sitzes nach vorn, und Hotte kletterte mit den Beinen voran ins Freie. Draußen sagte er: »Also, macht was draus, Leute!« und klopfte zum Abschied zweimal locker auf das Faltdach. Hotte wirkte beschwingt und erleichtert, und während er einen Haken um den Bockbrunnen schlug, ließ er die Hand über das Wasser im Brunnenbecken sausen, so dass eine hohe Fontäne in unsere Richtung schoss. Zwischen den Ahorn- und Kastanienstämmen, die das Moselufer säumten, verschwand er in Richtung Moselbrücke, die hinüber zum Ortsteil Cond auf der rechten Flussseite führte.

Verdutzt blickten wir Hotte hinterher, bis er aus unserem Sichtfeld verschwunden war.

»Jetzt sind wir aber ganz schön belämmert!«

»Die Besten gehen zuerst«, sagte Linda.

»Danke«, erwiderte Eddi. »Sehr freundlich, echt!«

Du wirst der Zweitbeste sein, dachte ich, verkniff mir aber es laut zu sagen. Immerhin hatte er die Absicht geäußert, mitten in Frankreich auszusteigen, um bei der Kommune zu bleiben.

»Fahren wir 'ne Runde?«, fragte ich.

»Au ja!«, rief Linda. »Dann könnt ihr mich dabei zugleich nach Hause bringen!«

»Also auf nach Sehl!« Ich drehte den Wagenschlüssel im Schloss und zog den Starterhebel auf der Konsole zwischen Fahrer- und Beifahrersitz. Nichts tat sich.

»Verdammt, was ist *das* denn?« Zweiter Versuch. Wieder nichts.

»Das fehlt uns noch«, stöhnte Eddi. »Aber echt!« Er stieg aus, lief hinter das Fahrzeug und öffnete die Heckklappe.

»Und?«, rief ich, als ich eine Weile nichts von ihm gehört hatte.

»Kannst du was erkennen?«

»Zieh jetzt noch mal!«

Ich betätigte den Hebel, der über einen Seilzug den Anlasser im Heck startet. Wieder nichts!

»Ach du Scheiße!«, rief Eddi.

»Was ist denn?«

»Der Anlasser hängt noch an genau einer Schraube fest.«

»Und wie viele müssten es sein?«, erkundigte sich Linda besorgt, die inzwischen auf dem Rücksitz stand und durch das aufgeklappte Faltdach Eddi beim Hantieren zuschaute.

»Drei! Die beiden anderen sind weg. Und die beiden Flansche, in denen sie steckten, sind abgebrochen.«

Au, verdammt! Woher sollte ich jetzt das Geld für einen neuen Anlasser nehmen? Das Ding würde locker 250 bis 300 Mark kosten. Für das ganze Auto hatte ich nur 800 bezahlt. Ich traktierte mit dem Handballen unsanft das Lenkrad und sah unsere Reise schon am Ende. Linda hopste ungeduldig auf dem Rücksitz auf und ab.

»Jetzt haltet mal Ruhe da vorn, ich versuche mal was!«

Wenige Augenblicke später rief Eddi: »So, Ako, jetzt mal starten!« Ich startete und *rumms!*, die Karre lief.

»Super, wir fahren!«, triumphierte Linda.

»Wie hast du *das* denn so schnell hin gekriegt?«, fragte ich.

»Also echt«, stöhnte Eddi. »Muss man euch Flugzeugmechanikern denn alles erklären?«

Er schlug die Heckklappe zu und stieg wieder ein.

»Flugzeugmechaniker, ganz richtig!«, versuchte ich mich zu verteidigen. »Und ist das hier etwa ein Flugzeug? Na also!«

»Hier!« Eddi zeigte seine ölverschmierten Hände, und ich verstand die unausgesprochene Kritik an der Beschaffenheit des Motors. Ich ersparte mir jedes weitere Wort dazu, fragte aber, während ich den Wagen wendete und auf die Moseluferstraße zusteuerte: »Also, Eddi, erzähl, was war los da hinten?«

»Ich habe den Starter, der tatsächlich nur noch an einer Schraube hängt, fest gegen den Motorblock gedrückt und dich aufgefordert den Starterhebel zu ziehen. Den Rest hast du selbst erlebt. Der Bock war sofort da! Wenn du mich fragst, kommen wir auf diese Art locker durch Frankreich!«

»Ich erkläre mich bereit, den Motorraum sauber zu machen, bevor wir losfahren«, rief Linda.

»Nix dagegen!«, antwortete ich, trat die Kupplung, und während ich vor Erleichterung ausgelassen und schrill durch das geöffnete Autodach jaulte, ließ ich den Motor drei- oder viermal aufheulen.

In den Kasematten

Am ersten Tag der Reise schafften wir es bis Luxemburg.

Wir starteten beizeiten, bogen in das Endertbachtal ein und ließen die Stadt und den Fluss hinter uns. Es war ein heißer Julimorgen. Je weiter wir das Tal hinauf fuhren, umso dichter standen die Bäume. Bald drängte der Wald sich nah an den Straßenrand. Die Baumwipfel bildeten ein Blätterdach hoch über der Fahrbahn. Das Fahrzeug keuchte und wurde langsamer. Aber ich hatte keine Sorge, denn wir fuhren schließlich steil bergan. Der frische Duft von feuchtem Grün drang verschwenderisch durch das geöffnete Faltdach zu uns in das kleine Fahrzeug. Im Rückspiegel sah ich Linda, wie sie sich mit geschlossenen Augen auf der Rückbank räkelte. Ihrem Mund entfuhr ein entspannter Laut sommerlichen Wohlbehagens.

Eddi, neben mir, wirkte weniger entspannt. Er schien auf der Straßenkarte, die er vor sich ausgebreitet hatte, jede Straßenbiegung zu verfolgen. Dabei hatten wir das Ortsschild *Cochem* kaum hinter uns gelassen, und der Weg zur Autobahnauffahrt *Kaisersesch* war nun wirklich kein Geheimnis.

Bei ihm, dem Navigator, hatte Eddi bei Antritt der Fahrt zum wiederholten Mal erklärt, läge ja wohl die Hauptverantwortung für die Tour. Außerdem habe sich gezeigt, dass ausgerechnet er, der Krankenpfleger, der einzige sei, der etwas von Fahrzeugtechnik verstünde.

Die Sonne brannte erbarmungslos. Brannte auf den weit über hundert Kilometern Autobahn durchs offene Verdeck auf unsere Köpfe und Körper. Gleichzeitig zog der Wind durch die heruntergelassenen Seitenfenster. Früher als gedacht erreichten wir Luxemburg.

Ab der Grenze, die man uns problemlos passieren ließ, steuerte ich das Fahrzeug, ganz nach Eddis Anweisung, immer in Richtung Luxemburg Stadt und dann Richtung Zentrum. Ein Problem war das nicht. Eigentlich rollten wir, seit wir die Autobahnauffahrt Kaisersesch genommen hatten, immer nur geradeaus. Bis zur *Place d'Armes* in der Luxemburger Altstadt. Wir waren verblüfft, wie reibungslos unsere Fahrt bisher verlaufen war. Womit hatten wir nicht alles gerechnet. Sollte sich unsere Reise weiterhin derart unbeschwert gestalten?

»Dann wäre es auch kein Problem, die ganze Welt in deiner Nuckelpinne zu erobern!«

»Sag ich doch, gescheite Navigation ist echt alles!«

»Ich muss jetzt mal raus, aus der Kiste«, sagte ich und entriegelte die Fahrertür.

Unsere Ankunft werde ich nie vergessen. Wir parkten irgendwo auf einem großen Platz in der Nähe eines offenen Pavillons, der so ausgeschmückt war, als würde gleich ein Platzkonzert darin beginnen. Vor den Gasthäusern und Hotels, die den Platz säumten, waren gelbe, blaue und orange Sonnenschirme aufgespannt. Darunter Tische und Stühle für die Bewirtung der Gäste.

Auf Anhieb gefiel mir das bunte Treiben auf dem Platz, dem in Reihen gepflanzte Lindenbäume viel Schatten spendeten. Solche Plätze kannte ich von Zuhause nicht. Zwar wurden auch dort in manchen Restaurants Getränke oder Eis auf einer Terrasse serviert. Dass aber im öffentlichen Raum halbe Plätze bestuhlt waren und zum Verweilen einluden, war in Deutschland nicht üblich. Noch nicht üblich. Was in Luxemburg und, wie wir bald erfuhren, besonders in Frankreich, wo selbst auf kleinsten Flächen Tische und Stühle vor den Bars aufgestellt werden, zur Lebensart gehört, war uns noch fremd. Aber diese Offenheit gefiel uns.

Gleichzeitig war uns klar, dass wir nicht das Geld besaßen, um in diesen schönen Freilichtcafés regelmäßig zu verkehren. Wir waren eingestellt auf *Essen bunkern* in Billigmärkten, die damals ihren Siegeszug gegen die traditionellen Lebensmittelgeschäfte begannen. Wir tranken Wasser in Literflaschen, kauften uns Brot, hatten Marmelade von Zuhause dabei, Käse und etwas Wurst. Spaghetti mit Soße gab es als Delikatesse am Abend, zubereitet auf dem Spirituskocher. Dazu eine Flasche billigen Rotwein.

Ich hatte die Fahrertür zum Aussteigen aufgestoßen, streckte meine steif gewordenen Beine nach draußen, wollte mich mit einem Ruck aus dem Sitz heben, da traf es mich – *pautz!* – wie der Blitz.

Die Sonne hatte ihr Werk an mir verrichtet! Ich stürzte der Länge nach auf das Pflaster und blieb erst einmal liegen. Ich zögerte einen Moment und checkte im Geist meinen Körper auf Schmerzen. Aber nichts tat weh. Ich hatte mich nicht verletzt. Vielleicht hätte ich die Kraft besessen, mich sofort wieder aufzurappeln. Aber ich spürte, wie angenehm es war, einfach liegen zu bleiben und mich auf den warmen Steinen auszustrecken. Ich fühlte mich wunderbar – geborgen fast – und genoss den nachlassenden Schwindel und die zunehmende Umarmung der *Place d'Armes*.

Schnell vernahm ich Stimmen, die mir fremd waren. Doch die Sprache klang einigermaßen vertraut, fast wie unser Platt daheim. Aber sie wurde von Unbekannten gesprochen. Es waren die ersten luxemburgischen Laute, die ich zu hören bekam, eine moselfränkische Sprachvariante, der unsrigen an der Mosel nicht unähnlich. Ach, es war so bequem mit geschlossenen Augen ausgebreitet da zu liegen, und am liebsten wäre es mir gewesen, alle Welt hätte mich für eine Weile in Ruhe gelassen. Aber die Stimmen drängten. Ob ich verletzt sei und ob mir etwas weh täte? Ich schüttelte den Kopf wie gegen einen Widerstand und brummte etwas. Da man nicht von mir abließ, entschied ich mich, mir das anzuschauen, was sich da um mich herum abspielte. Ich öffnete die Augen zu schmalen Schlitzen und hoffte, dass es niemand bemerkte.

Ein älterer Herr und eine schick gekleidete Dame mit sehr rot geschminkten Lippen beugten sich über mich, blickten besorgt. Die Dame umfasste mein Handgelenk aufs angenehmste, schien meinen Puls zu messen. Eine andere Hand, die sich trocken und hart anfühlte, schlug in schnellen Bewegungen an meine Wangen.

»Aufwachen! Hallo, wachen Sie auf!«

Offenbar hatten sie mein Blinzeln tatsächlich nicht bemerkt.

Der ältere Herr rief einen Passanten herbei. Die beiden schienen sich zu kennen. Sie redeten Luxemburgisch miteinander, und ich war es, um dessen Zustand sich das kurze Gespräch drehte. Der Passant wirkte plötzlich sehr aufgeregt und setzte ein böses Gesicht auf. Er fragte den anderen und die Dame, ob sie gesehen hätten, wer wir seien und woher wir kämen. Er wies auf das Nummernschild meines Fiats und sagte in angewidertem Tonfall, dass wir *Boches* wären. Er machte sich nicht die Mühe, länger stehen zu bleiben. Die Dame ließ mein Handgelenk los und legte meine Hand vorsichtig auf meiner Brust ab. Der Herr erhob sich räuspernd. Zu der Dame sagte er, sie solle mich lassen, es ginge mir ja schon besser. Aber sie schenkte mir, bevor sie sich erhob und bei dem Herrn zum Weitergehen unterhakte, ein großes rotes Lächeln und strich mir durchs Haar. Ich schob meine Augenlider ein wenig weiter auseinander und machte ihr einen Kussmund. Dann waren die beiden verschwunden. Stattdessen standen jetzt Eddi und Linda über mir, und ehe ich fragen konnte, wo sie gewesen waren, entleerten sie eine Flasche Brunnenwasser über meinem Kopf.

»Schweine!«, rief ich und wälzte mich zur Seite. Linda und Eddi amüsierten sich wie Kinder. Ich schloss die Augen und genoss noch ein wenig die liebkosende Wärme der Pflastersteine unter mir.

Damals wusste ich noch nicht, dass *Boche* der französische Schimpfname für Deutsche war, der seit der Besatzung im Zweiten Weltkrieg in Frankreich und, wie ich es soeben erlebt hatte, auch in Luxemburg noch immer herablassend als Codewort für Unversöhnlichkeit gebräuchlich war.

Am Abend trafen wir Hoimar und seine luxemburgische Freundin. Hoimar stammte aus Cochem, und Eddi kannte ihn noch aus der Schule, hatte ihn aber lange nicht mehr gesehen. Uns hatte Eddi erzählt, dass Hoimar ganz in Ordnung sei und uns sicher einen Schlafplatz für die Nacht organisieren könne.

Was uns allerdings schon hätte stutzig machen müssen, war der von Hoimar vorgeschlagene Treffpunkt. Die Lokalität nannte sich *Grand Café*. Wir dachten, es handele sich um den ironischen Namen für eine Spelunke. Doch wir entdeckten das *Grand Café* auf der Sonnenseite des Platzes. Es fiel gleich auf wegen seiner selbst im Außenbereich gediegenen Ausstattung. Es gab viele nicht besetzte Tische und mindestens ebenso viele akkurat gekleidete Kellner, die wenig zu tun hatten und hin und wieder mit weißen Tüchern wedelten, wohl um Fliegen zu verjagen. Die Stühle, mit rotem

Plüsch bespannt, Polstern und mächtigen hölzernen Seitenlehen, konnten ohne Übertreibung auch Sessel genannt werden. Auf den Tischen lagen schwere, weiße Tücher, mit Bestecken, Tellern, und Gläsern gedeckt wie für ein Sechsgangmenü. Hilflos standen wir vor diesem Aufgebot, trauten uns nicht, es zu betreten und hielten Ausschau nach Hoimar, den Linda nur sehr flüchtig und ich überhaupt nicht kannte. Eddi tigerte unruhig auf und ab mit gerecktem Hals um Hoimar zu erspähen.

Erst der entsetzt klingende, spitze Schrei einer jungen Frau ließ uns auf ein Paar aufmerksam werden, das in der Mitte des Arrangements an einem Tisch saß und nun zu uns herüberblickte.

»Hoimar!«, rief Eddi. »Ich dachte schon, du hättest uns vergessen!« Im Slalom schlängelte Eddi sich zwischen den Tischen und Sesseln zu Hoimar und seiner Freundin hindurch.

»Dann auf!«, sagte ich zu Linda, »begrüßen wir Hoimar!« Sie steuerte auf blanken Füßen, die Riemen ihrer Sandalen lässig um einen Finger gewickelt, Hoimars Tisch an. Ich stakste hinter ihr her, hob dabei meine Gitarre über den Kopf, um nirgends anzustoßen.

Mangels Platz in meinem Auto hatten wir kurz vor der Abfahrt entschieden, nur *eine* Gitarre mitzunehmen, auf der Eddi und ich bei unseren Straßenkonzerten, mit denen wir uns hin und wieder das Urlaubsgeld aufzubessern gedachten, im Wechsel spielen würden.

Mit lange geübten, einschlägigen Gitarrenriffs und unserem nicht minder oft geprobten Gesang hatten Eddi und ich uns bereits auf dem Platz in Szene gesetzt. Wir hatten die Wartezeit bis zu unserem vereinbarten Treffen mit Hoimar genutzt und bereits ein paar luxemburgische Franken von vorübergehenden Passanten erspielt. Doch sie würden kaum für ein Getränk im *Grand Café,* geschweige denn für zwei oder drei reichen.

Bei unserem Straßenauftritt erfuhr niemand, dass wir *Boches* waren, denn wir sangen in schlechtem Englisch, was in Luxemburg aber niemandem auffiel. Wir eröffneten mit *Smoke on the Water* von *Deep Purple*. Allein die leicht zu spielende aber ungeheuer wirkungsvolle, immer wiederkehrende Grifffolge ließ die Mädchen in den Straßen innehalten und zu uns herüberschauen. Viele tippten unversehens mit dem Fuß den Rhythmus und schenkten uns ein flüchtiges, manchmal schüchternes Lächeln. Linda stand abseits, und als wäre sie unsere Managerin, beobachtete sie uns genau.

Leider beherrschten wir nur den kurzen Text des Refrains von *Smoke on the Water,* aber wir improvisierten wie wild, sangen ein paar Ungereimtheiten mit englisch klingenden Vokabeln und schwenkten irgendwo wieder in den Refrain ein.

dam dam daa – dam dam da-daa – dam dam daa – dam da!

»Smoke on the Water«, sangen wir im Duett. Und während ich den Ton bei *Water* lang dehnte, begegnete Eddi rotzig mit: »A fire in the sky«. Und Wiederholung! Wir nickten mit den Köpfen und schüttelten unsere Haare. Wir schlossen die Augen wie Rockstars und ergötzten uns an den eigenen Tönen, stellten in unserer Vorstellung verknöcherte, gesellschaftliche Regeln auf den Kopf wie in unserem Liedtext *Smoke on the Water, Fire in the Sky.*

Wir wollten den Refrain und die immer wiederkehrende Tonfolge aber nicht überstrapazieren und vor allem die Mädchen nicht langweilen, die sich jeden Moment zum Weitergehen entschließen konnten. Deshalb gab ich Eddi ein Zeichen. Er nickte kurz zurück. Wir wechselten die Tonart und schwenkten in die traumhafte Deep Purple Ballade *Sweet Child in Time* ein. John Lords Orgelsolo beherrschten weder Eddi noch ich auf der Gitarre, deshalb sangen wir es kurzerhand mit irgendwelchen Aha- und Oho-Lauten, als wäre es nie anders zu Gehör gebracht worden. Zartfühlend musste es klingen und einen harten akustischen Gegensatz zum soeben gehörten *Smoke on the Water* bilden. Zum Glück wussten wir, dass es nicht auf den perfekten Sound, sondern auf die Leidenschaft ankam, die im Vortrag stecken musste. Wie gern hätten wir die Ballade *Sweet Child in Time* in ihrer ganzen Länge von sage und schreibe 10 Minuten und 19 Sekunden improvisiert. Aber uns fehlte es nicht nur an Stimme, die auch nur annähernd an die des Leadsängers Ian Gillan herankam, die sich gewandt über mehrere Oktaven schwang, sondern auch wieder mal an Text.

Cotton Fields back Home, das wir von den *Creedence Clearwater Revival* kannten, und dessen Wortfolge wir beherrschten, war ein vergleichsweise solider Song. Natürlich hatten wir auch hier im Vergleich zur Stimme des Frontman der Band, John Fogerty, außer Lautstärke nicht viel aufzubieten. Aber wir intonierten den Refrain zweistimmig. Das kam gut an. Und während ich die Stimme bei *oh, when them cotton bolls get rotten* senkte, ging Eddi in die Höhe. Zum Schluss verbeugten wir uns. Nicht so steif wie die Beatles in ihren frühen Jahren, eher lässig und wie beiläufig. Niemand klatschte. Linda versuchte in einer Strickmütze noch ein paar Münzen einzusammeln. Die Mädchen liefen, teils kichernd, in verschiedene Richtungen auseinander.

»Da sind wir!«, begrüßte Eddi Hoimar. Der wirkte nicht sonderlich begeistert, seinen früheren Schulkameraden mit uns im Schlepptau wiederzusehen. Ganz im Gegensatz zu seiner Freundin, die höchst amüsiert schien. Nachdem sie uns erst mit großen Augen und offenem Mund angestarrt hatte, als kämen wir von einem anderen Stern, begann sie wie aus heiterem Himmel laut und ungeniert zu lachen.

»Still jetzt, Pussi!«, herrschte Hoimar die Freundin an, die sich aber nicht darum scherte. Affektiert kreischte sie auf, warf dabei den Kopf in den Nacken, hielt sich die flache Hand vor den Mund und musterte uns abwechselnd. Sie, die ein lockeres, geblümtes, superkurzes Sommerkleid trug, in dessen fast bis zum Bauchnabel reichenden v-förmigen Ausschnitt ihre Brüste meine Blicke auf sich zogen, betastete frech den Leinenstoff von Lindas indischem, knöchellangem und hoch geschlossenem Kleid. Und während sie geringschätzig etwas von *Bettvorleger* gackerte, zögerte Linda nicht, ihr blitzschnell auf die Finger zu schlagen und sie wortlos mit einem Blick tiefster Verachtung zu strafen.

»Hoppla!«, sagte Hoimar, sichtlich irritiert. »Was war das denn jetzt?« Reflexhaft war er aus seinem Sessel hochgefahren, fand seine Beherrschung jedoch sofort wieder und mimte selbstgefällig den Gelassenen.

»Wenn du's nicht gesehen hast, kann ich noch mal!«, fuhr Linda ihn schnippisch an und hob die Hand zum Schlag.

Hoimar sprang auf und rief, dass es ihm jetzt aber reiche.

Er solle sich bloß nicht so wichtig machen, konterte Linda, und bevor sie ihrer Übelkeit nachgeben müsse, mache sie sich lieber auf und davon. Linda bestieg den erstbesten Sessel, der in ihrem Weg stand, und hüpfte über weitere Sessel an den Rand des Straßencafés. Von dort rief sie: »Und steck dir deine Pussi doch in den Arsch! Oder umgekehrt!«

Ich war sprachlos über Lindas Auftritt, den ich grandios fand und hätte am liebsten vor Begeisterung in die Hände geklatscht. Stattdessen schlug ich auf meiner Gitarre dreimal im Wechsel die H- und E-Saite an, so dass es klang wie ein Tusch: *tufftäää*!

Eddi fand als erster zur Sprache zurück. »Wird ja jetzt wohl nichts mehr aus der Übernachtung, Hoimar.«

Der hatte sich von uns abgewandt: »Was denn für 'ne Übernachtung?« Er lachte gekünstelt auf, als Pussi schrie: »Schlaft doch verflixt noch mal in den Kasematten, wo ihr hin gehört!«

Inzwischen waren die Kellner hinter Linda her gelaufen und hatten sie umringt. Sie redeten, aufgeregt gestikulierend, auf Französisch, Portugiesisch und Luxemburgisch auf sie ein. Ihre Art, das *Grand Café* zu verlassen, hatte ihnen nicht behagt. Aber was wollten sie machen? Auch wenn sie mit der Polizei drohten, Linda hatte bis auf ein Glas, das zwar von einem Tisch gefallen, aber nicht einmal zerbrochen war, keinerlei Schaden angerichtet. Und während Eddi die Kellner auf Englisch, Französisch und Deutsch bequasselte, legte ich die Arme schützend um Linda und entfernte mich mit ihr, von Eddi und den erzürnten Kellnerblicken gefolgt.

Wir drei hatten keine Ahnung, wo sich die Kasematten befanden, noch, was wir uns darunter vorzustellen hatten. Aber vielleicht war ja mit Pussis zynischem Tipp tatsächlich etwas anzufangen. Also fragten wir Passanten nach dem Weg und fanden bald dorthin. Wir waren nicht die einzigen, die in der unterirdischen Höhlenfestung aus irgendeiner lang zurückliegenden kriegerischen Epoche einen Nachtplatz suchten. Schnell kamen wir ins Gespräch mit zwei jungen Frauen in unserem Alter. Zwei Österreicherinnen, Alma und Elise, die hier schon seit einigen Tagen wohnten und, wie sie uns erzählten, auf eine gute Gelegenheit warteten, nach Paris mitgenommen zu werden. Sie rieten uns, möglichst nah bei den Ausgängen zu lagern. Dort würde es am wenigsten ziehen. Je tiefer man in das unterirdische System eindringe, desto unangenehmer wäre das Klima und desto kälter würde es. Außerdem wäre es wegen der Zugluft und des Qualms, der nicht abziehen könne, unmöglich, dort ein Feuer anzuzünden.

Linda und ich gingen zurück zum Auto um unsere Schlafsäcke und Proviant zu holen. Eddi sah sich nach einem Lagerplatz um und entschied sich für eine mannshohe Schießscharte, aus der eine Kanone in ein grünes Tal zielte.

Den Abend verbrachten wir mit Alma und Elise in deren Behausung, drei oder vier Schießscharten von unserer entfernt, jedoch ohne Kanone und daher etwas geräumiger. Die geradezu perfekte Feuerstelle, sagte Alma, hätten sie von ihrem Vorgänger übernommen, den sie den *Freak* nannten. Als sie wie selbstverständlich davon erzählte, dass der Freak von Amsterdam kommend über Brüssel nach München unterwegs gewesen sei, um sich von dort über die Alpen nach Italien durchzuschlagen, wo er sich das Geld für eine Überfahrt nach Griechenland organisieren wolle, hatte ich mit einem Mal das großartige Gefühl, Teil einer Generation zu sein, die nicht nur imstande war, geografische Grenzen nach Belieben zu überschreiten.

Auch die Grenzen, die uns Lehrer und Erzieher, auch die Eltern, die Kirche und die Menschen in den Dörfern und Kleinstädten, aus denen wir stammten, in unseren Köpfen zementiert hatten, schienen erste Risse zu bekommen. Wie weit waren plötzlich die Nester unserer Herkunft, Kanaul und Cochem, von uns entfernt! Kaum, dass wir von dort aufgebrochen waren, schienen sie weit, weit hinter uns zu liegen. Vieles, das uns bedrückt hatte, die Auseinandersetzung mit dem Vietnamfilm, Hottes *Wiegenlied vom Totschlag*, seine flapsige Bemerkung und die Diskussion, die sich mit Linda daran entzündet hatte. Und meine Flugzeugmechanikerlehre! Gott im Himmel, ich lernte Flugzeugmechaniker innerhalb gut bewachter Zäune aus NATO-Stacheldraht! Flugzeugmechaniker, ausgerechnet auf einem Militärstützpunkt! Dabei trug ich eine Lederschnur mit dem Peace-Zeichen als Anhänger um den Hals. Und das nicht erst seit gestern. Ich hatte es aus Schweißdraht selbst gebogen und zusammengeschweißt und mit schwarzer glänzender Metallfarbe überzogen. Warum hatte ich bisher den Widerspruch zwischen meinem Denken und Handeln kaum bemerkt? Hotte hatte mich direkt mit der Nase darauf gestoßen und in der ihm eigenen Klarheit gesagt, dass ich Maler sei und den Scheiß mit den Flugzeugen lassen solle. Ich hatte das alles gehört und verstanden, aber die Erkenntnis drang nicht in mich ein, bewirkte keine Umkehr.

Amerikanisches Militär nutzte den Fliegerhorst Büchel als Stützpunkt. Ich arbeitete Seite an Seite mit Angehörigen derselben Armee, die Feuer auf Vietnams Wälder und Menschen herabregnen ließ. Musste ich in diese Höhle unter der Stadt Luxemburg hinabsteigen, um mir von zwei österreichischen Hippiemädchen die Augen öffnen zu lassen?

Ich schob meine Gedanken beiseite, wollte auf keinen Fall, dass die beiden Frauen von der Art meiner Tätigkeit erfuhren und hoffte, dass auch Eddi und Linda mich nicht durch eine Bemerkung verrieten. Welchen Eindruck hätten Alma und Elise von mir gehabt? Es war mir wichtig, gut vor ihnen da zu stehen, als Maler anerkannt zu werden. Als solcher hatte ich mich ausgegeben, nicht als jemand, der Kriegsgerät instand hält.

Wir lauschten Elises Schwärmerei vom Mittelmeer. Sie erzählte, dass sie mit ihrer Freundin Alma weiter nach Marseille wolle, dann zu den wilden Pferden in die Camargue und den Flamingokolonien nördlich von *Les-Saintes-Maries-de-la-Mer*. Aber damit nicht genug! Weiter gehe es zu den Reisfeldern von Valencia. Sie redete voller Begeisterung, dass sie vorher aber mindestens drei bis vier Tage, vielleicht aber auch ein paar Wochen – man werde sehen – in der Weltstadt Barcelona einzutauchen gedenken. Weiter, weiter, ach, das Leben war ja noch so jung, immer weiter bis an die Ränder des Kontinents! Andalusien und Gibraltar, die Winde von Tarifa durch die Haare wehen lassen und dann hinauf in die weißen Dörfer der *Costa de la Luz*, über *Cádiz* nach Westen zur portugiesischen Grenze und entlang der Algarve zu den Klippenfischern am *Cap Sankt Vincent* am Ende Europas. Wie schön es klang, wenn Elise mit österreichischem Akzent auf Portugiesisch *Cabo de Sao Vicente* sagte.

Alma war weniger gesprächig als ihre Freundin. Aber sie hing ihr, wenn sie redete, an den Lippen. Dabei hielt Alma den Kopf ein wenig zur Seite geneigt, und ihre dunklen Augen glänzten feucht und verträumt.

Als plötzlich von draußen ein warmer Windhauch in unsere Höhle eindrang, das Feuer heftiger zu flackern begann und uns Qualm ins Gesicht wehte, griff Elise entschlossen zu einem Gegenstand, den sie wie einen Schürhaken benutzte. Sie hantierte damit in der Glut und über dem Feuer, dass mir der Gedanke kam, sie könne eine Magierin sein.

»Ein Indianerfeuer macht keinen Rauch«, sagte sie. Funken stoben auf, und während Linda, die neben mir saß, noch keuchend Schutz hinter meiner Schulter suchte, verzog sich der Rauch in den Winkeln der Kasematten.

Eine Weile starrten alle ins Feuer. Ich spürte Lindas Hand, die auf meiner Schulter liegen geblieben war. Und nah an mir ihren weichen Körper.

Eddi schlug ein paar Akkorde auf der Gitarre an, und Alma sagte strahlend: »Au fein!« Er sang ein Lied, das aus dem Jiddischen stammte, wir aber damals eher von Joan Baez und Pete Seeger kannten und daher für ein amerikanisches hielten.

»On a waggon bound for the market there's a calf with a mournful eye«, sang Eddi. »High above him there's a swallow, swinging swiftly through the sky.«

Den Refrain, allen bekannt, summten oder sangen wir leise mit. Wie schön es klang unser *Donna Donna Donna Do-hon-na…* Die steinernen Wände der tiefer hinter unserem Lagerplatz liegenden Gänge und Räume reflektierten unseren Gesang und gaben ihn flüsternd zurück. Fast hatte der Klang etwas Sakrales. Dem letzten

Donna Don lauschten wir lange nach, bis auch die Wände der Kasematten schwiegen.

Erschöpft von dem anstrengenden Tag verdrückte ich mich als erster und suchte unseren Lagerplatz bei der Kanone auf. Linda folgte mir und erschien, als ich mich gerade in meinen Schlafsack verkrochen hatte. Eddi blieb bei den Frauen.

In der Nacht wurde ich von einem Geräusch geweckt. Ich lag warm in meinen Schlafsack gehüllt neben dem Metallfuß der Kanone. Linda lag in ihrem Schlafsack nah an mich geschmiegt. Auf meinem Gesicht spürte ich einen zarten, kühlen Windhauch. Was hatte mich geweckt? Ich sah auf. Durch die Schießscharte drang ein diffuses Licht herein. Vor mir stand Eddi, splitternackt.

»Was ist los?«, wollte ich wissen.

»Die wollen mich nicht mehr.«

»Was? Wer will dich nicht mehr?«

»Alma und Elise.«

Ich verstand nichts, war auch zu müde um nachzufragen. Ich drehte mich um und vergrub mein Gesicht in Lindas duftenden Haaren.

Am Morgen erwachte Eddi als letzter. Linda war schon unterwegs, um Frühstück zu holen. Splitternackt, wie er in der Nacht hier aufgetaucht war, pellte er sich aus seinem Schlafsack.

»Oh, des Kaisers neue Kleider!«, ärgerte ich ihn.

»Da hast du nicht einmal Unrecht. Völlige Fehleinschätzung der Lage!«

»Was war denn los? Nun red' schon!«

Er ließ sich drängen, bis er damit herausrückte: Es habe nach dem Verschwinden von mir und Linda nicht lange gedauert, und Elise und Alma hätten Matten und Decken zu einer Schlafstätte zusammengelegt. Das habe er als Aufforderung verstanden, ihnen noch nicht gute Nacht zu sagen, sondern zu bleiben. Er sei zu den beiden Frauen auf die Matte gerückt. Sie hätten ihm auch Platz gemacht und begonnen sich auszuziehen. Aber nicht jede für sich, sondern sie hätten sich gegenseitig befummelt und dabei langsam und sich streichelnd ihre Kleider abgestreift. Alma habe Elise den Slip mit dem Mund ausgezogen. Sie habe den Stoff zwischen die Zähne genommen und erst Elises Hintern und dann ihr buschiges Dreieck frei gelegt. Leider habe er wegen des mangelnden Lichts nicht alle Details erkennen können. Trotzdem habe es ihn ungeheuer angemacht. Sofort habe auch er begonnen, sich auszuziehen. Die Aussicht, gleich mit beiden Frauen ein Abenteuer zu erleben, habe ihm regelrecht den Verstand geraubt. Denn er habe zuerst nicht begriffen, dass sie von ihm – sexuell jedenfalls – nichts wollten. Im Gegenteil.

Das Einzige, was er sich habe vorstellen können, sei gewesen, dass die beiden sich für *ihn* ausgezogen hätten, um ihm damit ein heißes Vorspiel zu bieten.

Ich konnte Eddi gut verstehen, denn schließlich war eine schöner und anmutiger als die andere. Elise trug ihr dunkles Haar wider jede Mode kurz, und der Schnitt verlieh ihr etwas Knabenhaftes. Sie war sehr schlank, und ihre Brüste waren unter ihren an Gewänder erinnernden Kleidern nur zu erahnen. Behängt mit glimmerndem Schmuck waren beide Frauen. Alma trug zudem noch zwei große Reifen als Ohrringe. Sie war von beiden die sinnlicher wirkende, mit ihren geschwungenen Lippen, den dunklen Augen und der rotblonden Mähne, durch die sie ein türkisfarbenes Band geflochten hatte.

»Nun«, sagte Eddi. Er schüttelte plötzlich den Kopf und raufte sich die Haare, er habe versucht, an ihrem Spiel teilzunehmen, habe sie erst vorsichtig, später auch leidenschaftlicher berührt.

»Ich wusste ja nicht, was ihnen gefallen würde!«

Er habe allerhand ausprobiert und sie hätten es auch geschehen lassen. Keine Spur von Abwehr. Aber sie hätten mit keiner Zuckung, geschweige einer Erwiderung auf seine Versuche von Liebkosungen reagiert.

»Irgendwann war mir das dann zu blöd. Meine Geilheit war im Eimer, und ich trat den Rückzug an. Leider war inzwischen das Feuer fast erloschen, und ich unternahm in der Dunkelheit erst gar nicht den Versuch, aus dem Wust von Kleidungsstücken, Matten und Kissen meine Klamotten herauszufischen.«

Außerdem seien Elise und Alma inzwischen dermaßen intensiv mit ihrem Liebesakt zugange gewesen, dass er habe nicht weiter stören wollen.

»Frühstück, Jungs!«

Linda tauchte mit einer Tüte frischer Croissants auf. Eddi, der immer noch ohne Hemd und Hose in der Gegend herumstand, widmete sich seinem Rucksack, den er nach frischen Sachen durchwühlte. Linda butterte die Croissants und kochte Nescafé auf dem Spirituskocher. Keiner von uns sprach. Eddi wirkte deprimiert. Wir saßen um den Kaffeekocher herum wie am Abend ums Lagerfeuer.

Als wäre sie bei unserem Gespräch vorhin dabei gewesen, sagte Linda unvermittelt in Eddis Richtung: »Das war klar, dass die beiden nicht auf Männer stehen.«

»Wie? Du wusstest das?«

»Nein, aber eine Frau spürt so etwas.«

»Hm«, brummte Eddi.

»Und was ist noch?« Linda hatte ein ausgezeichnetes Gespür für Stimmungen. Sie schaute Eddi fragend an.

»Habe ich was verpasst?«, fragte ich, wollte aber eigentlich gar keine Antwort hören.

Eddi druckste herum. »Hm, sie wollen halt mitfahren!«, sagte er betreten.

Einen Moment lang blickten Linda und ich uns fragend an. Doch nur eine Sekunde später zog in uns beiden die gleiche Ahnung auf.

»Eddi!« Lindas Stimme klang drohend. »Du hast doch nicht etwa schon zugesagt?«

»Nun«, stammelte Eddi. »Wir kamen darauf zu sprechen, als es schon spät war und es mächtig zwischen uns knisterte, und – ich weiß ja auch nicht, was mich geritten hat – ich habe *ja* gesagt, *ja,* sie könnten bis Paris mit uns fahren.«

»Ach du Scheiße! Wie soll das denn gehen?«

»Ich kann ja zu den beiden auf die Rückbank …«, bot Eddi kleinlaut an. »Dann kannst du nach vorn, Linda.«

»Und wer navigiert? Verdammt noch mal?«, schrie ich. Aber innerlich schmunzelte ich bereits.

Ich nippte an meinem heißen Kaffee. Das Frühstücksgebäck schmeckte vorzüglich. Durch die Schießscharte blitzte die Morgensonne von einem wolkenlosen Himmel herab. Ich fühlte mich gelöst wie nie zuvor. Frankreich lag vor uns. Entweder mein Fiat würde uns nach Paris bringen und vielleicht sogar noch weiter, oder er würde unter der Last von fünf Personen ächzend zusammenbrechen. Wir würden sehen!

Ich genoss die ersten Croissants meines Lebens und war glücklich, Freunde wie Eddi und Linda an meiner Seite zu wissen.

Ein magischer Ort

Als Elise und Alma ihre Sprachlosigkeit angesichts unseres Fahrzeugs überwunden, ihre Augen, denen sie nicht zu trauen schienen, gerieben und ihre Münder vor lauter Irritation mehrfach tonlos geöffnet und wieder geschlossen hatten, begannen wir einen Sitzplan zu schmieden. Wieder einmal.

Eddi und Linda teilten sich den Rücksitz mit unserem gesamten Gepäck. Elise hatte auf dem Beifahrersitz Platz genommen. Alma saß auf ihrem Schoß. Wir hatten die Stadt hinter uns gelassen und fuhren durch eine grüne, leicht hügelige Landschaft. Mir kam das Wort *Morgenlandfahrt* in den Sinn, Titel eines Buches von Hermann Hesse, dessen Romane Eddi und ich damals mit Begeisterung verschlangen und über die wir intensiv diskutierten. Hätte ich nicht, ganz anders als gestern noch, bei jedem geringen Anstieg der Straße die Sorge gehabt, mein japsender Fiat könne jeden Moment versagen, wäre es wirklich eine entspannte und hinreißende Fahrt gewesen.

»Klappt doch ganz gut«, sagte Eddi zufrieden, dessen obere Kopfhälfte noch gerade hinter einem Berg von Rucksäcken und Taschen im Rückspiegel zu sehen war. Dann hörten wir einen kurzen schrillen Schrei, der flugs in ein Wimmern umkippte.

»Autsch! Autsch! Mein Bein, ich hab einen Krampf. Autsch! Huuuuu!« Das war Elise. Alma versuchte sich aus ihrer Sitzposition auf Elises Oberschenkeln zu lösen, sich hochzustemmen, um sie unter sich zu entlasten. Aber der Versuch misslang, und mit einem Ruck, der Elise neue Schreie entlockte, landete Alma wieder auf Elises Schoß. Ich fuhr rasch an den Straßenrand. Die Beifahrertür wurde geöffnet, und die beiden Frauen purzelten voller Panik hinaus aufs Feld. Elise erhob sich wimmernd. Langsam löste sich der Krampf durch festes Auftreten. Eddi wühlte in seinem *Notfallkoffer*, einem Beutel mit diversen Präparaten aus der Krankenhausapotheke, Pflaster und Schere. Magnesium, sagte er, das helfe bei Krämpfen.

Ich hatte die Warnblinkanlage ein- und den Motor ausgeschaltet. Wir hatten uns wie zum Kriegsrat neben der Straße niedergelassen und überlegten, wie wir weiter fahren wollten. Dass wir einfach zu viele waren, und der Fiat für fünf Personen plus Gepäck nicht geschaffen war, sagte niemand. Ein unausgesprochenes Einverständnis verband uns: Bis Paris würden wir zusammen bleiben – mindestens. Ein Joint machte die Runde. Als Alma an der Reihe war, zitierte sie mit breitem, einnehmendem Lächeln den Slogan aus Peter Fondas *Easy Rider*, wonach der Tag dein Freund ist, wenn du morgens einen Joint rauchst.

Auf die Gestaltung unserer Weiterfahrt kamen wir erst wieder zu sprechen, als ein schwerer LKW laut hupend auf der Landstraße an uns vorbei donnerte. Offenbar hatte er sich über unseren auf dem rechten Fahrstreifen parkenden Fiat geärgert, der ihn zwang, sein Tempo zu verringern und auf die linke Fahrbahn auszuweichen. Ausgerechnet Elise, die vorhin noch über die Wiese gehopst war, um ihren Krampf im Schenkel los zu werden, war es, die nach einigen Debatten sagte, wir sollten uns mal nicht verkrampfen und locker bleiben, denn so klein sei der Fiat ja nun auch wieder nicht. Eddi war ganz ihrer Meinung und erfand kurzerhand das Rotationsprinzip, wie er es nannte. Probleme, sagte er, ergäben sich nur dadurch, dass wir zu lange in der gleichen Sitzposition verharrten. Elises Krampf sei das beste Beispiel dafür.

Er schlug vor, halbstündlich anzuhalten und die Sitzkonstellation im Wagen komplett zu verändern. So hätten wir genügend Bewegung, könnten Krämpfen oder sogar drohenden Thrombosen vorbeugen. Außerdem sei das gerecht, wenn jeder einmal auf einer besseren oder weniger guten Position zu sitzen käme. Ich fand den Vorschlag gut, der mich, den Fahrer, nicht betraf. Als Eddi vorbeugend gegen Krämpfe Magnesiumkapseln verteilte, sagt Elise beiläufig, dass sie auch einen Führerschein besitze. Ich bekam einen Schreck. Mir war sofort klar, was das bedeuten konnte. Also redete ich schnell irgendetwas daher, um ihre Bemerkung ungehört zu machen. Aber zu spät!

Ihre ersten Fahrversuche ließen auf alles andere als auf eine auch nur halbwegs geübte Autofahrerin schließen. Doch nachdem Elise die Kiste mehrfach abgewürgt und ich mir beim Festhalten des defekten Starters im Motorraum ölige Finger geholt hatte, kamen wir doch noch ins Rollen. Den kurzen Gedanken, mir ihren Führerschein zeigen zu lassen, verwarf ich als zu spießig.

Doch schon bald begann sich mein lästiges Los, Beifahrer sein zu müssen, in höchste Lust zu wandeln.

Während Elise das Auto lenkte, genoss ich auf dem Beifahrersitz Almas geschmeidigen Körper auf dem meinen. Dabei nahm mir ihr flatternder Haarschopf auf das Angenehmste die Sicht, so dass ich mich bald wie mit ihr allein empfand. Die Enge im Fahrzeug ließ ohnehin keine andere Wahl als meine Arme um die Frau zu legen, die jede meiner noch so kleinen Bewegungen oder Zuckungen ganzkörperlich erwiderte. Sie tat dies in solch langsamen und winzigen, dennoch höchst intensiven Bewegungen, dass ich mir sicher war, dass niemand im Fahrzeug unser Spiel bemerkte, während ich in höchste Verzückung geriet.

So wäre ich bis nach Paris weiter gefahren, doch die halbe Stunde bis zum Wechsel flog nur so dahin. In allen denkbaren Positionen und Zusammenstellungen besetzten wir das Fahrzeug. Zum Glück sahen alle ein, dass ich aufgrund meiner Körperlänge für die Rückbank nicht geeignet war. Wir hätten mich dort nur auf dem Rücken liegend mit den Beinen in der Vertikalen unterbringen können. So wechselten sich, wenn ich nicht gerade selbst das Fahrzeug steuerte, Alma und Linda auf meinem Schoß ab. Linda war leichter als Alma. Und obwohl wir uns seit langem freundschaftlich vertraut waren, saß sie ohne jede Regung auf meinen Oberschenkeln wie ein Buddha aus Stein. Wortlos demonstrierte sie mir: Hier sitze ich nur aus Platzmangel.

So war ich froh, wenn Alma wieder auf mir Platz nahm. Wie in einem Sessel suchte sie nach einer Position, die uns aufs engste miteinander verband. Als sie unter ihrem Gesäß meine Erregung spürte, begann sie, ihre Pobacken im Wechsel zusammenzukneifen und wieder zu entspannen, so dass ich im Nu in höchste Verzückung getrieben wurde und anschließend vor Erschöpfung umgehend unter ihr einschlief.

Es war der heißeste Sommer des Jahrzehnts. Damals glaubten wir, dass künftig alle Sommer so sein würden. Voll luftiger Hitze und dieser taumelnden Trägheit der Tage. Wir genossen es, durch das offene Verdeck den Wind in den Haaren zu spüren, die wir, Elise ausgenommen, lang hatten wachsen lassen. Zum ersten Mal hörte ich den Song *Find the Cost of Freedom*, der seitdem so etwas wie eine persönliche Hymne für mich geworden ist. Elise sang ihn leise, den Blick über das Lenkrad auf den Asphalt der Straße gerichtet, die vor uns lag wie ein ausgerollter Teppich. Wir brauchten ihn nur zu betreten. Er würde in die Welt hinausführen, die schön war. Ausnahmslos schön und für uns gemacht.

Alma und ich waren auf der Fahrt zusammen eingeschlafen. Unsere Freunde weckten uns mit Wasser, das sie über unsere Köpfe gossen. Kein kaltes Wasser, wie gestern auf der *Place d' Armes*. Es fühlte sich warm an und ölig. Es floss durch die Haare, rann über Gesicht und Hals. Wir hatten nicht bemerkt, dass wir über eine holprige Piste hierher gekommen waren und dass die anderen bereits ohne uns das Fahrzeug, teils durchs offene Verdeck, verlassen hatten. Der Fiat stand direkt an einem See, in dem ich Linda schwimmen sah. Eddi und Elise, nass und nackt, sprangen übermütig um das Fahrzeug herum. Im See füllten sie ihre Münder mit Wasser und kamen herbeigelaufen, um es mit kindischem Vergnügen durch das geöffnete Verdeck über uns auszuspeien.

Alma über mir war im Schlaf so auf mich herabgesunken, dass wir im Sitz lagen wie ein einziges träges Tier. Ich hörte Alma stöhnen. Sie versuchte sich auszustrecken, und als die beiden draußen erneut Wasser auf uns herabrieseln ließen, schrie sie etwas und schlug mit den Armen um sich. Sie versuchte, sich aufzurichten. Da wir uns in einer vertrackten Stellung befanden, versetzte sie mir dabei unfreiwillig ein paar heftige Stöße in die Rippen. Ich lag machtlos unter ihr. Hinzu kam, dass sich eine ihrer Haarsträhnen um das Peace-Zeichen auf meiner Brust gewickelt und darin verheddert hatte. Als sie die Wagentür öffnete und versuchte, sich aus meinem Schoß durch die Beifahrertür nach draußen zu rollen, hing sie mit den Haaren in meinem Halsband. Wir unternahmen ein paar vergebliche Versuche, das Haarknäuel zu entwirren und es aus meinem Friedensamulett zu lösen. Währenddessen nutzten Eddi und Elise unsere Situation aus, um uns immer wieder mit Wasser zu bespucken, was ich allmählich nicht mehr witzig fand. Schließlich gelang es mir, die Lederschnur über meinen Kopf zu bugsieren. Almas Gesicht strich über meins. Zuerst ihre Stirn, ihre Nase, schließlich ihre Lippen, die sehr langsam über meinen Mund glitten. Ich hatte auf einen Kuss gehofft, den ich aber nie von ihr bekam.

Im Gehen streifte Alma ihr Kleid ab, ließ es neben sich fallen und stieg, ohne noch einmal anzuhalten, in den See wie eine Nymphe. Elise und Eddi blickten ihr hinterher. Verärgert über die Wasserspuckerei hatte sie die beiden links liegenlassen und entfernte sich mit großen, geübten Schwimmzügen. Weit hoben sich ihre Schultern aus dem Wasser, glänzten einen Augenblick im warmen Sonnenlicht und tauchten ab, um mit neuer Kraft wieder empor zu stoßen. Linda war inzwischen aus dem Wasser gestiegen und lag ausgestreckt in der Sonne.

Es war eine Idylle, die ich vor mir sah. Der See war fast kreisrund, nicht sehr groß, hatte sicher nur wenige hundert Meter Durchmesser. Auf unserer Seite war das Ufer flach und locker, parkähnlich, von Bäumen und einigen Sträuchern bestanden. Gegenüber zog sich über dem Wasser ein dichter, von wenigen Felsen durchbrochener Wald den Hang hinauf wie ein halb geöffneter Trichter. Ich hatte die Vorstellung von zwei riesigen Händen, die sich schützend um das Wasser legten.

Irgendwo im Fahrzeug fand ich Papier, einen Zeichenblock, Stifte und Kreide. Ich begann zu zeichnen, Hände aus Wald und Fels. Plötzlich kam es mir vor, als stünden und säßen meine Freunde, die sich am Ufer niedergelassen hatten, mir Modell. Sie verharrten seltsam still, fast unbeweglich in unterschiedlichen Posen. Mir gelang es, gleich mehrere Skizzen anzufertigen, flüchtige Eindrücke, das Wesentliche auf Papier gebannt. Später würde ich alles auf dem Zeichentisch vollenden oder als Erinnerungsstütze für größere, reifere Bilder aus Öl oder Acryl nutzen.

Linda ist in der rechten Bildhälfte von der Seite zu sehen, entspannt, mit angewinkelten Beinen auf den Oberschenkeln hockend, Arme gelöst herabhängend, mit den Fingerspitzen berührt sie die Erde. Sie trägt so etwas wie einen weißen Slip, ein dünnes Tuch, das sie sich um die Hüften geschlungen hat, ein Stück Stoff, das sich, beim Baden nass geworden, jetzt zusammenrollt. Linda blickt hinaus auf den See, verfolgt mit entspannten Gesichtszügen Alma, die Schwimmerin. Linda trägt kleine weiße Blüten, zu einem zarten Kränzchen geflochten, in ihren roten Haaren, die lockig weit über die Mitte ihres gebräunten Rückens fallen.

Elise im Schneidersitz, Linda im Blick und nah bei ihr. Ihr kurzes schwarzes Haar verleiht ihrem Gesicht Strenge. Nur ihr Ohrschmuck, der dunkelroten Oliven gleicht, löst diese ein wenig auf. Trotz ihrer fast knabenhaften Brust, die ich beim Zeichnen in Ruhe betrachte, ist Elise ganz Frau.

Aber warum nur wirkt Eddi so grimmig? Er hockt hinter den beiden Frauen, blickt mürrisch, hat ein Hemd übergezogen, das ihm bis über die Knie hängt, und sogar seine Mütze trägt er trotz der Hitze tief ins Gesicht gezogen. Eine Hand hat er im Bart vergraben – zweifelnd, sinnierend? Was verraten seine Augen, die ins Leere zu blicken scheinen? Vielleicht schimmert jetzt so etwas wie Sehnsucht darin?

Später betrachtete Elise meine Skizzen lang und intensiv. Sie erinnerten sie an die Bilder des Franzosen, der Ende des letzten Jahrhunderts zum Malen in die Südsee übergesiedelt war. Ich sah sie ungläubig an: »Du meinst nicht etwa Gauguin?«

»Ja, kann schon sein, dass er so geheißen hat.«

Was konnten wir heute noch besseres tun, als an diesem schönen Platz am See zu bleiben? Deshalb beschlossen wir, nicht weiter zu fahren. Besser gesagt, es ergab sich, dass wir nichts unternahmen, um von hier weg zu kommen. Wir blieben, weil niemand daran dachte aufzubrechen.

Ich hatte eine Weile im Auto gesessen, um aus der Distanz zu beobachten und zu skizzieren. Was sich auch als die richtige Entscheidung herausstellte. Denn als ich das Fahrzeug mitsamt meinen Malsachen verließ und mich zu den anderen gesellte, war es mit deren Ungezwungenheit vorbei. Meine Versuche, sie vor mir sitzend mit dem Stift abzubilden, scheiterten. Linda sagte, sie fühle sich von mir inspiziert. Ein anderes Mal vielleicht würde sie mir Modell sitzen. Jetzt aber wolle sie entspannen, ohne meine Blicke auf sich gerichtet zu wissen. Eddi alberte herum. Seine Grimmigkeit, die ich vorhin in seinem Gesicht zu erkennen glaubte, war dahin. Er schnitt mir Fratzen, streckte die Zunge heraus, bohrte in der Nase und tat mit den Fingern so, als rolle er seine Popel zu Kugeln, die er gezielt auf mich verschoss. Allein Elise hätte den nötigen Ernst aufgebracht, sich von mir abbilden zu lassen. Doch mit Blick auf Eddi und Linda sagte sie vielversprechend: »Vielleicht später, Ako.«

»Versprochen?«

Sie zog die Augenbrauen hoch, lächelte und nickte. Eddis Albernheit schien sie jetzt mehr zu reizen, und schon waren die beiden wieder dabei, irgendeinen Unsinn zu fabrizieren, wie eben beim Wasserspucken. Ich ging schwimmen, und erst als ich mich in Rückenlage in dem überraschend kalten Nass ausgetobt und auch ein paar Tauchgänge in eine noch kältere Dunkelheit gewagt hatte, bemerkte ich Almas Verschwinden. Ich suchte mit den Augen die Wasseroberfläche ab und ließ meine Blicke an den Seerändern entlang kreisen. Keine Spur von Alma. Ich ging an Land und fragte: »Habt ihr Alma gesehen?« Um die brauche ich mich nicht zu sorgen, sagte Elise. Sie sei es gewohnt, dass sich Alma immer wieder kleine Auszeiten nehme. Sie werde bald wieder da sein.

Ich legte mich im Halbschatten auf den Rücken, verschränkte die Arme hinter dem Kopf. Vor einem nahezu wolkenlosen Blau flimmerte über mir das Blattwerk eines Ahorns. Niemand sprach mehr. Stattdessen drangen die sommerlichen Geräusche von Insekten an mein Ohr. Kaum ein Hauch, und der See spiegelblank, ohne jede

Kräuselung durch Wind. Im Dahindämmern sah ich die friedvollen Südsee-Bilder Paul Gauguins vor mir, seine paradiesisch anmutenden Abbildungen der tahitischen Frauen. Männer erschienen seltener in seinem Werk. Oft in Gestalt von Dämonen und Götzen. Wie sehr ich damals Gauguins Kunst bewunderte und liebte! Doch malen wollte ich nicht wie er. Nicht Gauguin wollte ich kopieren und auch sonst niemanden. Ich sehnte mich so sehr danach, die Farben meiner Seele in meinen Bildern sprechen zu lassen. Heute weiß ich, was das für ein langer Weg ist.

Als wir ein Fahrzeug herannahen hörten, sagte Elise wie im Spaß: »Da kommt Alma!« Die Ruhe war dahin. Noch bevor das Gefährt in unser Blickfeld schoss und mit einem abenteuerlichen Bremsmanöver zum Stehen kam, sahen wir die Staubwolke, die es auf dem unbefestigten Weg aufgewirbelt hatte.

»Das sieht nach Ärger aus!«, bemerkte Eddi. Der Fahrer, ein Gendarm im kurzärmeligen Hemd, schaltete den Motor aus, stieg vom Motorrad und stellte es auf den Ständer. Auf dem Sozius saß eine weitere Person, bemerkenswert ausstaffiert. Ihre Füße und Beine waren nackt. Über ihrer Schulter hing die viel zu große Jacke einer Gendarmenuniform. Sie reichte ihr bis knapp über die Knie. Über den Kopf hatte sie einen Polizeihelm gestülpt. Der Gendarm, kaum älter als wir, half ihr vom Sitz. Wir saßen schweigend da, gespannt, was nun passieren würde. Nicht erst, als sie den Motorradhelm vom Kopf nahm, erkannten wir Alma. Sie drückte dem Gendarmen den Helm in die Hand. Dabei lächelte sie freundlich, bedankte sich, was fast schon ein wenig vertraut wirkte. Verlegen grinste der Gendarm zurück, während Alma ganz unbefangen die Uniformjacke aufknöpfte und auszog. Im Höschen stand sie nun vor dem Mann, dem anzumerken war, dass er nicht wusste, wohin er mit Händen und Blicken sollte. Unbeholfen nahm er die Jacke von Alma entgegen, zog sie über und verlor, als er auf die Maschine stieg und sie vom Ständer nahm, fast das Gleichgewicht.

Schon hatte er den Motor angelassen, ein paar Mal am Gasgriff gedreht, als er sich entschloss noch einmal abzusteigen. Es schien, als sei ihm etwas eingefallen. Er öffnete den Motorradkoffer, entnahm drei prächtige Exemplare frisch funkelnder Forellen, die aufgereiht an einer Schnur hingen. Das seien ihre, sagte er und überreichte sie Alma. Diese freute sich wie ein Kind, dass er ihr den Fisch überließ, schwang vor Begeisterung den Oberkörper in kleinen Drehungen, dass ihre Brüste nah vor den Augen des Beamten ins Wogen gerieten. Der ergriff die Flucht, buchstäblich, schwang sich aufs Motorrad und bretterte davon.

Verdutzt und fragend blickten wir zu Alma, die uns stolz die Fische präsentierte. Elise lachte laut auf: »Typisch Alma!« und machte eine wegwerfende Handbewegung.

Was war passiert?

Alma hatte den See durchschwommen und war ans andere Ufer gestiegen. Einem Bach, der dort in den See mündete, sei sie gefolgt, erzählte sie. Vielleicht zehn Minuten oder eine viertel Stunde lang sei sie durchs Bachwasser gegen die Strömung gewatet. Der Wald, in dem sie sich befunden habe, sei immer lichter geworden und schließlich in eine offene Lichtung übergegangen. Dahinter seien auf einer Anhöhe die ersten Häuser einer Ortschaft zu sehen gewesen. Dort habe sie Halt gemacht, schließlich sei sie nahezu unbekleidet gewesen. Im Bach hätten die Forellen gestanden, dass es ein Vergnügen gewesen sei. Sie habe das Bachbett nach den schönsten Exemplaren abgesucht und sie gefangen.

»Wie gefangen?«, fragte Eddi.

»So wie man halt Forellen fängt. Mit der Hand.«

»... der Hand?«

Alma und Elise lachten amüsiert.

»Wie denn sonst? Hatte doch keine Angelrute dabei.«

»Und wie machst du das?«, fragte Linda interessiert. Alma erklärte, man müsse sich langsam, in fließenden Bewegungen, nie ruckartig, einer Forelle nähern. Bekanntlich stünden die Tiere ja mit Vorliebe in der Strömung lebhafter Gewässer, seien oft auch unter Steinen verborgen. Man führe eine Hand von vorn auf den Kopf des Tieres zu, die andere müsse zum entschlossenen Zupacken vorsichtig über dem Rücken des Fisches in Stellung gebracht werden.

»Dann einatmen, Luft anhalten und zuschlagen!« Eine Forelle würde die Flucht immer nach vorn versuchen. Dabei schwimme sie geradewegs in die zum Griff in die Kiemen bereit gehaltene Hand. Die andere Hand stürze sich auf den Rücken des Fisches und greife fest zu, damit er nicht wegflutsche.

»Dann haut man seinen Kopf zwei-, dreimal auf einen Stein und fertig.«

Als sie dabei gewesen sei den vierten Fisch zu fangen, berichtete Alma, habe sie gehört, wie sich hinter ihr jemand räusperte.

»Das war der Gendarm, und ich bekam einen ziemlichen Schreck. Das Prachtexemplar von einer Forelle, auf die ich es abgesehen hatte, konnte entkommen.« Der Gendarm sei freundlich aber angesichts ihrer Blöße ziemlich verstört gewesen. Dennoch habe er versucht, seiner Funktion gerecht zu werden und ihr mit angestrengt ernster Miene vorgehalten, dass sie Fischfrevel begehe, was eine zu ahndende Ordnungswidrigkeit sei.

»Ich tat, als verstünde ich kein Wort Französisch«, erzählte sie belustigt, und weil die Peinlichkeit des Gendarmen auch ihr immer peinlicher geworden sei, habe sie ihre Arme züchtig vor ihrem Busen verschränkt. Darauf habe der Gendarm sich umgedreht, seine Uniformjacke ausgezogen und sie Alma rückwärts hingehalten. Umgehend habe er sich geschickt daran gemacht, die gefangenen Fische, die auf einem Stein gelegen hätten, an einer Schur aufzufädeln.

Mit einem Wink habe er Alma gedeutet, dass sie mitkommen müsse. So sei sie über die weite Lichtung bis hinauf zur Ortschaft gelaufen, immer zwei oder drei Schritte vor dem Gendarmen her, damit er sie im Blick behielt. Im Ort habe er sie in sein Büro geführt.

»Der Versuch, mich zu verhören, scheiterte an meinen nicht vorhandenen Sprachkenntnissen«, amüsierte sich Alma. Fast habe sie sich noch verraten. Sie habe nämlich laut losprusten müssen, als er sie doch tatsächlich nach ihrem Pass gefragt hätte.

»Ich schrieb ihm gehorsam Namen und Adresse auf.« Wirklich zufrieden sei er jedoch erst gewesen, als sie eingewilligt habe, sich von ihm mit dem Motorrad hierher bringen zu lassen.

»Den Rest habt ihr gesehen!«

»Alte Schwindlerin!«, lachte Elise, gab Alma einen zärtlichen Stups vor die Schulter und einen Kuss auf die Stirn. »Ihr müsst nämlich wissen, dass sie eine der Besten im Seminar für romanische Sprachen war.«

Alma und Elise widmeten sich dem Ausnehmen der Fische. Sie säuberten sie mit einer Routine, als machten sie das jeden Tag. Eddi und Linda trugen derweil Holz für ein Feuer zusammen.

Ich hatte mich mit meinen Zeichensachen ein paar Schritte von den Frauen weg auf einen Stein gesetzt. Mit schnellen Bleistiftstrichen glücken mir die Formen sofort überraschend flott, ausgewogen und mit Ebenmaß. In der Bildmitte der Stamm des Ahorns, von dem einige Blätter ins Bild ragen, links neben dem Baumstamm Alma. Sie trägt Fische in einer Schüssel, schaut dabei den Bildbetrachter mit ihrem offenen Gesicht direkt an. Rechts Elise abgewandt. Konzentriert bearbeitet sie einen Fisch mit einem Messer. Dahinter der alles verbindende See, der aufstrebende, bewaldete Hang, den ich heute schon einmal abgebildet und dem ich die Form von Händen gegeben hatte. Den See male ich rot.

Wie hätte es anders sein können? Die Fische schmeckten ausgezeichnet. Wir aßen sie mit Brot, das wir vom Frühstück übrig hatten. Was uns einzig fehlte, der Wein, ließ nicht lange auf sich warten. Während wir die letzten Reste von den Tellern und unseren Fingern leckten und die Gräten noch einmal nach eventuellen Fischresten untersuchten, hörten wir ein Motorrad näher kommen. Wie am Nachmittag. Doch inzwischen dämmerte es bereits. Diesmal sahen wir keinen Staub aufwirbeln, sondern einen Lichtkegel, der auf uns zusteuerte. Kein Zweifel, wer da nahte.

»Oje, jetzt wird nachermittelt!«, spottete Eddi. Elise, ein wenig erschrocken: »Aber doch nicht mehr jetzt, um diese Zeit!«

»Die Fische nimmt uns jedenfalls keiner mehr ab«, freute sich Linda.

Erst als der Gendarm den Motor und die Fahrzeugbeleuchtung abgeschaltet hatte, erkannten wir, dass er Zivil trug. Auf dem Sozius war eine junge Frau mit ihm gekommen, die er uns als seine Freundin Jacqueline vorstellte. Er habe Feierabend und sei jetzt ganz privat, sagte er, benahm sich aber ähnlich verlegen wie am Nachmittag. Das mit den Fischen sollten wir vergessen, denn außer ihm habe das ja sowieso keiner mitbekommen.

»Ja, Mensch, dann setzt euch doch zu uns!«, rief Eddi. Er stand auf, trat den beiden entgegen, legte ihnen jeweils einen Arm um die Schulter und brachte sie zu uns ans Feuer. Mit großem Vergnügen sahen wir, dass Jacqueline in beiden Händen jeweils eine Flasche Rotwein hielt. Die hätten sie uns mitgebracht, sozusagen als Friedensangebot, und eine dritte sei noch im Motorradkoffer.

»Angenommen!«, triumphierte Eddi und zog aus seinen Jeans das Taschenmesser, das er, seit ich ihn kannte, immer bei sich trug und das neben einer scharfen Klinge einen Korkenzieher besaß. Jacqueline lief zum Motorrad, kramte im Koffer, in dem auch die Fische gesteckt hatten, und kam mit der passenden Anzahl von Gläsern und der dritten Flasche zurück. Wir tranken. Die anfängliche Verlegenheit unserer Gäste legte sich schnell.

Es wurde überwiegend französisch gesprochen. Was besonders für mich nicht immer leicht war, denn ich war von uns allen derjenige mit den geringsten Französisch-Sprachkenntnissen. Ich hatte lediglich ein Jahr lang, wenig interessiert, Französischunterricht gehabt, den wir auf dem Fliegerhorst als freiwilliges Angebot wahrnehmen konnten. Doch inzwischen gab ich mir Mühe hinzu zu lernen.

Der Gendarm hieß Piet. Er erklärte, dass er seiner Freundin den Vorgang vom Nachmittag erzählt und dabei gesagt habe, dass wir Hippies seien.

Echte Hippies?, habe Jacqueline gefragt und sei plötzlich ganz aufgeregt gewesen. Sie habe keine Ruhe mehr gegeben, bis er bereit gewesen sei, mit ihr hierher zu kommen.

»Gute Idee! Hoffentlich ist Jacqueline jetzt nicht enttäuscht«, sagte Eddi und erhob sein Glas: »Santé, Jacqueline!«

Nein, ganz im Gegenteil, beteuerte Jacqueline. Auch sie würde sich ein anderes Leben vorstellen als das, was sie gerade führe. Ihre Eltern besäßen ein kleines Geschäft für Feinkost und Getränke, in dem sie arbeite und das sie als ihr einziges Kind einmal übernehmen solle. Ganz hübsch eigentlich, aber sie träume davon, unabhängig zu sein, durch die Welt zu ziehen und sich zum Beispiel von Fischen zu ernähren, die sie im Bach fange. Auch wenn das nicht erlaubt sei! Dabei verdrehte sie den Kopf und grinste Piet schelmisch an.

Piet stöhnte. Er sei schließlich Gendarm, und sie wisse doch, dass er Übertretungen des Gesetzes nicht dulden dürfe.

Aber er habe doch auch heute die Sache mit den Fischen unter den Tisch fallen lassen, freute sie sich. Sie stürzte sich kindsköpfig auf ihren Piet, umschlang ihn mit beiden Armen und begann ihn zu kitzeln. Piet schrie auf und versuchte sich mit zarter Gewalt seiner Freundin zu erwehren.

Linda, die das alles ein wenig albern zu finden schien, schlug vor, man könne, nachdem der Friede nun mit französischem Rotwein begossen sei, doch auch gemeinsam ein Friedenspfeifchen rauchen. Sie sagte es auf Deutsch. Und da niemand etwas dagegen zu haben schien, holte sie aus ihrem Tabakbeutel einen fertig gedrehten Joint. Den hob sie in die Runde, damit er von allen begutachtet werden konnte.

Piet stieß Jacqueline von sich und hob abwehrend die Hände. Es täte ihm leid, beteuerte er, aber den Konsum von Rauschgift – den könne er auf keinen Fall dulden. Er verlieh dem Gesagten Nachdruck, indem er sich erhob und mit dem Fuß aufstampfte.

Das sei kein Rauschgift, wie er das nenne, erwiderte Linda, sondern leckeres, selbst gezüchtetes Gras.

»Locker bleiben, nicht verkrampfen«, sagte Elise in ihrem schönsten und breitesten Österreichisch.

Er sei doch jetzt privat, versuchte Eddi ihn zu überreden, und morgen, wenn er im Dienst sei, habe er alles wieder vergessen. Piet blieb auf der Stelle stehen und verschränkte trotzig die Arme. Jacqueline zerrte an seinen Hosenbeinen, er solle sich doch wieder hinsetzen.

»Locker bleiben, Piet, nicht verkrampfen«, wiederholte Elise noch einmal. Was sie da gesagt habe, fragte Piet und Alma übersetzte in bestes Französisch. Piet war empört, denn bis dahin hatte er geglaubt, dass Alma kein Wort Französisch verstehe, geschweige spreche. Jacqueline, die sich von Linda den glimmenden Joint hatte geben lassen, zog daran und inhalierte tief. Sie stand neben Piet, nahm seinen Kopf in beide Hände, und während sie ihre Lippen auf seine presste, blies sie ihm langsam den Rauch in die Lungen. Piet schnappte, hustete aber nicht. Langsam blies er den Rauch behutsam wieder aus. Wir sahen, wie er plötzlich die Augen verdrehte, und während er den Kopf hin und her schwenkte, fiel er um. Alma, die den Sturz wohl als einzige hatte kommen sehen, sprang zu ihm hin, und es gelang ihr, seinen Fall abzufedern. Niemand verletzte sich. Bald begann Piet zu lachen, und er verlangte nach einem weiteren Zug aus der Zigarette. Alma und Jacqueline lachten mit ihm.

Jacqueline war es auch, die zu später Stunde in den See zum Schwimmen wollte. Wir anderen waren von der Idee nur mäßig begeistert, denn das Wasser war kalt. Trotz der warmen Sommernacht musste eine derartige Abkühlung jetzt nicht sein. Aber Jacqueline gab keine Ruhe. Piet, der am Baumstamm lehnte, schien zu schnarchen. Elise war als erste bereit sich Jacqueline anzuschließen. Und auch Eddi rief: »Na, dann wollen wir mal!«, schwang sich aus den Klamotten und stürzte sich prustend und schnaubend ins Nass. Eine Weile hörte ich vom See her das Kreischen und Tollen der Badenden. Das Feuer, die einzige Lichtquelle am Ufer, war dabei zu verlöschen. Das zunächst nur zarte Leuchten der mondlosen Nacht wuchs beharrlich über uns zu einem eindrucksvollen Sternenspektakel. Kurz bevor ich auf dem Rücken liegend gänzlich darin versank, spürte ich einen Kopf an meiner Schulter. Fast ein wenig scheu rückte die Frau nah an mich heran. Wollte Alma mir jetzt den Kuss geben, den sie mir am Nachmittag verwehrt hatte? Jetzt, ungestört, ohne jede Hast und mit der Aussicht auf den langen Rest der Nacht?

»Magst du es, wenn ich neben dir einschlafe?«, flüsterte Linda in mein Ohr.

Piet brachte das Frühstück. Keins an dem wir uns hätten den Bauch vollschlagen können. Ein französisches Frühstück eben, ein *petit déjeuner*. Wir waren Piet trotzdem dankbar. Nur Elise, notorische

Frühaufsteherin, hatte sein Verschwinden in aller Herrgottsfrühe bemerkt. Um uns nicht zu wecken, hatte er das Motorrad ein Stück des Wegs geschoben. Jetzt, wieder in Uniform und ganz der Alte, sagte er halb scherzhaft, er wolle das Frühstück gegen seine Freundin eintauschen. Ob wir etwas dagegen hätten?

Nein, hatten wir nicht. Außer Jacqueline selbst, die mit strubbeligen Haaren und verklebten Augen schlaftrunken unter einer Decke, die sie mit Eddi teilte, hervorschaute. Sie hustete und fragte, was denn los sei.

Piet trat ihr entgegen. Mit einem Mal wirkte er bitter ernst und gar nicht mehr zu Scherzen aufgelegt. Sie solle sofort aufstehen, sich anziehen und mitkommen, sagte er gebieterisch. Elise mischte sich ein: »Locker bleiben, nicht verkrampfen.« Piet stieß sie mit einer Hand barsch zur Seite, dass sie das Gleichgewicht verlor und zu Boden fiel.

»Hey, hey, was soll denn das!«, wehrte sich Elise und stand blitzschnell wieder auf den Beinen: »Lass gefälligst die Frau in Ruhe!« Piet hatte Jacqueline am Arm gepackt und unternahm den Versuch, sie unter der Decke hervorzuzerren. Jacqueline schrie und kreischte. Eddi herrschte Piet an: »Verdammt noch mal, jetzt reicht's aber!« Er sähe doch, dass Jacqueline nicht mit ihm fahren wolle, und er solle jetzt endlich die Finger von ihr lassen.

Jacqueline fuhr Piet an, sie hätte das bürgerliche Leben schon lange satt und fürs Erste hätte sie die Absicht, mit uns weiter zu ziehen. Und er möge bitte so nett sein, und das ihren Eltern ausrichten. Ansonsten habe sie jetzt nichts mehr mit ihm zu verhandeln. Das hatte gesessen. Nicht nur Piet, auch wir anderen waren ziemlich sprachlos. Ratlos, betreten trat Piet den Rückzug an. Mir tat er leid. Ich folgte ihm, und versuchte ihm ein paar versöhnliche Worte zu sagen, doch er stieß mich barsch vor die Brust.

Piets Frühstück, das verpackt auf der Wiese lag, rührte niemand an. Irgendwie wäre uns das pietätlos vorgekommen.

Zusammen mit Linda ging ich schwimmen. Das machte den Kopf frei. Zug um Zug glitten wir Seite an Seite auf den See hinaus. Wir konnten Jacqueline auf keinen Fall mitnehmen, das war uns beiden klar. Das musste auch allen anderen klar sein. Sogar Eddi. Hoffentlich würde auch Jacqueline noch ein Einsehen haben.

»Der Eddi kann aber auch von keiner Frau die Finger lassen!«, sagte Linda.

»Vielleicht hat ja Jacqueline unseren armen Eddi verführt«, entgegnete ich.

»Wer weiß?«

»Wir werden ihn später fragen.«

»Das werden wir bestimmt!«, lachte Linda.

Wir bemerkten, dass wir die Mitte des Sees schon hinter uns gelassen hatten und beschlossen, ihn ganz zu überqueren, wie Alma. Tatsächlich gingen auch wir auf der anderen Seite an der Stelle an Land, wo der Bach in den See mündete. Wir setzten uns an einen winzigen Kiesstrand, den die Morgensonne erwärmte, und blickten geradewegs zu unserem Lagerplatz hinüber. Von dort stieg Rauch auf. Der See wirkte von hier viel größer. Wir schätzten, dass wir eine gute halbe Stunde geschwommen waren.

Die Morgensonne trocknete uns schnell. Wir saßen da und schwiegen lange.

Vom Wasser aus sah ich auf dem Rückweg meinen Fiat wegfahren. Was, verdammt, hatte das zu bedeuten? Wir fanden keine Erklärung. Die bekamen wir von Alma, die wir als einzige auf unserem Lagerplatz antrafen. Jacqueline hätte erklärt, sie wolle sich uns mit aller Gewalt anschließen. Eddi würde das unterstützen und sei begeistert. Klar sei natürlich, dass sie nicht auch noch mit ins Auto passe. Das habe selbst Jacqueline eingesehen. Sie habe gelacht und gesagt, dass sie doch einen R4 besäße, eine echte Luxuskarosse im Vergleich zu unserem Fiat, erst vier Jahre alt und topp in Schuss. Eddi und Jacqueline hätten beschlossen den Wagen zu holen, dann könne Jacqueline mit uns kommen und wir könnten, auf zwei Fahrzeuge aufgeteilt, bequemer als bisher weiterreisen. Eddi und Jacqueline hätten Elise überredet, sie mit dem Fiat in den Ort zu fahren, wo Jacqueline wohnte. Angeblich nicht weit von hier. Erst habe sie nicht gewollt, weil sie nicht ohne Erlaubnis das Auto habe nehmen wollen. Da der Schlüssel aber gesteckt und Eddi gedrängt habe, sei Elise eingeknickt und habe sich rumkriegen lassen.

Es dauerte nicht lange, bis die drei zurückkamen. Eddi und Jacqueline in einem hellblauen R4, etwas später Elise im Fiat. Jacqueline drängte zum sofortigen Aufbruch, und auch Eddi sagte, wir müssten jetzt sehen, dass wir weg kämen. Langsam hatte ich genug.

»Was soll das heißen«, fragte ich Eddi, »sehen, dass wir wegkommen? Vor wem müssen wir flüchten? Ich dachte, wir machen Urlaub?«

Nun, sagte Eddi, wenn der Piet wiederkäme, gäbe es sicher richtigen Ärger.

»Die Einzige, die hier Ärger mit Piet bekommen könnte, ist Jacqueline«, sagte Linda. »Du eventuell auch! Aber sag uns, Eddi, was haben *wir* damit zu tun?«

»Ja, aber ich dachte, wir gehören zusammen – irgendwie.«

»Gute Idee«, sagte Linda, »dann sollten wir uns jetzt erst einmal hinsetzen, einen Kaffee kochen und beratschlagen, wie es weiter geht. Ich jedenfalls werde nicht in Panik abhauen, nur weil ihr heute Nacht gefickt und dem Piet Hörner aufgesetzt habt! «

Elise sagte »Bravo, das sehe ich auch so!«, ging zum Fiat und griff durchs offene Fenster in das Fahrzeug hinein: »Seht her, habe ich unterwegs eingekauft, frisches Brot, Butter und Marmelade! Hat jemand *keinen* Hunger?«

Nur Linda und ich sprachen uns dafür aus, einen weiteren Tag und eine Nacht hier am See zu verbringen. Elise war unentschlossen, Alma wollte weiter. Noch heute, wenn ich an unseren Lagerplatz von damals denke, erzeugt das in mir ein Gefühl von Beglückung. Selten befand ich mich auf Reisen an einem Ort von solch malerischer Harmonie und wohltuender Freundlichkeit wie an dem See in der Champagne. Ich hatte hier so viele Motive gesehen, denen ich mich gern mit dem Zeichenstift, mit Pinsel und Wasserfarben genähert hätte.

»Eigentlich möchte ich vorerst überhaupt nicht mehr weiter fahren«, hatte ich Linda anvertraut, obwohl mein Sehnsuchtsort Pont-Aven heiße und in der Bretagne liege. Sie verstand mich gut, nannte unseren Lagerplatz am See einen magischen Ort, sagte aber auch, dass wir sicher noch viele Landschaften mit ähnlicher Intensität zu sehen bekämen. Mit ähnlicher Intensität, ja, diese Formulierung gebrauchte sie.

Hey Joe, Jacqueline

Am Abend trafen wir uns auf Jacquelines Vorschlag in Meaux, einer Stadt fünfzig Kilometer vor Paris. Außer Eddi war bei unserer Abfahrt niemand zu Jacqueline ins Auto gestiegen. Aber unser Gepäck hatten wir auf dem Rücksitz und im Kofferraum des R4 untergebracht. Dem Fiat merkte man beim Fahren die Entlastung deutlich an. Dennoch trafen wir erst mehr als zwei Stunden nach Jacqueline und Eddi in Meaux ein.

Wir verbrachten den Abend auf einem Kai im Zentrum der Stadt mit Blick auf die Marne. Hinter uns die Häuser der Altstadt und ein mächtiger gotischer Kirchenbau. Eddi spielte Gitarre. Jacqueline war beeindruckt und wich nicht von seiner Seite. Er spielte den damaligen Sound aller Sounds, *Hey Joe* von Jimi Hendrix, bog seinen Oberkörper getragen vom Gitarrenspiel, warf den Kopf wie in Ekstase und ließ die Haare flattern. Er spielte und sang den Song wirklich beeindruckend, ohne Jimi Hendrix zu sehr zu imitieren, wenn er auch mit der akustischen Gitarre ein bisschen zu leise klang. Wir alle kannten den Song. Wir versuchten, Eddi mit unseren Stimmen in einen akustischen Background zu hüllen, der ihn auf hohem Niveau tragen würde.

Plötzlich erklang ein zusätzlicher Sound zur Gitarre, sehr gekonnt, in scharfen, sich dehnenden Tönen. Elise war es, die auf einem kleinen metallenen Instrument zu spielen begonnen hatte. Mit Lippen und Zähnen, durch Öffnen und Verschließen der Mundhöhle schien sie die Töne darauf zu formen, während sie ein Metallteil des Instruments, das wie ein kleiner Draht aussah, durch Anschlagen mit der Hand zum Schwingen brachte. Als wir uns später nach dem Instrument erkundigten, nannte Elise es österreichisch einen *Fotzhobel,* was uns mächtig amüsierte.

Woran wir, und damit meinte sie besonders Eddi und mich, denn nun schon wieder dächten?

Während wir musizierten, hatte sich ein Pulk von Menschen um uns versammelt, jung wie wir. Manche klatschten in die Hände oder bewegten sich im Rhythmus. Andere setzten sich ungezwungen zu uns. Um die gute Stimmung möglichst lange zu erhalten, begann Eddi den Riff immer wieder von vorn. Das ganze weitete sich zu einer Session aus. Manche schlugen den Rhythmus auf irgendwelchen Gegenständen oder klopften ihn auf dem metallenen Geländer. Heute kommt es mir vor, als hätten wir den ganzen Abend lang nur dieses eine Lied gesungen. Ich weiß nicht, ob Eddi die Affinität des Liedtextes zu seiner Situation und der von Jacqueline und Piet erkannte.

Hey Joe, where you goin' with that gun in your hand?
Hey Joe, I said where you goin' with that gun in your hand?
Alright. I'm goin down to shoot my old lady,
You know I caught her messin' 'round with another man.
I'm goin' down to shoot my old lady,
You know I caught her messin' 'round with another man.

Damals war das ungebundene, öffentliche Musizieren auf Straßen und Plätzen für uns eine Art Freiheitsbekenntnis. Deswegen liebten wir es und hätten es uns, weil damit sogar Geld einzunehmen war, durchaus als Lebensentwurf vorstellen können. Anders als heute, da Straßenmusikanten die Fußgängerzonen in Scharen bevölkern, galt man in jenen Tagen als Besonderheit mit anarchischem Touch. *Klaus der Geiger* hatte es uns vorgemacht: Er, ein zunächst arrivierter Musiker mit Violin- und Dirigentenstudium, hatte sich radikal für das Musizieren auf der Straße entschieden. Während seines Studiums in Amerika hatte er sich der Hippiebewegung angeschlossen. Jetzt lebte er in einer Kölner Kommune. Pilgerten wir an manchen Wochenenden in die Domstadt, die von Cochem aus am ehesten zu erreichende Weltstadt, hofften wir, ihn auf der Domplatte oder der Hohen Straße mit seinen wilden Gesängen und seinem außerordentlichen Gefiedel anzutreffen.

Mit unserem Gesang provozierten wir wegen Ruhestörung einen Einsatz der Polizei von Meaux. Dieser verlief gemessen am Schreck, den wir bekamen, als gleich zwei Fahrzeuge der französischen Gendarmerie mit Blaulicht vorfuhren, vergleichsweise harmlos und endete glimpflich mit einem Verweis. Der Vorfall konnte uns aber nicht davon abhalten, am nächsten Morgen erneut aufzutreten. So gaben wir vor unserer Weiterfahrt ein kleines Abschiedskonzert an gleicher Stelle für einige neu gewonnene französische Freunde aus Meaux.

Das zweite Konzert dieses Tages bestritten wir in der Bahnhofshalle des *Gare du Nord* in Paris.

Auch dorthin hatte Jacqueline uns gelotst. In der Tat war die Akustik der Halle bemerkenswert. Bereits als wir einen Platz für unseren Auftritt ausgemacht hatten und Eddi die Gitarre zu stimmen begann, versammelten sich um uns herum die ersten Menschen. Wir beschlossen, der Völkerverständigung wegen, zunächst ein paar deutsche Lieder vorzutragen und dachten nicht im Entferntesten daran, dass wir mit ihrem Vortrag in Frankreich provozieren könnten. Wir hatten die Begegnung in Luxemburg, bei der wir abschätzig als *Boches* beschimpft wurden, längst vergessen, und es grenzte fast an ein Wunder, dass wir hier mit unseren deutschsprachigen Liedern sogar noch beklatscht wurden. Die Technik des Fingerpicking war mein Part, und ich übernahm das Gitarrenspiel. Wir sangen *Ermutigung* von Wolf Biermann und Lieder von Bert Brecht:

Das Große bleibt groß nicht
und klein nicht das Kleine.
Die Nacht hat zwölf Stunden,
dann kommt schon der Tag.

Ich war sicher, dass niemand den Text verstand. Auch Elise und Alma zuckten mit den Schultern. Jacqueline wirkte nervös und unkonzentriert. Sie wollte Eddi spielen hören. Eddi! Aber unser französisches Publikum oder das, was wir dafür hielten, wuchs schnell. In Lindas Mütze klingelten die Francs.

Dann hatte ich einen Texthänger. Eddi war schon zwei Zeilen vorher ausgestiegen und sang mit Worten, die wie *Wahu-wa-wahu* klangen. Unerwartet kam Hilfe aus dem Publikum. Ich erfreute mich schon immer einer kräftigen Stimme. Aber was wir jetzt wie aus heiterem Himmel zu hören bekamen, war die gewaltige Intonation einer schwarzen Soul-Stimme, die meine weit überflügelte. Und diese sang tatsächlich auf Deutsch:

Es wechseln die Zeiten. Die riesigen Pläne
Der Mächtigen kommen am Ende zum Halt.
Und gehn sie einher auch wie blutige Hähne
Es wechseln die Zeiten, da hilft kein Gewalt.

Das Publikum verfiel in Verzückung und spendete begeisterten Applaus, was uns und auch den schwarzen Sänger, der jetzt noch näher kam und sich zu uns auf den Boden setzte, ungemein anspornte. Wir sangen das Lied von Neuem. Der ganze Bahnhof schien jetzt uns zu gehören. Der Mann wusste die Stimmung aber noch zu steigern, und als das Moldau-Lied zum zweiten Mal verklungen war, intonierte er gewaltig und rotzig zugleich eines, das mir viel besser zu ihm zu passen schien. Das Lied, geradezu ein Hymne der sechziger und siebziger Jahre:

There is a House in New Orléans
They call the Rising Sun …

Eddi und ich fielen gleich begeistert aber zurückhaltend mit ein. Der Mann war plötzlich unser *Leader,* und wir waren seine Band. Wir standen gesanglich hinter ihm, und jetzt rückte auch Elise näher an uns heran und jagte ihrem Fotzhobel die unbändigsten Töne ab.

Nicht einmal Eddi war es aufgefallen, das Jacqueline inzwischen irgendwo im Publikum untergetaucht war. Ich sah sie plötzlich zwischen all den anderen Menschen in Bewegung, in Aufregung. Wieder verschwand sie und war dann wieder zu sehen, sichtlich aufgewühlt, gestikulierend, debattierend. Was war los? Wir waren mit *House of the Rising Sun* zu Ende, und ohne großen Übergang stimmte unser singender Freund *Give Peace a Chance* von John Lennon an. Es war der Kracher! Alle im Publikum schienen das Lied zu kennen, manche sangen es in französischer Sprache mit oder auch nur auf irgendwelche Klanglaute. Handflächen prasselten rhythmisch aufeinander.

Und dann wieder Jacqueline mittendrin. Ich traute meinen Augen nicht. Da war Piet, der sich vor ihr aufbaute, ihr die Oberarme umfasste, als wolle er sie schütteln, sie dazu bewegen, mit ihm zu gehen. Wenn ich heute an diese Szene zurückdenke, kommt es mir vor, als wäre sie wie in Zeitlupe vor mir abgelaufen. Neben Piet sah ich zwei weitere Personen. Einen Mann und eine Frau. Auch sie schienen an dem Disput beteiligt zu sein. Ich bildete mir ein, dass es Jacquelines Eltern waren. Ich stieß Eddi in die Seite und wies ihn mit den Augen und einem Kopfwinken auf die Auseinandersetzung hin. Aber wir waren beide unfähig uns einzumischen. Unmöglich, jetzt die Aufführung einfach abzubrechen.

Jacqueline hatte sich offensichtlich ein wenig beruhigt. Jedenfalls ließ sie sich von den Eltern unterhaken, mit sanfter Gewalt vielleicht. Ich konnte es nicht erkennen. Langsam wurde sie fortgeführt. Abgeführt, dachte ich. Und während wir und unser Publikum uns singend dem Wunsch nach Frieden hingaben, entfernte sich Jacqueline mit Piet und den beiden anderen. Kurz bevor sie im Menschengemenge in der riesigen Bahnhofshalle ganz untergetaucht waren, blieb Jacqueline stehen, drehte sich langsam um und hob ihre Hand winkend in unsere Richtung. Ihr Lächeln, das ich noch kurz erkennen konnte, berührte mich unverhofft. Jacqueline, sie hatte den Ausbruch gewagt und war gescheitert.

Alma und Elise im Schlaf

Unsere Pariser Tage waren trotz strahlenden Wetters von Jacquelines Verschwinden überschattet. Wir spürten, obwohl sie nicht einmal zwei ganze Tage mit uns zusammen gewesen war, hatte sie doch zu uns gehört. Und was besagte schon die Zeit? Auch Alma und Elise kannten wir nur einen Tag länger. Doch es kam uns vor wie eine Ewigkeit.

Tagsüber trennten wir uns. Elise begleitete mich manchmal. Ich besuchte so viele Pariser Museen wie möglich. Ich sah die gelben Kornfelder des Vincent van Gogh und war irritiert über die Düsternis, die in seinen frühen Werken lag. Ich freute mich, Bilder von Miró zu entdecken, die Elise das anmutigste Gekleckse der Welt nannte, stand hingerissen vor Picassos *Kind mit Taube,* dessen Abbildung in meiner Grundschulklasse gehangen hatte. Eine Darstellung, die mich vom ersten Schultag an berührt hatte und täglich in mir den unbegreiflichen Widerspruch zu den Stockschlägen unserer Lehrerin heraufbeschwor. Ich verliebte mich in die kleinformatigen Aquarelle von Paul Klee. Fassungslos stand ich vor Skulpturen Camille Claudels, ehrfürchtig vor Auguste Rodins Werk und wusste nicht, wem von beiden ich den Vorzug geben sollte, dem Lehrer oder seiner Schülerin. Vor dem Bildnis der Mona Lisa bewegte Elise prüfend den Kopf, ging auf Abstand und rückte wieder näher an das Kunstwerk heran. Dann sagte sie entschlossen: »Nä, in die tät ich mich net verlieben!« Ein Bild von Paul Gauguin, auf das ich gehofft hatte, suchte ich vergeblich.

Die Abende verbrachten wir in den Gassen und auf den Plätzen des Montmartre. Hier rauschte das Leben bis tief in die Nacht. In den umliegenden Parks schliefen wir eingerollt in unsere Schlafsäcke. In der Nacht, bevor wir Paris verließen, weckte Elise mich aus dem ersten Schlaf. Leise sagte sie: »Ich möchte noch mein Versprechen einlösen. Du erinnerst dich?«

»Ja, ich glaub schon.«

»Dann komm!«

Ich pellte mich aus dem Schlafsack, suchte meine Zeichenstifte zusammen und den Zeichenblock. Wir gingen ein paar Schritte, um allein zu sein. Die Stadt warf ein kühles, diffuses Licht auf den großzügigen Aufgang unterhalb der *Basilique du Sacré-Coeur.*

»Wenn du willst, zeige ich mich dir ganz«, sagte Elise als sie begann, sich auszuziehen. Ich war erregt und aufgeregt. Ich habe eine nackte, junge Frau gezeichnet. Es hätte in der Stellung, in der sie sich mir zeigte, nur wenig bedurft, und es wäre schamlos gewesen. Oder von aller Scham befreit.

Die Nächte waren kurz. Schnell zog der Morgen herauf und mit ihm die Kühle. Luftig umwehte sie Elises Körper. Aber Elise widerstand, obwohl sie sichtlich fror. Ich hatte die feinen Härchen auf ihrer Haut, die sich aufgestellt hatten, bisher nicht wahrgenommen. Jetzt schimmerten sie im aufkeimenden Licht des Tages. Mir war, als verändere sich nicht nur die Haut der Frau, als zögen sich nicht nur ihre Lippen eng zusammen, um die warmen Höhlungen dahinter vor der Kühle zu verschließen. Jedes Detail ihres Körpers stemmte sich betörend gegen die andrängende Kälte. Doch je anmutiger die frierende Frau mir erschien, desto deutlicher offenbarte sich mir die Unvollkommenheit meiner Zeichnungen. Sie schien es zu spüren.

»Lass uns abbrechen«, sagte sie nüchtern.

»Ja, sicher, es ist kalt.«

Sie raffte ihre Kleider zusammen, ich meine Zeichensachen, und wir gingen auf die Grünfläche hinüber, wo die anderen schliefen. Alma lag auf der Seite mit angezognen Beinen, gekrümmt wie ein Embryo. Elise kroch von hinten nah an sie heran, kuschelte Bauch und Brust an Almas Rücken, zog sich Decken herbei und schien sofort in Schlaf zu versinken. Alma schob einen Arm hinter sich. Auf Elises schlanker Taille blieb er entspannt liegen.

Alma und Elise im Schlaf habe ich die Zeichnung genannt, die mir mit einem Mal leicht von der Hand ging, die einzige, die mir in dieser Nacht wirklich gelang, so als seien alle anderen nur Vorübungen gewesen. Später habe ich das Motiv in sechs Variationen gemalt. Eines davon in Ölkreiden und Aquarellfarben. Unverkäuflich hängt es bis heute über meinem Schreibtisch im Atelier.

An den Tagen, die wir mit Alma und Elise zusammen waren, dachte ich keine Sekunde daran, dass die beiden Frauen sich schon bald von uns verabschieden würden. Erst jetzt wurde mir klar, sie hatten bei uns ja nur bis Paris gebucht.

»Also dann …«, sagte Elise und trippelte von einem Bein auf das andere.

»Dann also …«, sagte Alma, »… was jetzt?«

Wir fünf standen uns gegenüber, als könnten wir selbst nicht glauben, was wir hier taten. Ein paar zaghafte Umarmungen. Nichtssagende Floskeln.

»Dann wollen wir mal …« Herrgott, kein zurück!

Eddi hatte den Beifahrersitz besetzt, Linda stand auf dem Rücksitz. Ihr Oberkörper ragte durch das geöffnete Faltdach hinaus. Mir fiel die defekte Befestigung des Starters ein, der angehoben und an den Motorblock gedrückt werden musste. Ich sah Eddi nur an. Er begriff und stöhnte, stieg aus, öffnete den Motorraumdeckel und holte sich ölige Finger.

»Fertig«, rief er, »du kannst!« Beim zweiten Versuch sprang der Motor an.

Ohne zu wissen, in welche Richtung wir mussten, tuckerten wir los. Ich hupte zum Abschied. Das Geräusch versank in der Lärmkulisse der Straße. Ganz kurz erschienen Alma und Elise in meinem Rückspiegel, die Arme einander um die Hüften gelegt, mit der freien Hand winkend. Auch Linda schwang die Arme zum Abschied, bis wir in einen Kreisverkehr einbogen und die Frauen außer Sichtweite gerieten.

Eddis Navigationstalent versagte. Bis zum Mittag kurvten wir in der Stadt umher, die wir inzwischen eigentlich ein wenig zu kennen glaubten. Bis Linda sagte: »Wir sollten anhalten. Paris will uns noch nicht hergeben.« Nie wären Eddi oder ich auf den Gedanken gekommen, Lindas Intuition in einer solchen Situation nicht zu folgen. Bei der nächsten sich bietenden Gelegenheit bog ich rechts in eine kleine Gasse ein, die nach wenigen hundert Metern in einen beschaulichen Platz mündete, mit Bäumen bestanden und einem einladenden Café mit Außenbestuhlung. Ein Kellner bediente uns freundlich. Unaufgefordert stellte er Gebäck auf den Tisch und brachte die bestellten Getränke.

»Klasse«, sagte ich. »Hier bleiben wir!«

»Aber echt«, gab Eddi zur Antwort, streckte sich zufrieden auf seinem Stuhl aus und drehte sich eine Zigarette. Linda schwieg. Den Kopf im Nacken genoss sie das Flackern von Sonne und Schatten auf ihrem Gesicht.

Gut eine Stunde später lag Paris hinter uns, und wir befanden uns auf der Straße nach Süden.

Paris – Maillé

Orléans, Blois, Tours. Entlang der Loire ließen wir uns Zeit. Angetan vom Fluss, der so anders war als der, von dem wir aufgebrochen waren, ein frei fließendes Gewässer in einem ausufernden Tal. Selbst am Rande der Städte durfte dieser Fluss seinen eigenen Gesetzen folgen. An die Mosel unserer Kinderzeit, noch frei von Schleusen und Kanalisation, ausgefranst an den Ufern, mit Buhnen, die sich weit in den Fluss schoben, die bei Hochwasser verschwanden und sich dann nur noch an den Strudeln auf der Oberfläche des Gewässers erkennen ließen, ja, daran erinnerte dieser Fluss, der sich nicht zwischen Mauern und Uferbefestigungen zwingen ließ, der sich unreguliert aus den Bergen des Südens in Richtung Atlantik schob. Unentwegt schien er sein Erscheinungsbild zu verändern und Sandbänke und kleine Inseln flussabwärts zu verlagern.

Bis zum Einbruch der Dunkelheit saßen wir an den Ufern der Loire und blickten auf das Wasser. Ja, so wollten auch wir sein, wie dieser Fluss und wie die Mosel zur Zeit unserer Kindheit, unbändig, ungezähmt und den eigenen Impulsen folgend.

In Tours mussten wir den Fluss verlassen. Auf einem Hügel, schon weit vor der Stadt, bat Linda mich anzuhalten. Abseits der Straße fanden wir einen Platz, von dem aus wir über die Stadt hinaus sehen und dem Verlauf des Flusses mit Blicken folgen konnten. Auf dem Weg hierher waren wir durch Weinberge gekommen, und wieder lag es nah, Vergleiche anzustellen zwischen dem weiten, ungezügelten Tal der Loire und der Enge der aufschießenden Schieferfelsen am unteren Lauf der Mosel.

»Vielleicht fühlen wir uns überall da zuhause, wo Wein wächst«, sagte ich.

»Da, wo Flüsse fließen«, ergänzte Eddi.

Linda, die zwischen uns saß, legte ihre Arme um uns beide, und mit einem lang gestreckten Seufzer des Wohlbehagens schloss sie: »Wo Wein an Flüssen gedeiht.«

»... sind wir daheim für alle Zeit«, spottete Eddi.

»Fauler Spruch!«, maulte ich, schob meinen Arm an Linda vorbei und versetzte Eddi einen Klaps auf den Hinterkopf.

»Fauler Spruch? 'n Gedicht ist das!«

In scharfem Kontrast zum Erlebnis Loire zeigte sich die Umgebung auf unserer Weiterfahrt. Bald erstreckte sich weites, flaches Agrarland in alle Richtungen. Die Straße mittendrin und immer geradeaus. Seit unserem Aufbruch hatten wir nur heißes, sonniges Wetter erlebt. An diesem Morgen aber wurde es schwül, Wolken zogen auf und verdeckten die Sonne. Doch die Hitze blieb, und im Nu fühlte sich die Haut klebrig an. Eddi verschloss das Faltdach. So, glaubte er, wäre das veränderte Wetter besser auszuhalten.

Schon gegen Mittag waren wir am Ziel. Der kleine Ort Maillé ernüchterte uns. Ein schmuckloses Dorf ohne auch nur die geringsten Anklänge von Historie. Ich kann mich nicht einmal erinnern, einen Kirchturm gesehen zu haben. Dafür teilte ein breiter, zur Seite hin mit allerhand Barrieren abgesicherter Schienenstrang den kleinen Ort in zwei Teile.

Wir hielten an, stiegen aus, um uns umzuschauen und die Beine ein wenig zu vertreten. Kaum dass wir auf der Straße standen, donnerte neben uns ein Güterzug über den Schienenstrang und übertönte mit seinem Lärm jedes andere Geräusch. Als der Zug, schon längst außer Sichtweite, auch seinen Schall vollends hinter sich her gezogen hatte, wollte Linda wissen, wo wir denn jetzt den Hof der Kommune fänden, zu der Eddi uns lotsen wollte.

»Nördlich von hier«, antwortete Eddi und wischte sich den Schweiß von der Stirn.

Ich sagte: »Wollen wir mal hoffen, dass es da keine zehn Höfe gibt oder noch mehr!«

»Und wo ist hier Norden?«, fragte Linda. Eddi faltete die Landkarte auseinander und zeigte mit dem Finger auf eine dünne, schwarze Linie. »Hier, das ist die Bahnlinie zwischen Tours und Bordeaux. Sie verläuft in Maillé fast genau von Norden nach Süden. Das heißt, wir müssen in der Richtung suchen, aus der wir gekommen sind.«

»Dann auf!«, sagte ich und versuchte einen Witz zu machen, dass wir in Maillé sicher vergeblich auf ein Begrüßungskomitee warten würden.

»Dafür wird man in der Kommune bereits mit uns rechnen«, war Eddi überzeugt.

Augenblicke bevor das Gewitter hereinbrach, fuhren wir auf den staubigen Hof eines der zahlreichen bäuerlichen Anwesen nördlich der Ortschaft Maillé. Es war der soundsovielte und endlich geglückte Versuch, das richtige Gehöft zu finden. Ein Hund bellte. Auf unser Fahrzeug kam eine bemitleidenswert räudige Kreatur zugelaufen.

»Ich glaube, hier sind wir richtig!« Lindas Intuition.

Eddi stieg aus, strich die Hände über den Hals des Hundes, tätschelte ihm die Flanken. Das Tier jaulte dankbar und wedelte mit seinem haarlosen Schwanz.

»Ja, wer bist du denn?«, redete Eddi mit dem Hund. »Wie heißt du denn?«

Mich nervte dieses Getue, und ich rief aus dem Auto nach draußen: »Ist der Kojote das Begrüßungskomitee, oder ist hier sonst noch jemand?« Niemand zeigte sich. Dafür war mit einem Mal das Geräusch schwerer Regentropfen auf dem Faltdach zu hören. Der Kojote flüchtete über den Hof durch ein offen stehendes Scheunentor. Eddi ihm hinterher. Im Gegensatz zu Eddi schaffte es der Kojote noch rechtzeitig, trocken die Scheune zu erreichen. Es goss wie aus Kübeln. Linda und ich waren erleichtert, dass bis auf ein paar kleine Rinnsaale, die sich an wenigen Stellen des Autodaches bildeten und sich ihren Weg durchs Wageninnere bahnten, das Verdeck dicht hielt.

An Wegfahren, vielleicht näher an eines der Gebäude heran oder gar in den Schutz eines der weit überstehenden Scheunendächer, war nicht zu denken. Ohne den zweiten Mann, der Unterstützung im Motorraum leistete, war die Karre nicht in Gang zu bringen. Aber bei dem Regen war das nicht zu schaffen. Linda schlug vor, vielleicht doch in den nächsten Tagen eine Werkstatt aufzusuchen und den Defekt reparieren zu lassen.

»Das wird ein halbes Vermögen kosten!«, sagte ich.

Louis war das erste menschliche Wesen, das wir auf dem Hof zu Gesicht bekamen. Nach einer guten Stunde hatte der Regen etwas nachgelassen. Ein schweres Gewitter hatte sich entladen, und aus den anfänglichen Rinnsalen im Wageninnern waren beachtliche Wasserläufe geworden. Einer davon hatte den Weg auf meinen Sitz gefunden. Linda, hinter mir, war nun auch durch herabtropfendes Wasser in Bedrängnis geraten und hatte ihre liebe Not, sich selbst und unser Gepäck vor Nässe zu schützen.

Louis kam unter einem Regencape aus einem der Gebäude gelaufen, verschwand in einem anderen und schien uns völlig zu übersehen. Als er fünf Minuten später zurücklief, sahen wir, wie Eddi sich aus der Scheuneneinfahrt heraus bemerkbar machte. Aber Louis ließ sich nicht aufhalten, schwenkte nur den Arm. Eine Geste, die Eddi signalisierte, mitzukommen. Klatschnass sahen wir Eddi durch den Regen gehen. Ganz ohne Eile folgte er Louis ins Haus. Er blickte zu uns herüber, hob die Arme und streckte ergeben die Handflächen gegen den Himmel, als ob er sagen wollte, ich bin eh völlig durchgeweicht. Wenig später sahen wir ihn wieder aus dem Haus auftauchen und zu uns kommen. Ich kurbelte das Seitenfenster herunter und hörte ihn sagen: »Wir können jetzt rein!«

»Ist ja großartig!«, antwortete ich. Eddi klemmte sich hinter den Fiat.

»Mach mal 'n Gang raus!«, hörte ich ihn rufen.

»Ist gar keiner drin!«, rief ich zurück und merkte, dass das Auto in Bewegung geriet. Eddi schob. Ich drehte den Zündschlüssel und lenkte den Wagen durch den zu Matsch gewordenen Staub über den Hof in die Nähe des Hauseingangs.

Der Wind frischte auf. Es war noch immer tropisch warm. Sonnenstrahlen blitzten durch das Gewölk. Der Kojote streckte seine Schnauze ins Freie und schnappte nach Insekten, die durch das

Licht schwirrten. Schnell und unerwartet, wie das Unwetter hereingebrochen war, riss der Himmel jetzt auf.

»Wie soll's denn nun weiter gehen?«, fragte ich. Eddi wirkte unentschlossen: »Na, gehen wir einfach mal rein.«

Eddi war pudelnass, Linda und ich leicht betröpfelt und erschöpft. Wir durchschritten einen dunklen Flur, betraten dahinter einen großen Raum mit gekalkten Wänden. Hier trafen wir auf Louis. Er hockte auf einer Matratze an eine Wand gelehnt, auf seinen Ohren zwei riesige Muscheln eines Kopfhörers. Mickymäuse nannte Eddi die Dinger. Louis hielt die Augen geschlossen. Sein Körper wippte leicht im Takt einer imaginären Musik, die ihn ganz und gar einzunehmen schien.

Der Raum war hell, weiß und leer. Fast leer. In einer Ecke standen aufrecht einige Matratzen. Es gab eine schwarz lackierte, offene Holztruhe, angefüllt mit akkurat aufgereihten Schallplatten, einen Plattenspieler in Betrieb und zwei mannshohe Boxen, ebenfalls schwarz. Zwischen den Boxen hingen als einzige Dekoration zwei Plakate an der Wand. Eines zeigte Che Guevara, das andere Bob Marley. Neben Louis Matratze stand ein tiefer Teller mit Kippen und Asche, aus dem dünne Qualmfäden aufstiegen. Eddi schlich nach draußen, um ein Handtuch aus seinem Gepäck zu holen, sich trocken zu reiben und seine Klamotten zu wechseln.

Linda sagte entschieden: »Jetzt haben wir aber lange genug rumgestanden.« Sie ging durch den Raum, legte zwei Matratzen flach und streckte sich darauf aus.

»Komm, Ako«, sagte sie, klopfte mit der Handfläche einladend auf die Matratze: »Hier ist noch Platz!«

Es war schwer, sich in dieser Atmosphäre zu entspannen. Dennoch dösten wir eine Weile vor uns hin. Eddi hatte von acht oder neun Leuten gesprochen, die hier wohnten. Der einzig Anwesende war dieser merkwürdige Louis, der uns weder ansah, noch mit uns sprach, so als wären wir Luft. Die anderen Mitglieder der Kommune waren nirgendwo zu sehen. Niemand erwartete uns, niemand hieß uns willkommen. Ich fühlte mich abgewiesen, störend. Es war mir unangenehm in diesem fremden Raum zu liegen, in den mich keiner gebeten hatte. Für mich bestand kein Zweifel, dass ich allenfalls die kommende Nacht auf dem Hof verbringen und morgen früh wieder abfahren würde.

Ich wunderte mich, wo Eddi blieb. Wahrscheinlich unterhielt er sich wieder mit dem Kojoten. Sollte er.

Aber ich hatte Eddi unterschätzt. Er hatte sich, während wir die Matratzen belagerten, den Hof genauer angesehen, der aus einer ganzen Reihe miteinander verbundener und im Rechteck angeordneter Gebäude bestand. Bis auf das Tor, durch das wir gekommen waren, schirmte eine Art Ringmauer den gesamten Komplex nach außen hin ab. Fast hatte die Anlage etwas von einer Trutzburg.

Es klopfte an der Tür. Ein vorsichtiges, fast zaghaftes Klopfen. Die Tür öffnete sich leise, knarrend. Im Rahmen stand Eddi mit einer auf Anhieb betörend sonnigen Erscheinung, von der wir bald erfuhren, dass sie Henriette hieß.

»Kommt, kommt!«, winkte Eddi zu uns herüber, versuchte leise zu sein, um Louis nicht aufzuwecken. Die Frau neben Eddi lächelte und nickte, ja, wir sollten ihnen folgen. Linda und ich schlichen vorbei an Louis, der von allem nichts mitbekam, und verließen das Zimmer.

Von Henriette, die Eddi uns als ein Mitglied der Kommune vorstellte, erfuhren wir, dass Louis der Besitzer des Hofs sei und allein in diesem Gebäude wohne. Er habe nur Dröhnung im Sinn, höre Tag für Tag stundenlang Musik und unterhalte hinter dem Haus, gut durch eine Ligusterhecke geschützt, ein komfortables und gewinnbringendes Hanffeld. Mit der Kommune, die in den Gebäuden auf der anderen Hofseite beherbergt sei, habe er nur selten etwas zu tun, wenn überhaupt.

Wir überquerten den Hof, zogen die Schuhe aus und liefen barfuß durch den Schlamm. Auf diesem hatte sich durch die Sonnenbestrahlung inzwischen eine dünne, warme, trockene Kruste gebildet, die wir unter unseren Füßen spürten und die bei jedem Schritt weiter aufbrach.

Kommune Yssabeau

Am Abend gab es Wein. Viel roten französischen Landwein, der trotz des borkigen Gefühls, den er zu meiner Verwunderung nach den ersten Schlucken auf der Zunge hinterließ, großartig schmeckte. Eddi überschlug sich fast vor Lob: »Echt fantastisch, ganz große Klasse, einsame Spitze!« Dann fiel ihm ein, dass er ein Gastgeschenk im Rucksack mitgebracht hatte. Eine Flasche Moselwein. Er schlug vor, diese gleich zu entkorken und mit dem Französischen zu vergleichen. Ich hielt das für keine gute Idee. Sicher würde unser Riesling dramatisch gegen den roten Franzosen abstürzen, womit ich nicht die Qualität unseres Rieslings infrage stellen wollte. Ganz im Gegenteil! Aber der Wucht der roten, sonnenverwöhnten, französischen Traube hätte unser zarter, filigraner, eher auf Nuancen ausgerichteter Riesling nichts entgegen zu setzen gehabt. Unsere Gastgeber schienen das ähnlich zu sehen – freilich ohne unseren Riesling überhaupt zu kennen – und hatten die Flasche auch gleich verschwinden lassen. Jemand hatte dazu auf Französisch gesagt, man habe gar nicht gewusst, dass es in Deutschland überhaupt Wein gäbe, woraufhin Linda spottete, ob hierher, in das Zentrum der *Grande Nation,* vielleicht schon einmal etwas von den Flüssen Rhein und Mosel, von denen wir kämen und woher auch die Flasche Wein stamme, durchgedrungen sei. Die Mosel, belehrte sie, entspringe nicht nur in Frankreich, sondern lege den größten Teil ihres Weges sogar durch Frankreich zurück. Der Wein allerdings wüchse an den deutschen Hängen des Flusstals. Ich wunderte mich über Lindas patriotische Klänge, die kaum Gehör fanden, sondern im allgemeinen Sprachgetümmel des Abends untergingen.

Zum Roten kauten wir unsere letzten Essensvorräte, die in unserem Gepäck zu vergammeln drohten. Genauer wäre es, von Essensresten zu reden. Ein wenig Brot, Käse, Wurst, die noch aus Luxemburg stammten, ein halbes Glas Marmelade, das zum Wein niemand anrühren wollte. Erst bei gehobenem Alkoholpegel schleckte Eddi es zur vergnüglichen Abscheu der Franzosen mit bloßen Fingern aus.

Den ganzen Abend hatten unsere Gastgeber über *François Villon* geredet, den französischen Dichter. Immer wieder hatten sie Teile seiner Balladen deklamiert, um anschließend heftig darüber zu streiten. Die Zusammenhänge waren mir nicht klar geworden, was ich meinen mangelnden Französischkenntnissen ebenso wie dem Einfluss des von Glas zu Glas immer köstlicher schmeckenden Roten zuschrieb.

Henriette war zu später Stunde mit uns eine steile Steintreppe hinauf gekraxelt, um uns das Zimmer zu zeigen, in dem wir übernachten durften. Ich sehe die Szene noch wie im Dämmerlicht vor mir. Henriette hatte den betrunkenen Eddi untergehakt und war vorangegangen. Eddi schien Henriettes Fürsorge falsch zu verstehen und versuchte sich ungelenk und ziemlich plump an sie heran zu machen. Henriette kicherte, und ihre Versuche, Eddis Hände von sich abzuwehren, wirkten ziemlich halbherzig.

Tätschelnd und knetend machte er sich an ihrem Hintern zu schaffen, und Henriette verpasste Eddis Hand einen energischen Klatscher. Linda und ich, auf der Treppe direkt hintendran, amüsierten uns. Als Eddi dann aber nach Henriettes Brüsten griff, ließ sie es überraschend widerstandslos geschehen. Oben im Zimmer begann er, sein Gesicht an ihren Busen zu drücken und unverständliches Zeug zu stammeln. Linda und mir wurde Eddis Haltlosigkeit allmählich unangenehm. Henriette aber blieb cool. Sie zündete ein paar Kerzen an, denn hier oben gab es kein elektrisches Licht. Und auch kein Wasser. Zum Waschen mussten wir hinunter in den Hof, wo wir gleich neben dem Latrinenhäuschen eine Pumpe und einen Steintrog mit Wasser zum Waschen fanden.

Henriette schob Eddi von sich weg, wünschte eine gute Nacht und wandte sich zum Gehen um. Eddi aber lamentierte, sie könne ihn doch jetzt nicht einfach im Stich lassen!

»Der hat sie doch nicht mehr alle!«, sagte Linda ärgerlich, schlüpfte aus den Sandalen und warf sich auf das ausgedehnte Matratzenlager, das auf einem selbstgezimmerten Podest fast die Hälfte des Raumes einnahm. Ich legte mich daneben. An den genauen Ablauf dessen, was jetzt folgte, erinnere ich mich nicht mehr. Jedenfalls ließ Henriette sich von Eddi breitschlagen zu bleiben. Als sie sich aber ausgezogen, die Kerzen gelöscht und zu Eddi gelegt hatte, war von diesem nur noch ein ausgedehntes Schnarchen zu hören. Dies ertrugen wir, bis Henriette ihm einen ordentlichen Stoß verpasste und Eddi sich auf die Seite rollte.

Mein viel zu frühes Erwachen war nicht frei von unangenehmen Begleiterscheinungen, die ich dem übermäßigen Genuss des leckeren Roten und der Zigarettenqualmerei des Vorabends zuschrieb. Hinzu kam ein beißender Geruch, den ich nicht zuordnen konnte und so gut es ging, ignorierte. Ich lag auf dem Bauch und hatte den linken Arm abgewinkelt. Ich war überzeugt, er läge über Lindas Schultern. Schließlich fühlte ich auf meinem Handrücken ihren feuchten Atem. Dachte ich. Doch als ich mich davon überzeugen wollte und vorsichtig die Augenlider hob, trieb es mich mit einem panischen Satz und einem Aufschrei von der Matratze. Ich hatte nicht Linda, sondern das Drecksvieh von einem Hofhund, diesen stinkenden Kojoten, im Arm gehalten. Der musste sich, während wir schliefen, unbemerkt zu uns geschlichen und es sich zwischen Linda und mir bequem gemacht haben.

Die Tür zur Steintreppe stand offen. Mir kam zugute, dass ich in meinen Klamotten eingeschlafen war. So nahm ich meine Sandalen in die Hand und ergriff, angewidert vom Gestank dieser verwahrlosten Kreatur, die Flucht. Ich war sauer auf Eddi, dem ich insgeheim vorwarf, am Vortag den Kojoten mit seinem Getätschel geködert zu haben.

Auf halber Treppe nach unten kam das Vieh knurrend an mir vorbei gelaufen. Auf der letzten Stufe drehte es sich unvermittelt um, blieb stehen und bleckte drohend die Zähne. Nein, wir waren keine Freunde, obwohl wir einen Teil der Nacht nebeneinander in einem Bett verbracht hatten.

»Verpiss dich!« Ich feuerte meine beiden Sandalen nacheinander auf ihn ab. Die erste verfehlte, die zweite traf ihn am Kopf. Er zog den Schwanz ein und verschwand hinaus ins Freie.

Im Haus war es still. Ich warf einen Blick in die offen stehenden Räume im Parterre: die Küche und das große Gemeinschaftszimmer, in dem wir den Abend verbracht hatten. Es roch nach abgestandenem Qualm und Alkohol. Ich trat hinaus auf den Hof und sah den Kojoten durch das Scheunentor verschwinden, hinter dem er und Eddi gestern Schutz vor dem Regen gesucht hatten.

Die Sonne stand noch tief im Osten, und die Gebäude warfen lange Schatten effektvoll über die Hoffläche. Ich schloss ein Auge und versuchte, mir die Szenerie als Gemälde vorzustellen, überlegte wie ich diese kontraststarken Formen aus Licht und dunkleren Konturen zu einem Bild gestalten könnte. Denn was zuerst wie ein beliebiges Durcheinander wirkte, entwickelte sich bei längerem Hinsehen zu einer beeindruckenden geometrischen Ordnung.

Bevor ich aber zurück ins Haus ging, um Kohle und Papier zu holen und das Bild festzuhalten, legte ich Shirt und Hose ab und wusch mich an der Pumpe. Das Wasser war eiskalt, und langsam bekam ich einen klaren Kopf. Die Ruhe auf dem Hof wurde gelegentlich von fernen Motorengeräuschen gestört, die irgendwann wieder verhallten.

Ich hatte inzwischen zwei Varianten der Hofgebäude und ihrer Schatten aufs Papier gekritzelt, legte sie aber beiseite, denn die Sonne hatte sich höher geschoben und die Schattenflächen schrumpfen lassen. Ein neuer Eindruck, den ich nicht einfach verstreichen lassen wollte. Ich änderte meine Position, und während ich gerade noch malend selbst im Schatten gesessen hatte, blickte ich jetzt direkt der Sonne entgegen. Ich vernahm erneut Motorengeräusch.

Diesmal kam es näher. Dann bog auch schon ein Kleintransporter in die Hofeinfahrt ein. In großen, laienhaft aufgebrachten, farbigen Lettern prangte die Schrift *Théâtre Yssabeau* auf der Flanke des Fahrzeugs. Zügig brachte ich meine Zeichnung zu Ende, schneller als es ihr gut tat.

Ich erhob mich und grüßte den Mann, der aus dem Fahrzeug stieg, mit einem Kopfnicken. Seine Erscheinung beeindruckte mich. Er war nicht mehr ganz jung, deutlich älter als wir, als Henriette und die anderen, mit denen wir gestern Abend zusammengesessen hatten. Doch dass er kein Fremder war, sondern hierher gehörte, stellte ich keine Sekunde infrage. Die Selbstverständlichkeit seiner Bewegungen, das große Lächeln in seinem weißbärtigen Gesicht und das Willkommen, das er mir entgegenbrachte, obwohl er nicht wusste, wer ich war, erlaubten keinen Zweifel.

Er heiße Gérard, sagte er, während er sein langes, schütteres Haupthaar schniegelte und es mit einem Gummiring am Hinterkopf zusammenband. Er sei heute Morgen schon beizeiten in Châteauroux aufgebrochen und habe fast zwei Stunden Autofahrt hinter sich. Sein Blick fiel auf die Zeichnung in meiner Hand. Oh, sagte er, und ich hörte den Klang der Bewunderung in seiner Stimme, ob ich Maler sei? Allein die Frage schmeichelte mir, und ich antwortete, ja. Ich reichte ihm das Blatt, und er betrachtete es intensiv. Er nickte: »Nicht schlecht. Nein, wirklich nicht schlecht.« Verdutzt sagte ich: »Sie sprechen ja deutsch?«

»Wenn es dir lieber ist, mit mir französisch zu sprechen, soll mir das auch recht sein.« Nein, es war mir natürlich nicht lieber. Außerdem klang sein mit starkem französischem Akzent belegtes Deutsch angenehm melodisch. Ein wenig wie Gesang. Er erklärte, er sei zweisprachig aufgewachsen, in Elsass-Lothringen. Vater deutsch, Mutter französisch.

Ob ich denn auch größere Bilder anfertigen könne, fragte er. Ich sagte, dass ich zuhause mit Öl und Lacken und mit verschiedenen Kreiden auch größere Leinwände bemalt hätte.

Nein, nein, er meine so richtig groß, fünf mal drei Meter zum Beispiel.

»Was soll das werden?«, fragte ich, »Fassadenmalerei?«

Er lachte: »Weißt du denn nicht, dass wir eine Theatertruppe sind?«

»Theatertruppe?«

»Haben die anderen dir das nicht erzählt?«

»Moment mal«, stutzte ich, »Henriette und Marc-Antoine und Marie-Louise und – ich weiß gar nicht genau, wie alle heißen, denn wir sind erst gestern Abend hier angekommen ... Ihr alle zusammen, die ganze Kommune ist eine Theatergruppe?«

»Kommune, ja, ja«, lachte er. »Aber richtig, wir spielen Theater! Ich kümmere mich um die Arrangements, mache Verträge, verwalte die Finanzen, handele Gagen aus und schlage mich mit der Polizei herum, wenn wir mal wieder über die Stränge geschlagen haben.« Er sah mir meine Verwunderung an und erklärte. »Wir interpretieren die Balladen von François Villon. Hauptsächlich. Sehr frei natürlich. Doch werden Villons Originaltexte immer in die Stücke eingeflochten«:

Auf weichem Pfühl ein fetter Pfaff sich reckt
Frau Sidonie daneben ausgestreckt
Sie lachen, scherzen, tauschen Kuss um Kuss
Ganz splitternackt zu besserem Genuss.

Wir lachten beide amüsiert.

»Manchmal spielen wir auch andere Sachen, weil sie Spaß machen oder weil wir sie für wichtig halten, politisch, sozial oder so. Aber hauptsächlich befassen wir uns mit Villon. Da auf dem Auto steht es ja auch drauf: *Théâtre Yssabeau* nennen wir uns. Wenn du es genauer wissen willst, musst du mit Marc-Antoine reden. Er ist der künstlerische Kopf, führt die Regie, macht die Musik und spielt. Meist die kleineren Rollen.«

»Und was hat die Polizei dagegen?«

»Haha! Was die Obrigkeit betrifft, hat sich seit Villons Zeitalter nicht sehr viel verändert. Die versuchen uns zu beherrschen und wenn's hart auf hart kommt, ziehen sie den Knüppel.«

»Nun. Aber Theater?«

»Zugegeben, unsere Truppe ist nicht zimperlich. Aber schließlich leben wir in Frankreich, dem Land der Freiheit. *Liberté, Égalité, Fraternité.* Es gibt einige Theater, in denen wir in Abständen immer wieder auftreten. In Blois, Orléans, Limoges, Châteauroux, von wo ich soeben komme, und neuerdings auch Tours. Diese Gigs gehen meist über ein Wochenende. Ab und zu spielen wir auch ein oder zwei Wochen am Stück an einem Theater. Aber dann ist Schluss. Dann gehen wir mit unserem Krempel auf die Straße und spielen dort. Das ist nicht leicht für die Akteure, glaub mir, denn wir erhalten nicht nur Zuspruch. Und dann ist ruckzuck die Polizei zur Stelle. In vielen unserer Stücke treten die Akteure nackt auf. Das muss man heute machen, sonst guckt keiner mehr hin. Und manchmal wird halt auch gevögelt oder so getan als ob. Und dann, zack! Ist die Polizei da. Und das in Frankreich! Am Pariser Pigalle wird nachts seit hundert Jahren öffentlich gevögelt. Da schert sich kein Schwanz drum. Im Gegenteil! Paris rühmt sich dessen, macht damit sogar Reklame. Aber wenn wir das in der Innenstadt von Orléans machen, gibt's garantiert Ärger.«

Ich schmunzelte bei der Vorstellung, wollte jetzt aber wissen, warum er mich nach großformatigen Gemälden gefragt hatte.

»Wenn du mir hilfst, den Wagen zu entladen, zeige ich es dir. Und hör endlich auf, *Sie* zu mir zu sagen! Ich heiße Gérard, aber genannt werde ich Gégé. Und wer bist du?«

»Albert Kohns, aber genannt werde ich Ako«, antwortete ich, und wir reichten uns lachend die Hand.

Gégé öffnete das Tor einer Scheune, die an das Wohnhaus grenzte. Rückwärts fuhr er den Transporter vor den Scheuneneingang. Zunächst entluden wir altertümliche Kostüme, die auf einer Stange sorgfältig aufgehängt waren. Koffer und Taschen und befüllte Kartons folgten. Dahinter Stühle, ein Klapptisch, Stative, Scheinwerfer, Kabel, ein Schaltpult, Gerätschaften, die auf mich einen höchst professionellen Eindruck machten. Zum Schluss entluden wir ein riesiges Teil, zusammengeklappt wie eine Ziehharmonika, und einen hölzernen Galgen, an dem ein Strick baumelte. Für jeden dieser Gegenstände gab es in der Scheune einen speziellen Platz. Nichts schien dem Zufall überlassen zu sein. Die Kostüme wurden sogar sorgfältig in eine eigens dafür vorgesehene Box gehängt. Nur als wir die Ziehharmonika ausluden, sagte Gégé, dass wir diese erst einmal auf den Hof brächten. Er machte einen Platz im Schatten aus, und wir bugsierten sie dorthin.

Er schlug die Hecktüren seines Fahrzeugs zu, stieg auf den Fahrersitz und fuhr den Transporter auf einen Abstellplatz in eine Ecke des Hofes. Als er zurückkam, fiel sein Blick auf meinen Fiat, der ziemlich genau am entgegengesetzten Hofende vor Louis' Hauseingang parkte und diesen womöglich blockierte.

»Ist das deiner?«, fragte Gégé. Ich nickte.

»Du kannst ihn neben meinen stellen. Am besten gleich, bevor Louis deswegen den Aufstand probt.«

Ich erklärte Gégé mein Problem mit dem Anlasser. »Hohoho, lass mal sehen«, freute er sich, und ich ahnte, dass er zu der Sorte Mensch gehört, die sich an technischen Defekten begeistern und mit Spaß am Fummeln und Schrauben den Schaden beheben. Er besah sich das Gebrechen des Motors und sagte fast ein wenig enttäuscht, dass doch nur drei neue Ösen an den Starter angeschweißt werden müssten, dann würde das Ding wieder halten.

»Nun ...«, sagte ich betreten. Aber er unterbrach: »Mache ich dir gleich. Aber dafür musst du uns auch einen Gefallen tun.«

Ich sagte, na klar, und hatte auch schon eine Idee, was er von mir wollte.

Erst aber ließ er sich den Zündschlüssel geben. Ich musste notgedrungen die Starthilfe leisten. Dann fuhr er wie ein Besessener mit dem Fiat im Slalom über den Hof. Ich sah, wie er während seiner Vollgasfahrt das Faltdach öffnete. Vom Fahrtwind wurde es nach hinten geschlagen, und ich bangte um die Scharniere, an denen es hing. Ich hörte Gégé vor Begeisterung jaulen. Er legte den Rückwärtsgang ein, und der Motor jaulte ebenso auf wie der Fahrer, der jetzt rückwärts über den Hof pflügte und vor der Hofmauer eine Vollbremsung hinlegte. Er beschleunigte, jetzt wieder vorwärts, riss das Steuer nach links, rechts, links. Wollte er das Fahrzeug tatsächlich auf die Seite legen? Aber bevor ich Gelegenheit hatte, mir ernsthaft Sorgen um mein Auto zu machen, schoss er geradeaus auf seinen Transporter zu, ging kurz davor in die Eisen und lenkte den Fiat in einem Schwenk auf den freien Platz daneben.

»Scharfe Kiste«, lachte Gégé, als er sich aus dem Fahrzeug pellte, »nur leider ein bisschen lahm.« Später müsse er sich auch unbedingt die Stoßdämpfer einmal ansehen, da scheine etwas nicht zu stimmen.

»Und was ist jetzt damit?«, fragte ich und betrachtete die überdimensionale Ziehharmonika, die mich gerade mehr interessierte als mein Auto.

»Okay«, sagte Gégé, »hilf mir mal!« Wir klappten die durch Scharniere miteinander verbundenen Sperrholzteile auseinander und befestigten sie mit geschickt angebrachten Riegeln. Aufgebaut maß das Ding tatsächlich drei Meter in der Höhe. Die fünf nebeneinander stehenden Teile waren jeweils ein Meter zwanzig breit. Überzogen war jedes Teil mit schwerem, bemaltem Leinen, so dass in der Gesamtansicht ein Bild entstand.

»Unsere Kulisse«, sagte Gégé.

»Nicht schwer zu erraten. Und dafür, dass du dich um mein Auto kümmerst, bemale ich dir das Ding neu.«

»Ist doch ein Deal. Oder?«

»Abgemacht«, sagte ich und wunderte mich, dass er als Franzose englische Vokabeln benutzte.

Mein Auftrag lautete, eine der Skizzen, die ich in der Frühe angefertigt hatte, auf die Klappwand zu übertragen. Nur sollte alles maroder aussehen, etwas holpriger, weniger geschliffen, heruntergekommener als auf dem Entwurf. Aber ansonsten, sagte Gégé, sei das genau, was sie bräuchten. Später würde der Galgen davor gestellt werden, und die Kulisse sei perfekt. Er ging ins Haus und rief Marc-Antoine hinzu. Dieser hatte sich am Abend mächtig mit Chantal gestritten. Jetzt begriff ich, dass es kein persönlicher Streit gewesen war. Vielmehr war es um das neue Stück gegangen, in dem Chantal einige Szenen zu zahm ausgestaltet waren, nicht drastisch genug und zu wenig überspitzt. Die kleine, hübsche, schwarzhaarige Person schien die Jüngste in der Truppe zu sein. Die anderen waren alle über zwanzig. Marc-Antoine sicher schon bald dreißig. Chantals Alter schätzte ich auf höchstens achtzehn Jahre. Trotzdem schien sie eine dominante Stellung in der Gruppe zu haben. Sie blickte trotzig in die Welt, mit viel Skepsis in den schwarzen Augen und Anmut auf den lebhaften Lippen. Chantal schien die einzige zu sein, die sich mit Marc-Antoine, dem Regisseur, Stückeschreiber und Spielleiter auseinander zu setzen wusste. Ihm hingegen merkte man nicht an, wie sehr er Chantals Kritik an seinem Werk und ihr großes schauspielerisches Talent schätzte.

Marc-Antoine zog an seiner Zigarette und sog tief den Qualm ein, während er sich meine Skizze anschaute. Ja, das sei in Ordnung, sagte er. Es sei ein klar zu erkennendes Ensemble von Gebäuden, das hier gezeigt würde mit einer scharfen Abgrenzung von Licht und Schatten, abstrakt fast auf den ersten Blick. Ja, das sei brauchbar. Er schlug mir kumpelhaft auf die Schulter, sagte, es sei ein Glück, dass ich vorbeigekommen sei. Sie alle wären nämlich nicht für's Malen geschaffen. Louis da drüben, er zeigte mit dem Kopf auf das Haus auf der anderen Seite des Hofes, beherrsche es zwar ganz gut, mit Farbe und Pinsel umzugehen. Aber bei dem wisse man nie. Der sei ewig bekifft und vergesse Raum und Zeit. Nur die Miete von ihnen am Monatsende einzutreiben, daran denke er garantiert immer. Außerdem sei das Verhältnis der Truppe zu ihm momentan auf einem Tiefpunkt angelangt, trotz pünktlich gezahlter Miete. Die letzte Kulisse hätten sie für viel Geld in einer Werkstatt in Maillé in Auftrag geben müssen. Die Einnahmen eines gesamten Wochenendes, von drei Abenden, wären dafür drauf gegangen.

»Ich will die Einnahmen von sechs Abenden«, sagte ich so ernst wie möglich.

Marc-Antoine fiel fast die Zigarette aus dem Mund. Fragend blickt er auf Gégé. Der spielte mit und konterte mit bedeutungsvoller Miene. Er habe es bereits durchgerechnet, sagte er. Der Anlasser meines Autos müsse in Ordnung gebracht und das Faltdach repariert werden. Außerdem seien mindestens ein, wenn nicht gar zwei neue Stoßdämpfer fällig. Ein Haufen an Arbeitsstunden würde anfallen, und die Probefahrt von heute Morgen sei schließlich auch nicht umsonst gewesen. Das zusammen koste mehr, als in einem ganzen Monat eingespielt werden könne. Erst stutzte ich. Dann stimmte ich in das Lachen der beiden ein. Marc-Antoine setzte noch einen drauf, sagte, dass er mir außerdem den Rotwein in Rechnung stellen müsse, den ja überwiegend ich und dieser andere Deutsche – wie heiße er noch gleich? Eddi – am gestrigen Abend ausgetrunken hätten.

Wir waren uns also einig. Ich arbeitete auf dem Hof, an Ort und Stelle, da, wo ich mit Gégé die Ziehharmonika zu einer Wand, einer Kulisse aufgebaut hatte. Der Platz nahe bei der Scheune versprach Schatten bis in die Abendstunden. Das Schwierigste war das Lösen der alten Leinwände, die nicht beschädigt werden durften und das Aufziehen der neuen. Die alten fanden einen Platz im Fundus, einem speziell abgetrennten Raum innerhalb der Scheune.

Marc-Antoine verzog sich schnell und vermied es, anpacken zu müssen. Gégé widmete sich meinem Fiat, und seinem Pfeifen und Singen nach zu urteilen schien er zu meiner Freude in seiner Arbeit vollends aufzugehen. Störte ich ihn mit einer Frage oder gar mit einer Bitte um Hilfe, kippten seine fröhlichen Töne in missmutiges, wenn auch nicht ganz ernst gemeintes Knurren. Zum Glück half Linda mir mit den Leinwänden. Die hatte übrigens von unserem tierischen Übernachtungsgast nichts mitbekommen und hielt es für einen Scherz, als ich ihr davon erzählte. Nur einen unangenehmen Geruch, ja, den habe sie auch geschnuppert.

Den Tag hindurch hatte ich mit der Vorbereitung der Malarbeiten an der Kulisse zu tun. Linda hielt sich in meiner Nähe auf, genoss die Sonne, las *Das andere Geschlecht* einen Schinken von fast tausend Seiten über *Sitte und Sexus der Frau* von Simone de Beauvoir. Darin gehe es um die universelle Standortbestimmung der Frau, die jetzt endlich dabei sei, aus jahrtausendealter Abhängigkeit von männlicher Vorherrschaft auszubrechen.

»Ei, gut«, sagte ich und war froh, so etwas nicht lesen zu müssen, denn schon Lindas kurze Erläuterungen hatten mich, der ich mich auf meine Arbeit konzentrieren wollte, intellektuell überfordert. Einerseits vertieft in ihre Lektüre, behielt sie mich andererseits aus ihrem Liegestuhl im Blick, denn immer wieder stand sie im rechten Moment neben mir und ging mir zur Hand, wenn ich sie brauchte.

Von Eddi bekamen wir wenig zu sehen. Erst am Nachmittag tauchte er in Henriettes Schlepptau in der Haustür auf. Mit verkniffenen Augen blickte er in die Sonne. Die beiden waren zerzaust und verrupft, dass es keiner weiteren Erklärung bedurfte. Eddi stand da mit offenem Hemd über der Unterhose. Henriette trug ein kurzes

Shirt mit dem Schriftzug des Theaters und einen Slip, der mehr herzeigte als er verbarg.

»Hast du endlich gefunden, was du suchst?«, versuchte ich Eddi zu ärgern.

»Neidisch?«

»Klar, wenn ich euch so betrachte.« Ich unterbrach meine Arbeit, denn Henriette war in ihrem spartanischen Aufzug mehr als einen Blick wert. Ganz unbefangen lachte sie, sie müsse dem *Eduardo,* wie sie Eddi nannte, endlich mal eine Ruhepause gönnen. Jetzt war sie es, die ihm das Hinterteil tätschelte, frivol und spöttisch. Ganz frauensolidarisch fragte Linda, ob der Kerl denn schon schlapp mache, worauf Henriette ihre Hand über die Vorderseite von Eddis Unterhose strich und antwortete, dass sie das nicht hoffe.

»Halleluja!«, rief ich und konzentrierte mich wieder auf meine Arbeit. Eine Weile hörte ich Eddi und Henriette drüben an der Pumpe im Wasser plantschen und keckern und kreischen, fiepen, jaulen und gurren. Nachdem sie kurz wieder im Haus verschwunden waren, brachen sie zu einem Spaziergang auf.

Ich hatte den ganzen Tag über nichts gegessen. Gégé war ab und zu mit einem Bier gekommen. Wir stießen miteinander an, dann machte sich jeder wieder an seine Arbeit. Zuletzt grundierte ich die Leinwände mit einem Quast. Zum Glück war Linda wieder zur Stelle, trieb einen zweiten Quast auf und half mir, die Grundierung aufzubringen.

Als es dunkel wurde, rief Gégé alle verfügbaren Kräfte im Haus und auf dem Hof zusammen, und wir schafften die Kulisse in aufgebautem Zustand über Nacht in die Scheune. Es sähe zwar nicht nach Regen aus, sagte Gégé, aber man wisse ja nie.

Ich fiel fast um vor Hunger und hoffte, dass sich im Brot- und Kühlschrank der Kommune etwas zum Essen finden würde. Doch als ich die Küche betrat, sah ich, dass ich keine Ahnung von französischer Gastfreundschaft hatte. Ich traf dort auf Marie-Louise und Marcel, die eifrig in Essensvorbereitungen vertieft waren und mich sofort wieder hinauswarfen. Marie-Louise hatte wohl meine Irritation bemerkt und zeigte auf eine Hintertür am Ende des Hausflurs, durch die ich gehen solle, weil sich alle im *Jardin d'Eden* versammelt hätten. Bisher war mir entgangen, dass es auf der Rückseite des Wohnhauses einen von Bruchsteinmauern eingefriedeten Gemüsegarten und eine große, rebenüberrankte Terrasse gab, mit einem Flair, ganz nach meinem Geschmack.

Abgesehen von Marcel und Marie-Louise war ich der letzte, der sich hier einfand. Ich hatte noch mein Werkzeug gereinigt und ein paar Vorbereitungen für die Weiterarbeit am nächsten Tag getroffen. Anschließend hatte ich den Steintrog an der Pumpe mit frischem, eiskaltem Wasser gefüllt und war darin abgetaucht. Ich gewöhnte mich allmählich an die Kälte und blieb schließlich ein paar Minuten unbeweglich im Wasser liegen, um den Schweiß und Staub des Tages von meiner Haut zu lösen.

Eddi und Linda hatten im *Jardin d'Eden* mit Henriette, Marc-Antoine, Gégé und Chantal derweil schon eine Flasche Roten geleert. Sie saßen lachend und palavernd zu meiner großen Überraschung um einen ovalen, gedeckten Tisch mit weißem Tischtuch. Alles wirkte sehr gediegen. Nichts entsprach meiner früheren Vorstellung, dass der Lebensraum einer Kommune von Durcheinander, Unaufgeräumtheit, einer beträchtlichen Portion Chaos – kreativem Chaos, wie wir damals sagten – und einem großzügigen Umgang mit Verunreinigungen beherrscht würde. Bei aller Ordnung, ja Gepflegtheit, die der gedeckte Tisch aufwies, hatte er doch eine Besonderheit zu bieten, einen Touch von Anarchie, der erst beim zweiten Hinsehen deutlich wurde. Jedes Glas unterschied sich von allen anderen Gläsern, keiner der Teller, keine der Tassen oder Schüsseln entstammten dem gleichen Service, jede Gabel, jedes Messer, jeder Löffel war ein Einzelstück. An dieses Detail, etwas, das ich damals eher gleichgültig hingenommen hatte, erinnerte ich mich, da ich es Jahre später in einem Film wiedersah. Vielleicht in *Das große Fressen* mit Marcello Mastroianni und Michel Piccoli. Oder war es ein anderer Film?

Mir fiel schnell auf, dass die Arbeitsbereiche der Wohngemeinschaft klar geregelt zu sein schienen, was Gégé mir auch bestätigte. Denn während Marie-Louise und Marcel in der Küche schufteten, ließen es sich die anderen ungehemmt gut gehen. Gégé sagte, das gehöre zu den Spielregeln der Wohngemeinschaft, die jeder akzeptiere, weil jeder einen fest zugewiesenen Aufgabenbereich erfülle, von dem auch alle anderen profitierten.

»Was hätte man schon davon«, lachte er, »wenn man mich hier kochen ließe? Dann gäbe es jeden Tag Spiegeleier mit Speck. So kümmere ich mich doch besser um die Dinge, von denen ich etwas verstehe und lasse die anderen davon profitieren.« Marie-Louise und Marcel nannte er ein klassisches Paar, das sich persönlich und bei der Arbeit ausgezeichnet ergänze. Monogam seien sie, anders als die meisten anderen. Wegen ihrer beider Vorliebe fürs Kochen – zudem war das auch Marie-Louises Beruf – hätten sie den Part der Versorgung und der Hauswirtschaft in der Gemeinschaft übernommen, was den beiden viel Spaß und dem Rest der Truppe, wie man sich vorstellen könne, größtes Vergnügen bereite.

In den Genuss dieses Vergnügens sollten wir gleich kommen. Kaum dass ich am Tisch saß und einen tiefen Schluck aus meinem Rotweinglas genommen hatte, begannen Marie-Louise und Marcel damit, aus der Küche aufzutragen. Eine kleine Fleischpastete, über die ich zunächst erschrak, weil ich befürchtete, mit diesem winzigen Snack wäre das Abendessen bereits erschöpft. Ich hatte wirklich keine Ahnung! Nach dieser bisher noch nie geschmeckten Vorspeise gab es eine Cremesuppe, gegrillte Kräuterkartoffeln mit Quark und Olivenöl, Sommergemüse, gegrilltes Geflügel und Lamm, zu dem ein besonders trockener Weißwein – nicht unser Riesling! – getrunken wurde. Mir stiegen vor Lust und Begeisterung beinahe die Tränen in die Augen. Fast zum Schluss gab es einen überaus schmackhaften Schokoladenpudding, den man heute als *Mousse au Chocolat* sogar in Deutschland kennt und der garantiert auf keiner Party fehlt. Dann wurde Käse gebracht, und Marie-Louise sagte, wir sollten reichlich davon kosten, weil der Wein dann besser verträglich sei.

Ich war erschöpft und beglückt, schwang in äußerster Zufriedenheit in diese Sommernacht, ergötzte mich am Reden und Tun meiner Tischgenossen, von dem ich nicht viel verstand, rauchte und schlürfte den Roten, der sich nicht aufzubrauchen schien. Meine

Gedanken glitten immer wieder entspannt zu meinem Bild. Morgen würde ich beizeiten damit beginnen, es auf die Kulisse zu bannen.

Etwas riss mich plötzlich aus meinem Taumel. Ich erkannte nicht sofort die Ursache dafür. Dann bemerkte ich Eddis Niedergeschlagenheit, seine missmutigen Blicke. Hatte er eben noch zur Gitarre gesungen und den Franzosen mit *Sur le Pont d'Avignon* und einem Lied von Jacques Brel imponiert, wirkte er jetzt betroffen, verletzt fast. Da er am anderen Ende des Tisches saß, versuchte ich ihn durch Zeichen zu fragen, was los sei. Aber er winkte nur ab, stand auf und verabschiedete sich kurz und beleidigt, was ich nach dieser wunderbaren Bewirtung als ziemlich unhöflich empfand. Er stellte die Gitarre auf seinem Stuhl ab und ging. Ich blickte fragend zu Linda, die sich mit Marc-Antoine in einem angeregten Gespräch befand, meinen Gesichtsausdruck aber wahrnahm und mit einem kurzen Kopfnicken auf Henriette zeigte. Henriette saß seitlich von mir, Gégé zwischen uns. Dass die beiden sich in Umarmung und intimer Berührung befanden, war mir bis jetzt entgangen.

Daher wehte also der Wind!

Ich kannte Eddi zu gut, um nicht zu wissen, dass er die sexuelle Freiheit, die er sich wünschte und bei jeder Gelegenheit proklamierte, gern für sich in Anspruch nahm. Umgekehrt tolerierte er aber nicht immer, wenn andere eben diese Freiheit für sich beanspruchten. Linda erzählte mir später, sie habe die Szene damals in der Kommune in Maillé genau beobachtet. Während Eddi begeistert auf seiner Gitarre geklimpert und dazu gesungen habe, sei Henriette lange nicht von seiner Seite gewichen, habe geradezu geklebt an ihm. Ein kleiner Wink von Gégé, quer über den Tisch, habe aber ausgereicht, dass Henriette sich von Eddi gelöst und in Gégés Arme begeben habe. Linda sagte, es sei ihr fast wie ein Befehl vorgekommen, den Henriette umgehend ausgeführt habe.

Mein Interesse hatte mehr der jungen Chantal, Marie-Louise und Marcel gegolten. Wir waren über das wunderbare Essen, das Marie-Louise und Marcel gezaubert hatten, auf die Unterschiede französischer und deutscher Esskultur und Lebensart zu sprechen gekommen. Unweigerlich führten unsere Gespräche über die nachbarschaftliche Geschichte unserer Länder zu den schrecklichen Kriegen, die sie in der Vergangenheit gegeneinander geführt hatten. Marcel wusste viel über die deutsche Okkupation zu berichten, über die Vernichtung der französischen Juden unter der teilweisen Mithilfe französischer Bürger. Sein eigentliches Thema aber war die Résistance. Er wusste von der Brutalität, mit der die Deutschen gegen sie vorgegangen waren. Schnell zeigte sich, dass Marcel nicht nur ein begnadeter Koch war, sondern auch jemand, der sich mit seinem Wissen in der deutschen Vergangenheit ebenso leichtfüßig bewegte, wie in der französischen. Er erwähnte das Konzentrationslager Natzweiler in den elsässischen Bergen, damals Teil des *Großdeutschen Reiches*, heute französisch.

Sicher, ich hatte den Namen schon gehört, wusste aber nichts weiter über das Lager. Auschwitz, Buchenwald, Dachau, ja, das waren Namen mit denen ich mehr anzufangen wusste.

Marcel sagte, dass die gefangen genommenen Résistancekämpfer aus der Region von Tours bis hinunter nach Limoges zu Hunderten von den Deutschen in das Konzentrationslager Natzweiler verschleppt und dort gefoltert und hingerichtet worden seien.

Plötzlich war Beklemmung zwischen uns zu spüren, die durch mein verschämtes Schweigen noch vertieft wurde. Hatte Marcel eine Antwort, eine Erklärung, gar eine Entschuldigung von mir erwartet? Ich bemerkte, dass Marie-Louise und Chantal sich in engem Blickkontakt zueinander befanden. Dann sah Chantal mich mit ihren großen, schwarzen Augen an. Sie umfasste mein Handgelenk und sagte, dass ihr Opa in Natzweiler von einem deutschen Soldaten hinterrücks erschossen worden sei. Ich nickte verunsichert, wusste nicht, wie ich reagieren sollte und schwieg.

Während Marcel dozierte wie ein Geschichtsgelehrter, weder anklagte noch Schuld zuwies, schwang in Chantals Äußerung Schmerz und Verbitterung mit.

Ich dachte an *meinen* Großvater. Was hätte ich über jenen Menschen sagen können, von dem ich damals nur wusste, dass auch er im Krieg umgekommen war, als Zivilist, nicht als Soldat. Ich wusste auch, dass mein Vater, kurz nachdem er siebzehnjährig eingezogen worden war, sich einen komplizierten Bruch im Mittelfuß zugezogen und die Zeit bis zum Kriegsende in einem süddeutschen Lazarett zugebracht hatte. Aber das hatte mich bis dahin nie sonderlich interessiert. Umso verblüffter war ich, wie sehr meinen Gesprächspartnern all das auf der Seele zu brennen schien und wie sehr ihnen daran gelegen war, mit mir, dem Deutschen, dem ehemaligen Erbfeind, das Geschehene zu bereden.

Nur war ich mit meinem Latein, genauer, mit meinem historischen Wissen schnell am Ende. Abgesehen von einem längst bröckelnden und löchrig gewordenen Schulwissen war von mir nicht viel zu erwarten. Ich versuchte das Gespräch auf Vietnam und die Verbrechen der Amerikaner zu lenken, wusste ja bestens Bescheid über den Einsatz von Napalm und Streubomben und vieles mehr. Aber hier winkte Marcel ab, nicht aus Desinteresse an jenem Krieg. Das war nicht sein Thema. Nicht jetzt.

Ich gab mich einsilbig. Zuletzt auch, weil ich Marcels Sachverstand nichts entgegen zu setzen hatte. Meine eingeschränkten Französischkenntnisse taten ein Übriges. Es wirkte wie der Abspann zu unserem Gespräch, als Marcel sagte, es gäbe noch viel zu erzählen aus dieser Zeit, besonders was die hiesige Region und die kleine Ortschaft Maillé betreffe. Denn hier habe es der schon damals bedeutenden Bahnlinie wegen massive Aktionen der Résistance gegeben. Aber niemand, niemand – auch in Frankreich! – wolle darüber reden.

»Trinken wir!«, hörte ich Gégé plötzlich neben mir rufen, der Henriette an seine Schulter gedrückt hielt und mit der freien Hand sein Glas erhob: »Á votre santé!« Ich empfand eine gewisse Erleichterung, als Gégé auf diese Weise, die in ihrer Direktheit fast etwas Moseltypisches an sich hatte, einen Schlussstrich unter unser Gespräch zog.

Wir stießen zusammen an. Nur Linda und Marc-Antoine, die, etwas ins Abseits gerückt, ihre Köpfe zusammengesteckt hatten, als planten sie die Weltrevolution, dazu Marihuana rauchten, das bis zu uns herüber duftete, beteiligten sich nicht.

Verblüfft bemerkte ich, dass Chantals Hand sehr leicht und zartgliedrig noch immer auf meinem Handgelenk lag. Hatte ich ihre

Zugewandtheit die ganze Zeit über nicht mitbekommen? Wie stumpfsinnig war ich denn? Oder hatte sie soeben ihre Hand erneut auf meine gelegt? Chantal, diese trotzige, junge Schönheit, der gegenüber ich mir schon alt vorkam, wollte sie tatsächlich noch etwas anderes von mir als über die deutsch-französische Vergangenheit reden, und ich hatte es noch gerade rechtzeitig bemerkt?

»Komm!«, sagte sie auf Deutsch und zog ein wenig an meinem Handgelenk. Und ehe ich mich versah, nahm der Abend für mich eine ungeahnte Wendung.

Ihr Zimmer befand sich in einem Nebengebäude des Wohnhauses. Wir erreichten es durch einen fensterlosen Gang.

Chantal, mon amour

Bisher habe ich Chantal kaum ins Bild gerückt, mit wenigen Worten nur habe ich sie beschrieben. Ich habe die Sorge, dass sie mit jedem Wort, das ich über sie schreibe, an Kontur verlieren könnte. Beunruhigt bin ich, dass das, was mich an diesem eben zur Frau gewordenen Kind so maßlos beglückte, in eine ungreifbare Ferne gerückt werden könnte, je mehr Worte ich darüber verliere. Ich besitze nur ein einziges Bild von ihr. Ich habe es noch in der Nacht gemalt, als sie mich mit auf ihr Zimmer nahm und wie ein Orkan der Begierde über mich hinweg fegte. Wir vereinigten uns wieder und wieder. Wir waren jung. Wozu sonst ist man so jung, wie wir es waren, wozu sonst hat man die Kraft, die überbordende Lust und Energie, wenn nicht zur Vereinigung, diesem bedingungslosen Sturm im Zentrum unserer Existenz!

Das Bild von ihr entstand, während wir verkehrten. Sie wollte es so. Es zeigt nur ihr Gesicht. Es zeigt es in einer Fülle und Wahrheit, wie ich vielleicht nie wieder ein Bild gemalt habe. Alles was sie damals für mich ausmachte, ist in diesem Bild zu sehen.

Die Zeichnung ist schlicht: Kohle, Bleistift und Farbstifte auf einem rauen Papier. Oft habe ich später versucht, sie in einer anderen Technik zu reproduzieren, sie auf diese Weise vielleicht noch zu veredeln, wie ich es auch mit anderen Skizzen und Zeichnungen getan habe. Alle Versuche misslangen. Irgendwann gestand ich mir ein, was ich doch eigentlich wusste. Führte ich mir die Entstehung, die Geburt von Chantals Portrait vor Augen, so waren diese Bemühungen von vorneherein zum Scheitern bestimmt.

Als Chantal eingeschlafen war, blitzten auch schon die ersten Sonnenstrahlen durchs Fenster. Ich wusste, dass ich ein beachtliches Tagwerk vor mir hatte. Möglich, dass der Gedanke daran die Unruhe in mir erzeugte, die mich nicht neben Chantal einschlafen ließ. Ich ging hinaus auf den Hof und betätigte die Pumpe. Das Wasser kam mir noch kälter vor als bisher. Trotzdem genoss ich diese allmählich zur Gewohnheit werdende Auseinandersetzung mit dem unbarmherzigen Wasserstrahl. Die Sonne stand noch tief. Genau wie gestern. Die Häuser, Schuppen und Scheunen mit ihren Schatten, die sich über die Hoffläche legten, erschienen mir wie eine Erinnerung. Ein lauer Wind wehte. Auf der Haut spürte ich seine kleinen, unentschlossenen Wirbel. Er trocknete mich schnell. Ich stand nackt, den Kopf im Nacken, auf einem Sonnenflecken und spürte die erfrischende Frühe des Tages, Chantal vor Augen.

Ich trat in die Scheune, in der das zu bemalende Monstrum, die gigantische Ziehharmonika, die Klappkulisse regensicher abgestellt war. Ich betastete die Oberfläche. Die Grundierung war über Nacht getrocknet. Ich konnte weitermachen. Hinter mir knarrte die Scheunentür. Gégé stand im Durchgang, verstrubbelt, verkatert und sehr alt.

»Willst du erst duschen?«, fragte ich. Er winkte ab: »Lass mal.«

»Gut, dann raus damit!«

Wir falteten die Ziehharmonika zusammen, kippten sie in die Horizontale.

»Zwei Mann, zwei Ecken!«, befahl Gégé hustend. Der Spruch machte ihn deutscher denn je.

»Jetzt schlägt aber dein deutscher Vater durch«, sagte ich.

»Deutscher Vater«, hustete er und nickte: »Das ist gut! Setz mal ab!«

Wir stellten die Ziehharmonika auf der Kante ab. Ich hielt sie mit einer Hand fest, dass sie nicht kippte Gégé klopfte eine *Gauloise* aus einem blauen Zigarettenpäckchen, zündete sie an, tat einen kräftigen Zug, erlitt einen Hustenanfall und zertrat die Zigarette ärgerlich auf dem Boden.

»Scheiß Raucherei!«

Als er sich beruhigt hatte, packten wir zu und schleppten das Ding raus auf den Hof, bauten es auf dem gleichen Platz wie am Vortag auf und stabilisierten es mit Riegeln und Schlössern.

»Alles klar«, sagte Gégé, tippte zum Gruß mit dem Finger an die Stirn. »Ich geh noch eine Runde pofen. So sagt ihr doch in Allemagne!«

»Und ihr Franzosen?«
»Aller se coucher, mein Junge.«

Normalerweise ist die Morgenfrühe nicht meine Zeit. Ich gehöre nicht zu dem Menschenschlag, der mit den Hühnern aufsteht. Doch seit wir auf Tour waren, hatte sich etwas geändert. Ich war durchdrungen von dem Wunsch Neues zu erfahren, Fremdes wahrzunehmen, Unbekanntes zu verstehen, es mit meinen Stiften, Kreiden und Wasserfarben festzuhalten. Ich fühlte mich von der Unruhe getrieben, nur ja nichts zu verpassen. So spürte ich auch an diesem Morgen keine Müdigkeit, obwohl ich die ganze Nacht nicht zur Ruhe gekommen war. Im Gegenteil! Getrieben, nicht nur von sexueller Lust, sondern von der Lust auf Leben überhaupt. Das war's! Nichts war mir zu viel, nichts von dem, das mich interessierte, das neugierig machte, zu beschwerlich.

Ich war froh, von den anderen im Haus noch keinen Ton zu hören. So hatte ich meine Ruhe, brachte die Achtsamkeit auf, die mir half, mich auf mein Werk einzustimmen. Ich begann die Formen und Gestalten der Zeichnung des Vortages auf die Kulissenfläche zu übertragen, konnte mich ganz darauf konzentrieren, während die Sonne, noch mild gestimmt, einem angenehmen Windchen den Vortritt ließ. Ich, noch durchdrungen von Chantals Körper, seinen Regungen und Zuckungen, dem Streichen ihrer Haut über die meine. Eine Stimmung, die nicht fesselte, sondern befreite.

Erst um die Mittagszeit gönnte ich mir eine Pause. Ich hatte gehofft, bis zum Abend mit der Bemalung fertig zu werden. Mein Plan war es, am folgenden Morgen beizeiten Firnis auf das Bild zu legen, um mich anschließend mit Linda in Richtung Bretagne davon zu machen. Eddi wollte bleiben, das war klar. Bis zum Mittag hatte ich sechs Stunden gearbeitet. Inzwischen war abzusehen, dass ich weitere zwei mal sechs Stunden brauchen würde, um mein Werk zu vollenden. Ich hätte also ohne Unterbrechung bis Mitternacht weiterarbeiten müssen, um fertig zu werden. Doch das war nicht zu schaffen, zumal die Mittagshitze des Jahrhundertsommers sich inzwischen breit und erbarmungslos über den Hof gelegt hatte. Immer wieder unterbrach ich meine Arbeit, um mich an der Pumpe abzukühlen und ein paar Schlucke Wasser zu trinken.

Linda war irgendwann mit einem Kaffee und zwei Croissants aufgetaucht, die sie mir einsilbig hingestellt hatte. Im Nu war sie auch wieder verschwunden, und auf meine Frage, ob sie die Nacht gut verbracht habe, hatte sie mir keine Antwort gegeben.

Ich hatte keine Lust, mir Gedanken darüber zu machen, was mit ihr los war. Warum sagte sie nicht einfach, welche Laus ihr über die Leber gekrochen war? Aber gut, wenn sie es so wollte …

Ich sah sie mit Eddi und Marc-Antoine den Hof verlassen. Ziemlich achtlos gingen die drei an mir vorbei. Nur Eddi rief mir zu, sie gingen zum Schwimmen. Bis zum Fluss *La Vienne* oder so ähnlich seien es nur zwanzig Minuten zu Fuß.

»Sauft nicht ab!«, rief ich neidisch hinter ihnen her. »Oder vielleicht besser doch!«

Sie soffen nicht ab, verbrachten aber nach eigenem Bekunden einen traumhaften Tag unter Schatten spendenden Bäumen am Ufer der *Vienne*.

Gegen Mittag traf ich Chantal im Garten hinter dem Haus. Von dort hatte ich jemanden singen hören. Ein leises Lied, das sich wundersam in das Summen und Zirpen des von Insekten und Vögeln bewohnten mittäglichen Gartens schmiegte. Als Chantal mich bemerkte, unterbrach sie ihre Melodie und schaute einen Augenblick drein, als hätte ich sie bei einer sehr intimen Handlung überrascht. Dann kam sie mit schnellen Schritten auf mich zu gelaufen, umarmte und küsste mich innig.

Das Lied heiße *Der König ist tot,* sagte sie. Sie würde es in dem neuen Stück singen, für dessen bevorstehende Premiere ich die Kulisse malte. Auf der Bühne klänge es allerdings laut und energisch. Marc-Antoine habe es für sie geschrieben. In der Schlussszene käme es zur Aufführung. Sie, Chantal, spiele eine Hure, die immer und immer wieder dem König zu Diensten sein müsse. Er aber verachte sie, denn sie gehöre der niedersten Schicht des Volkes an. Doch durch eine List bringe sie den König an den Galgen. Der König werde von Gégé gespielt. Keine große Rolle für ihn. Das Publikum bekomme ihn erst gegen Ende des Stücks zu Gesicht, wenn er aufgeknüpft werde. Eigentlich sei Gégé auch kein Schauspieler. Er habe andere Zuständigkeiten. Aber solche Minirollen würde er ganz gern schon mal übernehmen.

Während Chantal erzählte, mir die Funktionsweise des Galgens erklärte, an dem Gégé, also der König, zum Schluss richtig hinge, übersäte sie mich mit Küssen und Liebkosungen.

Dann schwieg sie – und ich sah mit einem Mal wieder das trotzige Kind in ihrem Gesicht, als wir unsere dünnen Sommersachen hastig von unseren Körpern streiften und uns auf den beschatteten Steinplatten der Terrasse liebten, als gäbe es für uns keine Zukunft. Und wahrscheinlich, das ahnten wir bereits, würde es die für uns ja tatsächlich nicht geben.

Der Abschied von Chantal am übernächsten Tag fiel mir schwer. Ich versuchte, mir nichts anmerken zu lassen. Aber er quälte mich mehr, als ich mir zugestehen wollte. Sicher, wir würden uns in zwei bis drei Wochen auf unserer Rückfahrt wiedersehen, wenn wir Eddi abholten. Aber würde sie dann auch tatsächlich hier sein? Würde sie dem Tag unseres Wiedersehens ebenso entgegenfiebern, wie ich es jetzt schon tat? Würden wir noch eine Nacht miteinander haben? Wir hatten kein Wort darüber verloren.

Bevor ich mit Linda ins Auto stieg, kam Chantal auf den Hof gelaufen. Sie trug ein viel zu großes, olivgrünes Fischerhemd, eines, das am Hals und vor der Brust geschnürt wurde. Es wirkte an ihr wie ein etwas aus der Fasson geratenes Kleid. Ich hätte wahrscheinlich nie wieder einen Gedanken daran verloren, denn derart ausgefallene Kleidungsstücke waren damals nichts Besonderes, wenn sie es nicht vor uns ausgezogen und mir wie etwas Kostbares überreicht hätte. Einen Augenblick lang kam es mir vor, als spiele sie eine Szene aus einem ihrer Theaterstücke. Ihr sonst so trotziger Gesichtsausdruck verwandelte sich in ein großes trauriges Lächeln.

Ich zog mein Shirt aus und streifte mir das Fischerhemd über. Es war kein neues Hemd und schmiegte sich angenehm an die Haut. Es roch wunderbar. Seine Kanten waren abgestoßen und die Farbe ausgeblichen. Erst als ich es abends nach langer Autofahrt erschöpft wieder auszog, bemerkte ich einen Fisch in Gelb, Orange und Rot, den Chantal auf der Rückenseite des Kleidungsstückes mit Batikfarben aufgebracht hatte.

Île de Noirmoutier

Lindas Einsilbigkeit hielt auch zu Beginn der Autofahrt an, die sie wie gewohnt auf der Rückbank statt auf dem freien Beifahrersitz verbrachte. Ich fand keine Erklärung für ihre Reserviertheit. Was hatte ich ihr getan? Seit zwei Tagen war sie mir gegenüber wie ausgewechselt, und wenn es sich machen ließ, ignorierte sie mich. Sie hatte sich mit Marc-Antoine angefreundet und ihre Zeit fast ausschließlich an seiner Seite verbracht. Marc-Antoine war ein Arbeitstier. Er saß stundenlang auf der Terrasse und schrieb an einem neuen Stück. Man hörte ihn durchs offene Fenster Klavier spielen. Er probte Melodien, sang dazu, vielleicht komponierte er. Er war im Haus und auf dem Hof unterwegs, drehte im Laufschritt Runden durch die angrenzenden Felder. Dabei sprach er rhythmische Texte vor sich hin.

Ein paar Stunden war er mit dem Auto unterwegs nach Blois gewesen, wo er Einkäufe für die Requisiten erledigt hatte. Und Linda war, soweit ich das mitbekommen hatte, ständig in seiner Nähe gewesen. Oft sah ich, dass sie miteinander gestenreich in Gespräche vertieft waren. Aber das konnte nicht der Grund für Lindas Verhalten mir gegenüber sein.

»Was habe ich dir getan?«, fragte ich. »Warum lässt du mich so links liegen?«

»*Du* mir getan!«, lachte sie auf, und sie klang schrill und zynisch, was überhaupt nicht zu ihr passte.

Bevor wir auf die D910 kutschierten, um in nördlicher Richtung schon nach wenigen Kilometern auf die D760 abzubiegen und Kurs auf die Bretagne zu nehmen, fuhren wir ins nahe gelegene Maillé. Hier wollten wir uns mit Vorräten eindecken. Marc-Antoine hatte Linda den Weg zur einzigen Bäckerei des Ortes beschrieben. Trotzdem kurvten wir eine Weile durch das kleine Dorf über menschenleere Straßen auf der Suche nach dem Laden. Ich war überzeugt, dass die lange Suche etwas mit unserer frostigen Kommunikation zu tun hatte. Genervt fuhr ich das Auto schließlich an den Straßenrand, entschlossen die Suche nach dem Laden zu Fuß aufzunehmen. Ich stieg aus, doch kaum dass ich auf der Straße stand, fiel mein Blick durch eine Hofeinfahrt auf ein unspektakuläres, weißes Schild mit der braunen Aufschrift *pain*.

»Da scheint es zu sein!«, rief ich Linda zu.

»Dann geh nur«, gab sie zurück. Sie machte keine Anstalten, sich vom Rücksitz des Fiats zu erheben. »Und bring genug Wasser mit und Käse, wenn sie haben!« Ich steuerte auf den Laden zu, hob im Weitergehen die Hand um ihr zu signalisieren, dass ich verstanden hatte.

Der Laden war winzig. Es roch betörend nach frisch gebackenem Brot. Durch eine offene Tür hinter dem Verkaufstresen fiel mein Blick in die Backstube, in der gearbeitet wurde. Eine Sekunde lang schloss ich die Augen und genoss den Duft. Die Verkäuferin hinter dem Ladentisch warf mir einen kurzen Blick zu, nickte und lächelte. Sie befand sich mit einer dicken, alten Frau im Gespräch, die gleich neben mir in einem Rollstuhl saß. Dahinter ein Junge, der die Griffe des Rollstuhls fest umklammerte. Die Frauen sprachen in einem französischen Dialekt miteinander und ich verstand rein gar nichts von dem, was sie redeten.

Ich wartete eine Gesprächspause ab. Wieder lächelte die Verkäuferin. Ich sagte, dass ich gern ein Baguette kaufen möchte, zwei Brötchen, Käse und Wasser. Ehe ich mich versah, spürte ich zwei, drei heftige Stockschläge in meinen Kniekehlen. Das Lächeln der Verkäuferin gefror. Die Frau im Rollstuhl hatte mit ihrem Gehstock auf meine Beine geschlagen. Jetzt keifte sie mich an, und wieder holte sie aus, um nach mir zu schlagen. Ich griff nach dem Stock und hielt ihn fest. Die Alte zog und zerrte, steigerte ihr Gekeife noch und spuckte mir vor die Füße. Der Junge schaltete sich ein, umklammerte ebenfalls mit den Händen den Stock, den sie jetzt gemeinsam versuchten an sich zu reißen. Die Verkäuferin rief nach hinten in die Backstube. Der Bäcker kam herbei und redete beruhigend auf die Frau im Rollstuhl ein. Im Wortgemenge hörte ich *Boche! Boche!* Sofort kam mir in den Sinn, dass ich den Begriff schon einmal gehört hatte, als mich ein Hitzschlag auf der *Place d'Armes* in Luxemburg zu Boden gestreckt hatte.

Ich möge jetzt bitte seinen Laden verlassen, sagte der Bäcker entschieden und öffnete die Tür. In seinem ernsten Gesicht glaubte ich außer Strenge auch eine Regung zu erkennen, die mich um Verständnis bat. Aber Verständnis wofür?

Durch nervös wirkendes Winken verlieh er seiner Aufforderung, dass ich mich entfernen solle, noch einmal Nachdruck. Verstört verließ ich den Laden. Draußen stand ich wie gelähmt und versuchte meine Gedanken zu ordnen. Aus dem Laden drangen laute Stimmen. Debattieren, Schreien und das Klagen der Alten, das in ein fast anrührendes Heulen und schließlich in jämmerliches Weinen überging. Dann wurde es still, und ich machte mich davon.

Mit Linda, der ich alles erzählt hatte, versuchte ich vergeblich Erklärungen für das Geschehen in der Bäckerei zu finden. Angesichts der unerwartet aufgetauchten Fragen und emotional durcheinandergewirbelt, beschlossen wir, loszufahren, unsere Einkäufe woanders zu erledigen und diesen unangenehmen Ort möglichst schnell hinter uns zu lassen.

Während meiner Abwesenheit in der Bäckerei war Linda nun doch auf den Beifahrersitz gerückt. Mit der Autokarte vor der Nase lotste sie mich auf die Straße nach Westen. Wir fuhren fast ohne Unterbrechung bis in den Abend hinein. Seit Gégé sich seiner angenommen hatte, rollte mein 500er Fiat wie neu.

Die Insel lag in Sichtweite der Küste. Den ganzen Tag waren wir unterwegs gewesen. Nur zwei kurze Pinkelpausen hatten wir eingelegt. Dass wir den Abend schon an einem Sandstrand mit Blick auf den Atlantik verbringen würden, davon hatten wir am Morgen noch nicht zu träumen gewagt.

Den Fiat hörte man, dank der geringen Belastung von nur zwei Personen, förmlich aufatmen. Obwohl wir von fast allen anderen überholt wurden, glaubten wir mitunter, berauscht von Tempo 85 oder 90, über die langen, geraden Pisten regelrecht zu fliegen. Dabei schien der Fahrtwind die Erinnerung an die Begegnung in der Bäckerei von Maillé mit sich davon zu tragen. Linda und ich kamen auf die Vorgänge vom Morgen nicht wieder zu sprechen.

Die Sonne brannte auch heute unerbittlich. Aber bei offenem Verdeck und der zu uns hereinwirbelnden Luft ließ es sich aushalten. Vielleicht war auch das ein Grund, warum wir weiter und weiter fuhren, ohne den Wunsch nach einer Pause zu verspüren.

»Hast du eigentlich mal *Jack Kerouac* gelesen?«, fragte Linda, »*On the Road*?«

Natürlich hatte ich. Fast jeder hatte den Roman damals gelesen, und ich antwortete, in Abwandlung des berühmtesten Dialogs des Buches, auf den Linda vermutlich angespielt hatte: »*Hey Sal! Wir sollten fahren ohne anzuhalten, bis wir da sind.*«

»*Wohin denn, mein Freund?*«, antwortete Linda mit gespielt tiefer Stimme getreu den Worten Kerouacs, und ich gab zurück: »*Keine Ahnung, aber wir müssen los!*«

»Wunderbar!«, lachte sie. »So etwas muss einem erst einmal einfallen: *Keine Ahnung, aber wir müssen los*!«

»Kennst du den?«, fragte ich, als ob man einen Witz erzählt, und ich zitierte die ersten beiden Sätze aus dem Traktat von Hesses *Steppenwolf.*

Linda konnte eine ganze Passage aus *Siddhartha* aufsagen, die Stelle mit dem Fährmann und dem Fluss, an dem Siddharta sich entschied zu bleiben. Ihr fiel ein Gedicht von Leonard Cohen ein, sagte es auf Englisch, und ich gab Günter Eich zum Besten, zwei Sätze, die ich damals wie ein Credo vor mir her trug:

»*Tut das Unnütze, singt die Lieder, die man aus Eurem Mund nicht erwartet. Seid Sand, nicht das Öl im Getriebe der Welt.*«

Mit der Bemerkung: »Dann kippst du wahrscheinlich eimerweise Sand in die Motoren deiner Flugzeuge«, holte Linda mich auf eine Ebene zurück, von der ich jetzt nichts wissen wollte. Unvermittelt verwies sie mich auf den unüberbrückbaren Zustand, in dem ich mich befand, der mir immer deutlicher vor Augen trat. Dem ich mich aber durch bloße Verdrängung zu entziehen versuchte. Deshalb fragte ich sie: »Kennst du eigentlich etwas von François Villon? Ich meine, jetzt wo wir bei den Freunden in Maillé gewesen sind, für die Villon eine Art Lebensinhalt ist. Ich habe die Kulisse für das nächste Stück gemalt, aber zugegeben, ich kenne nichts von Villon außer der Sache mit dem *Erdbeermund*.«

»Ha, und die ist gar nicht von Villon!«, triumphierte Linda zu meiner Verwunderung.

»Ist nicht?«

»Marc-Antoine hat mir erzählt, es handele sich dabei um eine Nachdichtung im Stile Villons. Der wahre Dichter von *Ich bin so wild nach deinem Erdbeermund* habe Paul Zech geheißen.«

»Zech? Nie gehört.«

Linda erklärte, das Gedicht trüge eigentlich den Titel *Eine verliebte Ballade für ein Mädchen namens Yssabeau*. Genau nach dieser Yssabeau hätten Marc-Antoine und die anderen ihr Theater benannt. Bei Villon, sage Marc-Antoine, tauche keine Yssabeau auf. Trotzdem hätten sie den Namen für ihr Theater gut gefunden. Und ohne diesen Zech wäre Villon heute vielleicht kaum noch bekannt.

»Hattest du was mit ihm?«, fragte ich wie aus heiterem Himmel, so dass ich selbst ein wenig von meiner Direktheit überrasch war.

»Mit Zech oder Villon?«

»Nein, mit Marc-Antoine!«

»Ja, hatte ich. Aber im Gegensatz zu dir und Chantal – was ja allzu offensichtlich war – hauptsächlich platonisch.«

Abends brannten unsere Nasen und mein linkes Ohr rot und heiß wie Feuer. Linda wusste uns ein wenig Linderung zu verschaffen, indem sie erst sich selbst, dann mir ein kühlendes Gel auf die sonnenverbrannten Stellen auftrug.

Der kurze Abend am Strand der flachen Küste vor der *Île de Noirmoutier* war wie das Ende eines melodramatischen Films mit gewaltigem Sonnenuntergang und allem drum und dran. Nicht nur, dass Linda, seit sie in Maillé auf den Beifahrersitz gerückt war, ihre vertraute Liebenswürdigkeit wiedererlangt hatte und mir das Gefühl gab, es habe nichts gegeben, das zwischen uns stand. Auch die Fahrt hierher war einträchtig verlaufen. Linda erwies sich unserem vorübergehend abtrünnigen Navigator Eddi als absolut ebenbürtig. Über jeden Zweifel erhaben steuerte sie mich zu dem Küstenabschnitt am Atlantik, dem die *Île de Noirmoutier* vorgelagert war.

Aber sie wolle nicht weiter mit mir in die Bretagne fahren, eröffnete sie mir, sondern die kommenden Tage allein verbringen. Alles was Marc-Antoine ihr über die *Île de Noirmoutier* erzählt habe, klinge verlockend. Im Norden der Insel um den Hauptort *Noirmoutier-en-Île* sei die Landschaft felsig und robust, die kleinen Orte weiter südlich besäßen lauschige Fischerhäfen, und entlang der Westküste gebe es Dünen und endlos weite Strände.

»Das ist die Mischung, die ich jetzt brauche«, sagte sie, »und du kannst in der Bretagne in Ruhe nach deinem *Gauguin* suchen.« Ich war einverstanden. Hätte Linda mir in diesem Moment den Vorschlag gemacht, die kommenden Tage mit ihr zusammen auf der Insel zu verbringen, ich glaube, damit wäre ich ebenso einverstanden gewesen. Aber da war ja noch *Gauguin*, nach dessen Spuren ich suchen wollte, und ich musste mir eingestehen, dass ich ihn ziemlich aus dem Blick verloren hatte.

Vom Meer her frischte ein Wind auf. Linda und ich krochen in unsere Schlafsäcke. Mit großer Geduld schob sich die glutrote Sonnenkugel hinter den Horizont und entzündete vor unseren Augen ein zauberhaftes Spektakel aus Farben und Gestalten. Angenehm kühlte der Wind unsere heißen Gesichter.

Chantal fiel mir ein, und ich wunderte mich, wie sehr sie sich nach nur einem Tag aus meinen Gedanken, ja, auch aus meinem Fühlen zurückgezogen hatte. Mit geschlossenen Augen versuchte ich mir vergeblich ihr Gesicht vorzustellen. Bevor ich einschlief, spürte ich Lindas Atem und ihre Lippen auf meiner Wange. Ich durfte sicher sein, dass sich diesmal kein Hund, kein Kojote, zwischen uns gedrängt hatte.

Der neue Tag begann mit Irritationen. Es konnte doch nicht sein, dass ich mir das Meer, den Atlantik am gestrigen Abend nur eingebildet hatte. Jetzt blickte ich auf eine riesige unappetitlich graue Fläche, die aber mit dem schnell zunehmenden Tageslicht zu funkeln und silbrig zu glitzern begann. Ich bemerkte, dass auch Linda aufgewacht war, und mich mit einem großen und gar nicht mehr sehr verschlafenen Lächeln ansah. Sie befreite sich aus ihrem Schlafsack, kam über mich gekrochen, umschlang mich mit den Armen und küsste mich lange und liebevoll auf den Mund.

»Das ist das Watt!«, flüsterte sie. »Und wenn wir uns beeilen, können wir über die *Passage du Gois* hinüber auf die Insel fahren.« Wir waren beide zum ersten Mal am Meer und hatten keine Ahnung von dem, was sich in dieser besonderen Landschaft am französischen Atlantik abspielte und was Natur und Mensch sich hier ausgedacht hatten. Linda war allerdings wegen ihrer Gespräche mit Marc-Antoine besser vorbereitet und erklärte mir, dass es sich bei der *Passage du Gois* um eine Straße durch das Meer handele, die bei Ebbe trocken falle. Über diese sei dann die Insel zu erreichen. Bei Flut würde sie komplett im Meer versinken. Wenn wir uns beeilten, könnten wir in zehn Minuten an der Straße sein. Zwar hatte ich keine große Lust, den Tag mit Hetze zu beginnen, aber das Phänomen interessierte mich. Außerdem verspürte ich Hunger, und die Aussicht auf eine Einkaufsmöglichkeit und einen Kaffee auf der Insel brachten mich in Gang.

Eine halbe Stunde später befanden wir uns auf der Straße inmitten einer Wüste aus Schlamm und Schlick. Vom großen Atlantik waren nur ein paar Pfützen übrig geblieben. Vor uns rückte das flache Eiland näher.

Gleich in der ersten Siedlung auf der Insel, durch die uns die Straße führte, machten wir vor einem Café halt. Der Kaffeeduft hatte uns förmlich angezogen. Wir saßen an einem der kleinen Tische draußen auf dem Trottoir. Durch eine breite Gasse, die im rechten Winkel von der Straße abbog, konnten wir hinaus auf die Schlammwüste blicken. Dort bevölkerten riesige Vogelschwärme den grau schimmernden Teppich. Wir sahen sie in dramatischen Formationen kreisen, niedergehen und nach einer Weile, wie einem Kommando gehorchend, wieder auffliegen. Bis Linda unvermittelt sagte: »Da, es kommt zurück!« Ich sah, was auch sie gesehen haben musste: In der Ferne, dort wo sich soeben noch das Watt deutlich vom wolkenlosen Himmel abgegrenzt hatte, war ein ausgefranster blauweißer Streifen zu erkennen, der sich, sobald man ihn in seiner Form und seinem Ausmaß zu erfassen versuchte, schon wieder verändert hatte.

Es ging rasend schnell vom Ertönen der Glocke weit drüben an der *Passage du Gois*, die signalisierte, dass ein Befahren ab sofort nicht mehr erlaubt sei, bis zum Heranrauschen der ersten großen Meereswogen. Die Glocke sei nur für die Touristen, erklärte uns der freundliche Cafébetreiber. Sie, die Insulaner, folgten einer inneren Uhr im Rhythmus der Gezeiten.

Am späten Nachmittag verließ ich die Insel über die *Passage du Gois*. Beim Einkaufen in einem Lebensmittelladen war Linda mit einer Frau ins Gespräch gekommen, die ihr angeboten hatte, bei ihr zu wohnen. Sie hieß Madame Aveline, eine Frau mittleren Alters, die nach eigenem Bekunden ihren Mann, einen Fischer, bei stürmischer See an das Meer verloren hatte. Auf Anhieb verstand Linda sich mit ihr, und während ich Bananen und Äpfel und Tomaten in eine Plastiktüte füllte und geräucherten Fisch abwiegen ließ, der mich ein Vermögen kostete, vertieften sich die beiden Frauen sichtlich amüsiert in ein Gespräch.

Draußen stieg Madame Aveline auf ihr Fahrrad, und Linda forderte mich auf: »Los, hinterher!« Wir tuckerten also mit dem Fiat hinter der rasant radelnden Madame her. Immer wieder drehte sie sich während der Fahrt um, lachte und winkte vergnügt, als wolle sie sicher gehen, dass sie uns nicht abgehängt hatte. Erst ging es durch die Ortsmitte, dann über kleine Straßen hinaus ins Freie. Wir kamen an riesigen Salinenfeldern vorbei, in denen weiße Salzberge aufgehäuft waren wie Pyramiden aus Schnee. Wir bogen ab. Es wurde grün neben der Straße, Sträucher, Büsche, Bäume. Wir schienen in einen großen Garten zu fahren mit hüfthohen Mauern und kleinen Häusern. Vor uns sahen wir das Meer, funkelnd und rau. Davor einen gelben Küstenstreifen.

Linda strahlte begeistert: »Das darf doch nicht wahr sein!« Dann blickte sie mich ungläubig an und umfasste meine Schulter: »Das gibt es doch nicht! Oder?«

»Gibt's schon, siehst du ja.«

»Mensch, was ist denn *das* für ein Glück?«

Madame Aveline, noch immer vor uns auf dem Fahrrad, winkte mit dem rechten Arm zum Abbiegen.

Es war wirklich kaum zu fassen. Ein Haus, weiß gekalkt mit großen blauen Fensterläden und einem tiefen Dach aus roten Ziegeln, in einem Garten, der mediterran anmutete. Das Meer begann fast vor dem Gartentor.

Bald schon verabschiedete ich mich von den beiden Frauen. Ich fühlte mich leicht und unabhängig. Sehr langsam befuhr ich die *Passage du Gois*. Ich genoss die grenzenlose Weite. Linda war in guten Händen. Chantal weit, weit weg. Eddi, zuletzt lag er, Glückseligkeit verströmend, wieder in den Armen von Henriette. Alma und Elise, wo mochten sie sich gerade herumtreiben? Und Jacqueline – ach, Jacqueline!

Jede Last fällt von mir ab. Welch eine Mühelosigkeit! Es kommt mir vor, als hätte ich alles seit unserer Abfahrt Erlebte nur dieses Augenblicks wegen hinter mich gebracht. Es ist mir, als sei ich am Ziel meiner Reise angekommen. Endlich allein. Niemand außer mir selbst. Nichts, um das ich mich noch kümmern müsste. Keine Verantwortung, keine Fragen. Keine Antworten geben müssen. Keine Moral und keine Übertretungen. Einfach nur da sein, nur für mich selbst existieren in einer gnädigen Umgebung aus Wasser und Himmel und sehr flachem Land. Alleinsein mit mir und vor Freude innerlich jauchzen, mir selbst auf die Schulter klopfen: Mensch Ako, Junge!

Damals überkam mich dieses erfüllende Lebensgefühl zum ersten Mal. Von da an habe ich im Laufe meines Lebens immer wieder diese Qualität im Alleinsein gesucht.

Ich hatte die Entfernung von der *Île* nach Pont-Aven völlig unterschätzt. Hatte geglaubt, nur noch ein Katzensprung läge vor mir, den ich zum Ende des Tages schaffen würde. Weit gefehlt! Ich beendete die Autofahrt, als es dämmrig wurde, fuhr einfach von der Straße ab, irgendwo im Süden der Bretagne. Ich war müde und hatte Hunger. Eine grüne Gegend, sehr grün, wo doch in diesem heißen Sommer alles zu vertrocknen schien, durchzogen von Wassern, von Kanälen und Seen und weit ins Land hinein greifenden Armen des Atlantiks.

Ich entzündete ein kleines Feuer, obwohl ich wusste, dass wegen der ungewöhnlichen Trockenheit überall vor offenem Feuer gewarnt wurde. Doch hier kam kein Wind an, und das Feuer neigte eher zum Erlöschen, als dazu, sich auszudehnen. Trotzdem behielt ich es im Auge und wusste, dass ich nicht einschlafen durfte, solange es noch brannte.

Ganz anders, als noch gestern am Strand, wo sich die Dämmerung bis weit in die Nacht zog, schien es hier in wenigen Minuten dunkel zu werden. Ich genoss den geräucherten Fisch, trank eine halbe Flasche Wein. Müde sammelte ich meine Kräfte, bäumte mich vor dem Feuer auf, pisste darauf um es zu löschen und versank, ohne weitere Vorkehrungen für die Nacht zu treffen, auf trockener, harter Erde in einen bodenlosen Schlaf.

Pont-Aven

Pont-Aven erreichte ich gegen Mittag. Das enge Städtchen zwischen steil aufragenden Bergen, durchflossen vom schmalen, quirligen Aven erinnerte mich an zuhause. Manche Orte in der Eifel oder im Hunsrück, durch die ein Bach zur Mosel hin fließt, muten ähnlich an. Unversehens stand ich vor einem großen Wasserrad, das von dem Flüsschen in trägem Schwung gehalten wurde. Ich hätte wetten können, dass es sich um die Mühle handelte, die Gauguin mit viel Blau und Grün ins Zentrum eine Bildes in tönernen Herbstfarben gemalt hatte. Angetan von der offensichtlichen Entdeckung räumte ich meine Wasserfarben aus dem Gepäck, ließ mich auf der Ufermauer gegenüber der Mühle nieder und malte. Ich malte die Mühle aus ähnlicher Perspektive, wie auch Gauguin sie gemalt haben musste. Es hatte sich hier nicht viel verändert in den vergangenen achtzig Jahren. Der Wald auf dem Hügel hinter der Mühle war dichter geworden, und ein Nebengebäude war verschwunden. Erst später, wieder daheim und mein Bild mit dem, das in meinem Gauguin-Bildband abgedruckt war, vergleichend, wurde ich unsicher, ob ich tatsächlich Gauguins Mühle gemalt hatte. Aber jetzt ahnte ich das noch nicht. Ich malte mit der Überzeugung, Gauguins Mühle vor Augen zu haben.

Als ich mein Bild fertig hatte, veränderte ich meine Sitzposition auf der Mauer und malte, was mir in den Blick geriet. Ich malte ein Rundum-Panorama von insgesamt sieben Bildern. Heute kann man mit modernen Fotoapparaten derartige fotografische Abbildungen erzeugen. An so etwas aber war in den 1970er Jahren noch nicht zu denken.

Gegen Abend stieg ich von der Mauer, legte meine Bilder in der Reihenfolge ihres Entstehens darauf ab, beschwerte sie an den Rändern mit kleinen Steinen und begann sie zu betrachten. Bis auf eines, auf dem mir die Proportionen der dargestellten Gebäude missfielen, war ich einigermaßen zufrieden.

Ein Passant blieb neben mir stehen, zog grüßend den Hut und sah sich schweigend die Bilder an. Gespannt wartete ich auf eine

Reaktion, ein Urteil. Er schüttelte bedächtig den Kopf. Oje, dachte ich und erwartete eine Äußerung seines Missfallens. Mit durchdringender Miene blickte er zu mir auf. Er schüttelte erneut den Kopf und drohte mit seiner Ernsthaftigkeit meinem Selbstbewusstsein einen erheblichen Knacks zu verpassen. Ich entschied mich zur Gegenwehr, räusperte mich und fragte so frei heraus, wie es mir möglich war, ob ihm die Bilder denn gefielen. Er zögerte einen Moment. Dann sagte er tatsächlich, ja, sie seien nicht schlecht. Einen Moment kam mir der Gedanke, dass ich ihn wegen meines mangelhaften Französisch missverstanden haben könnte. Dann aber griff er nach dem Blatt, dessen Abbildung meiner Vorstellung eines gelungenen Bildes am wenigsten entsprach und fragte, was es koste. Wieder überlegte ich, ob ich ihn wohl richtig verstanden hatte. Mein Zögern schien er als Nachdenken über einen angemessenen Preis zu interpretieren. Und ehe ihm dieser zu hoch würde, schlug er vor: 300 Franc. Jetzt war ich sicher, dass ich ihn richtig verstanden hatte. Aber gerade das brachte mich innerlich aus der Fassung. 300 Franc waren fast 100 Mark! Nie hatte mir jemand bis dahin Geld für eines meiner Bilder angeboten, schon gar nicht eine solche Summe. Vielleicht hatte ich in meiner Überraschung unfreiwillig ein Pokerface aufgesetzt, und er hatte darin eine Ablehnung seines Angebotes gelesen. Jedenfalls, ohne dass ich etwas gesagt hatte, erhöhte er auf 400 Franc. Jetzt war ich völlig durcheinander und antwortete verdattert: »350 Franc!«

Ungläubig zog er seine buschigen Augenbrauen zusammen, und als dem bisher so ernsthaften Mann ein Lächeln über das Gesicht zog und er mir fast kumpelhaft einen Klaps auf den Oberarm verpasste, begriff ich, dass ich soeben den Preis, den er mir zu zahlen bereit gewesen war, um mehr als zehn Prozent heruntergehandelt hatte.

Er reichte mir die Hand, stellte sich als François Guérin vor und sagte, wenn ich länger in Pont-Aven bliebe, würde man sich vielleicht noch einmal sehen. Dann zog er die Brieftasche und zählte 350 Franc ab. Ich nahm das Bild von der Mauer, blies vorsichtig darüber, um ein paar Krümel zu entfernen, die der Wind auf seine

Oberfläche geweht hatte. Zum Abschied zog Monsieur Guérin den Hut und entfernte sich langsam ohne sich umzudrehen. Ich sah, wie er alle paar Schritte stehen blieb, sich das Bild vor Augen hielt und dabei leicht den Kopf schüttelte.

Die Nacht verbrachte ich außerhalb des Ortes. Ich war zu Fuß dem Flusslauf gefolgt, der sich bald deutlich verbreiterte und fand eine offene Schutzhütte, in der ich mich für die Nacht einrichtete. Vorher jedoch hatte ich meinen ersten Bilderverkauf gefeiert. In einem Lokal, in das ich mich gestern noch nicht hinein gewagt hätte, hatte ich Fisch und Schalentiere gegessen. Die Muscheln, Garnelen und Krabben aus dem Meer, die ich bisher als Speisen nicht gekannt hatte, schmeckten mir vorzüglich. Bevor ich auf das Lokal zugesteuert war, hatte ich die Haare gekämmt und sorgsam zu einem Zopf zusammengebunden, wie Gégé es mit seinen wenigen auf dem Kopf verbliebenen Haaren getan hatte.

In der Nacht war ich Gauguin begegnet. Ein ruppiger Kerl, der trotz unserer beider Leidenschaft zur Malerei, trotz meiner Bewunderung für seine Kunst, nicht so recht mein Freund werden wollte, so sehr ich mich auch nach einer Künstlerfreundschaft mit ihm sehnte und darum bemühte.

Wir waren aus einem Hafen der Bretagne ausgelaufen und auf einer ewig langen Reise zu einer grünen Insel gesegelt. Noch an Bord, kurz bevor wir ausgeschifft wurden, hatte er mich angeknurrt, es handele sich wahrscheinlich um das Paradies, ich solle mich also nicht über die Zustände wundern, die wir antreffen würden. Ich wünschte mir sehr, im Paradies zu landen.

Wir bewohnten zwei Hütten, die vielleicht zweihundert Meter voneinander entfernt standen. Seine war geräumiger und großzügiger ausgestattet als meine. Etwa auf halber Strecke zwischen unseren Behausungen stand eine mindestens vier Meter hohe Holzskulptur, ein Götzenbild, das die Insulaner verehrten. Sie legten dort Speisen, Blumen und Geschenke nieder, verbeugten sich davor und hielten mit geschlossenen Augen inne.

In meiner Hütte hatte ich ein Bett mit einer Decke, einen Tisch und einen Stuhl. Das genügte. Die meiste Zeit wollte Gauguin mich nicht sehen. Ich hielt mich auf Distanz zu ihm und versuchte, mir mein eigenes Leben einzurichten. Die Freundlichkeit und Kontaktfreudigkeit der Einheimischen kam mir dabei zugute. Sie versorgten mich mit Essen, zeigten mir Quellen mit Trinkwasser, das die Frauen in Krügen auf ihren Köpfen herbei trugen, bevor sie mir unschuldig ihre Körper darboten und ihre Herzen schenkten. Der knurrige Mann hatte Recht behalten. Wir waren im Paradies angekommen. Ich richtete mich bequem im Elysium ein. Gauguin schien weniger sorgenfrei zu leben. Immer wieder hörte ich lautstarken Disput aus seiner Hütte zu mir herüberdringen. Er führte ihn mit einem katholischen Priester, der vor Ort die Mission leitete und die Götzenskulpturen, die sich überall auf der Insel fanden, *Teufelswerk* nannte. Manchmal schrie und fluchte Gauguin. Einmal beobachtete ich sogar Handgreiflichkeiten zwischen den beiden, die zweifelsfrei von Gauguin ausgingen. Mich umgaben derweil all die wunderbaren Geschöpfe, die er auf seinen Südseebildern dargestellt hatte. Für mich waren sie lebendige Wirklichkeit geworden.

An einem heißen Nachmittag suchte ich unter dem dichten Blattwerk hoher Bäume in der Nähe des Strandes Schatten. Inselbewohnerinnen kamen neugierig auf mich zu und betörten mich durch ihre Nähe. Zwei Männer in farbigen Lendentüchern brachten gegrillte Fleischspieße in einer Schale, ließen sich nieder, teilten das Essen aus und wünschten in ihrer mir fremden, freundlich klingenden Sprache, guten Appetit.

Plötzlich hörte ich Gauguin wütend schreiend heranstampfen. Er trug einen breitkrempigen Strohhut. Sein Gesicht war bärtig, anders als ich es kannte. In einer Hand hielt er einen langstieligen Pinsel. Im Abstand von einigen Metern blieb der Maler vor uns stehen. Er betrachtete uns durch ein Auge. Das andere hielt er zugekniffen, so wie ein Künstler das tut, wenn er Maß nimmt für eine Zeichnung. Dann hob er den Pinsel wie einen Zauberstab. Gauguin zauberte tatsächlich. Während er gebieterisch in weit ausholenden Schwüngen den Pinsel durch die Luft bewegte, hoben die menschlichen Kreaturen, die mich umlagerten, vom Boden ab und schwebten den Leinwänden entgegen, die der Maler zuvor aufgestellt hatte. Auf deren weißer Oberfläche erstarrten sie zu prächtigen, farbigen Bildern.

Verblüfft blickte ich Gauguin an. Er ließ den Zauberpinsel sinken. Sein Lächeln wirkte boshaft, voller Genugtuung und ohne Heiterkeit.

»Es ist Zeit für dich!«, sagte er und wies mit einem Kopfnicken hinüber zur Bucht. Dort lag ein Schiff für meine Abfahrt bereit. Ich gehorchte und entfernte mich Richtung Wasser. Als das Schiff abgelegt hatte und ich auf dem Heck stehend die Insel langsam in die Ferne entrücken sah, flammte ein Feuer auf, dessen Ursprung ich gerade noch zu lokalisieren vermochte. Es flackerte lichterloh an jener Stelle, wo der hölzerne Götze stand. Offenbar hatte der Missionar sich behauptet und war dem Teufel zuleibe gerückt.

Als der Wind die Segel straffte und unser Schiff Fahrt aufnahm, trug er mit dem Rauch des Feuers auch Gauguins verzweifelte Schreie zu mir herüber.

Eddi besaß ein Buch über Traumdeutung, in dem er oft las und über das er gern redete. Ich hatte dem nie viel Bedeutung zugemessen. Als ich aber an diesem Morgen nach jenem Traum in der Schutzhütte, nahe am Fluss vor den Toren des Städtchens Pont-Aven erwachte, dachte ich daran, es mir von ihm einmal auszuleihen.

Ich beschloss, meine Suche nach Gauguins Spuren in Pont-Aven damit fortzusetzen, dass ich sie *nicht* suchte. Ich packte meine Siebensachen und ging den Weg, den ich gestern gekommen war, zurück in die kleine Stadt. Der Rückweg erschien mir kürzer. Ich genoss es, mit viel Geld ausgestattet, das erstbeste Café zu betreten. Auf dessen Terrasse spendeten weit aufgespannte rote Sonnenschirme Schatten. An manchen Tischen saßen Zeitung lesende Gäste, an anderen debattierende Männer, Frauen, Paare, die bei einem Getränk den Morgen genossen. Eine Atmosphäre, die mir gefiel. Ich bestellte einen Croissant und einen *Café au lait*, eine Kombination, die mir zum Frühstück behagte. Ich fragte, ob ich mich mit dem Gedeck auf den kleinen, freien Platz begeben dürfe, der dem Café gegenüber lag. Kein Problem, signalisierte der Kellner. Ob ich mir auch einen Stuhl mitnehmen dürfe. Der Mann zuckte mit den Schultern und nickte. Ich suchte mir die beste Position auf dem freien Flecken gegenüber dem Café aus, setzte mich, biss in den Croissant und nahm einen großen Schluck aus der Tasse. Beides zusammen schmeckte vorzüglich. Einen Moment, den ich mit allem, was ich dabei fühlte und empfand, gern länger festgehalten hätte.

Aber schnell vertrieb die Sonne die morgendliche Kühle, und wo eben noch Schatten war, begann sie unerbittlich zu brennen. Ich hatte zu Malen begonnen, den Zeichenblock auf meinen Knien. Mein Bild gelang. Erst hatte ich Maß genommen, fühlte mich dabei an Gauguin erinnert, wie er in meinem Traum Maß nehmend vor uns stand. Ich skizzierte mit groben, freien Strichen, was ich sah. Dann unterbrach ich meine Arbeit kurz, lief hinüber zum Café, bestellte einen zweiten *Café au lait*, und bat um ein Glas Wasser. Wieder an meinem Platz zurück – noch einen kräftigen Schluck dieses leckeren, frisch aufgeschäumten Gebräus – und dann mit dem Pinsel und zunächst viel Wasser die dezenten Farben des Caféhauses auf das Blatt gelegt, nass in nass. Dann mit weniger Wasser die Konturen nachgearbeitet und zum Schluss, ganz vorn und mittig aufgesetzt, mit sehr wenig Wasser, das eigens angemischte, steife Rot der Sonnenschirme. Jetzt hätte der Herr von gestern mir tausend Francs bieten können, nein, dieses Bild hätte ich nicht hergegeben. Es mag vielleicht großspurig klingen, aber ich hatte an diesem Morgen in Pont-Aven das Gefühl, mit diesem kleinen Werk in eine neue Phase meines Schaffens eingetreten zu sein. Auch noch heute, aus großer zeitlicher Distanz, habe ich meine Einstellung dazu nicht wesentlich verändert. Was ich bis dahin theoretisch verfolgt hatte, das eigene Empfinden in ein Bild umzusetzen, schien mir mit diesem Werk, das ich schlicht »Café mit roten Sonnenschirmen« nannte, erstmals gelungen zu sein.

Ich ließ die letzten feuchten Stellen auf dem Papier in der Sonne trocknen und fühlte mich seltsam erschöpft, obwohl es noch früher Vormittag war. Irgendwann begann ich mein Auto zu suchen, das ich gestern gedankenlos irgendwo abgestellt hatte. Bis auf die

Malsachen, die ich in einer ausgemusterten Militärtasche über den Schultern trug, befand sich mein Gepäck auf dem Autorücksitz. Nach kurzem Suchen fand ich meinen Fiat, der zum Glück sonnengeschützt im Schatten einer Hauswand stand.

Zuvor aber war ich durch eine geschäftige Straße gelaufen. An einem Marktstand kaufte ich eine Tüte voll Pfirsiche. Ich bezahlte, und als ich mich zum Gehen umwandte, fiel mein Blick auf einen Laden, der meine Aufmerksamkeit auf sich zog.

Über der Eingangstür und den beiden Schaufenstern links und rechts erstreckte sich ein Schriftzug. Ich las *Galérie Gauguin*. Erst als ich mich dem Laden weiter näherte, erkannte ich meinen Irrtum. Nicht *Gauguin*, sondern *Guérin* stand da, *Galerie Guérin*. Wo hatte ich den Namen schon gehört? Die Antwort fiel mir ein, als ich vor das linke der beiden Schaufenster trat. Es dauerte einen kurzen Moment, bis ich verstand, was ich sah. Mein erster Kunde hatte sich mir gestern mit Guérin vorgestellt, François Guérin. In der Mitte des Fensters erblickte ich, eingefügt in ein großzügiges Passepartout in einem weinroten Rahmen aus Holz, mein Bild. Es hing an fast unsichtbaren Nylonfäden von der Decke herab. Dezent angebracht, aber dennoch gut sichtbar las ich auf einer weißen Karte den Preis, für den es angeboten wurde: 1990 Francs. Darunter der Titel *Le Moulin de Gauguin* und *Artiste: Ako*

Die Eingangstür der Galerie war verriegelt, im Laden brannte kein Licht. Auf dem Türschild las ich, dass dienstags in der Werkstatt gerahmt würde und die Galerie erst am nächsten Tag wieder öffne. Heute war Dienstag.

Ich entschied mich zum Nichtstun. Nicht malen, nicht nachdenken, keine Bildkompositionen im Kopf. Gelassenheit üben und meinen inneren Triumph auskosten, mein Behagen, das ich verspürte, weniger über das ausgestellte Bild, das ich, obwohl es erst einen Tag alt war, als eines einer früheren, inzwischen überwundenen Schaffensperiode empfand, sondern über die Produktion meines Sonnenschirm-Bildes, über den Schritt, den ich mit diesem Gemälde über mich selbst hinaus gegangen war.

Ich fuhr zur Küste. Ein kurzer Weg von einer halben Stunde. In der Nähe eines Sportboothafens fand ich eine winzige Bucht mit flachem Sandstrand. Die nahen Felsen boten willkommenen Schatten. Das Meer bewegte sich leicht und träge. In Rufweite balgten Kinder im Wasser, beaufsichtigt von ihren Müttern. Ab und zu verließ ein Boot seinen Ankerplatz und steuerte aufs offene Meer hinaus, ab und zu lief eins mit flatternden oder eingeholten Segeln den Hafen an. Manchmal wurden die runden Steine, die unweit des Ufers halb aus dem Wasser ragten, von kleinen Wellen überspült. Alles fügte sich wohlgefällig in meine Stimmung ein.

Jovita

Ein großer, stiller, langgestreckter Raum beherbergte Guérins Kunsthandlung. Ich war überrascht, wie zurückhaltend Bilder und Skulpturen vor weißen oder unverputzten Wänden aus Natursteinen präsentiert wurden. Weniger die einzelnen Exponate waren es, die hervortraten, vielmehr zog der gesamte Raum die Aufmerksamkeit des Betrachters auf sich. Die Bilder standen auf Staffeleien, unaufdringlich, wie zufällig abgestellt. Helle Farben dominierten. Die zumeist abstrakten Arbeiten, sehr modern und zum Teil extravagant, wirkten mehr der Farbe verpflichtet als der Form.

Ich fragte mich, warum Guérin ausgerechnet *mein* Bild im Fenster präsentierte. Es hob sich ab von allem, was die Galerie sonst anbot. Die großen, plackigen Farben, die ich eingesetzt hatte, und die, wie ich immer noch fand, zu sehr aus den Fugen geratenen Proportionen. Dazu der gewagte rote Rahmen. Im Fenster machte das Bild eine gute Figur, keine Frage. Es fügte sich ein in sein Umfeld und war ein starker Blickfang.

Eine Dame mittleren Alters betrat durch eine Nebentür die Galerie. Ihr schwarzes, mit farbigen Blumenmustern besticktes Kleid saß perfekt. Es brachte Brüste, Po und die Wölbung ihres Bauches vortrefflich zur Geltung. Dazu eine Goldrandbrille, eine glitzernde Halskette und ihre im Übermaß beringten Finger! Sie selbst kam ein wenig wie ein Kunstwerk daher und fragte nach meinen Wünschen. Ich stellte mich als der Urheber des Bildes im Fenster vor.

»Oh«, sagte sie und riss geschäftig die Arme hoch.

Monsieur Guérin warte schon den ganzen Vormittag auf mich. Sie trippelte mit kleinen Schritten nach nebenan. Ich hörte sie etwas sagen. Kurz darauf betrat Guérin die Galerie. Sein Gesicht, ernst und prüfend, genau wie bei unserer ersten Begegnung. Er bot mir einen Stuhl an, zog sich selbst einen herbei und setzte sich zu mir. Die Dame brachte heißen Kaffee und für jeden ein Glas Wasser. Bevor sie sich wieder zurückzog, schenkte sie mir ein mütterliches

Lächeln und nickte eifrig mit dem Kopf, ohne dass ich verstand, was sie mir mit dieser Geste sagen wollte.

Guérin rührte viel Zucker in seine Tasse und schüttelte verständnislos den Kopf, als ich sagte, dass ich den Kaffee ohne Zucker trinke. Mit dem Rühren ließ er sich, schweigend, viel Zeit. Es erinnerte mich an eine Zeremonie. Der Kaffee schmeckte vorzüglich. Als ich es ihm sagte, brachte er tatsächlich ein Lachen hervor, das allerdings mehr nach einem Husten klang, und bemerkte mit freundlicher Überheblichkeit, dass wir Deutsche von so etwas leider keine Ahnung hätten. Ich hatte keine Lust, mich mit ihm anzulegen und antwortete mit einem Schmunzeln.

Nun wolle er aber mal zur Sache kommen, sagte er.

Ich fragte, welche Sache er meine, und wieso er überhaupt damit gerechnet habe, dass ich in die Galerie käme. Er zuckte mit den Schultern und gab zur Antwort, dass er nur seine Menschenkenntnis eingesetzt habe. Dann aber ließ er sich nicht länger bitten und erklärte, dass er das Bild aus zwei Gründen ins Fenster gehängt habe.

Erstens, sagte er, um *mich* anzulocken, was, wie man sähe, ja auch gelungen sei. Zweitens, weil dieses Bild einen Publikumsgeschmack bediene. Anders als die Kunst, die er im Inneren der Galerie zeige. Ich fand das nicht besonders schmeichelhaft, was er mir wohl auch ansah, und so korrigierte er gleich. Ich müsse wissen, dass es Bilder gäbe, die sich leicht verkaufen ließen, gerade an Touristen mit etwas Kleingeld in der Tasche. Eine Art Souvenir! Das müsse er natürlich für sein Geschäft nutzen. Dann kam er ohne Umschweife zu dem, was er den eigentlichen Punkt unserer Begegnung nannte und fragte, ob ich eine Zeitlang für ihn malen wolle. Ich verstand nicht, und das sah er mir auch an.

Ich könne malen, was ich wolle. Einzige Bedingung, die Motive müssten in einem Zusammenhang zu Pont-Aven stehen und verkäuflich sein. So wie dieses, sagte er und deutete hinüber zum Fenster. Ich wusste gar nicht, was ich antworten sollte, und da er das bemerkte, fragte er, ob ich mir die Zeit nehmen wolle, mit ihm zu kommen. Gut, ich hatte nichts Besseres zu tun. Außerdem hatte er mich neugierig gemacht.

Er fuhr mit seinem riesigen Citroen vor die Galerie, und ich stieg ein. Kurz darauf waren wir schon am Ziel. Ich schätze, dass wir zu Fuß kaum länger gebraucht hätten. Wir hatten den Ort im Schritttempo durchquert und waren auf eine kleine Anhöhe gefahren mit einem herrlichen Blick auf die Stadt. Wir bogen auf sein Grundstück ein und verließen den Citroen. Eine kleine Villa, ich schätzte Jugendstil, verbarg sich halb hinter Bäumen.

Sein Wohnsitz, erklärte er. Aber wichtiger sei die Orangerie, ich solle ihm folgen. Ach, was denn schon *folgen* heiße! Ich solle mich bewegen, wie es mir gefalle. Ich folgte ihm dennoch. Wir gingen zur Orangerie, dem Schmuckstück seines Besitzes, wenn man von der Villa absah. Er erzählte, dass es ihm Freude mache, hier – in diesem zweistöckigen Gebäude mit den großen Bogenfenstern – Künstler zu beherbergen und ihnen die Möglichkeit zum konzentrierten Arbeiten zu geben. Schließlich gelte es wegen der *Schule von Pont-Aven,* einer Gruppe französischer Maler um Paul Gauguin, eine große Tradition fortzuführen. Gauguin, Émile Bernard, Paul Sérusier und mindestens zwei Dutzend anderer Franzosen hätten nicht etwa in Paris, Amsterdam oder Berlin, sondern in diesem kleinen bretonischen Ort den Impressionismus überwunden. Guérin kam in Stimmung. Diese Maler hätten als erste das Gesehene auf das Wesentliche reduziert, mit Form und Farbe erstmals ihre Gefühlsstimmungen wiedergegeben. Unabhängig von der Wirklichkeit! Guérin hatte sich ein wenig in Rage geredet. Er seufzte tief, sagte, das müsse er mir ja sicher nicht alles erzählen. Ich lächelte, dachte am mein Sonnenschirm-Bild.

Ein beständiges Klopfen, Meißel auf Stein, bemerkte ich erst, als es mit einem Mal verstummte. Wenige Momente später tauchte eine Frau auf.

»Ah, Jovita!«, rief Guérin. Er legte mir eine Hand auf den Rücken und schob mich gewissermaßen in Richtung der Frau, um mich mit ihr bekannt zu machen. Sie sei ein portugiesischer Import, versuchte er zu scherzen. Das Auftreten der Frau irritierte mich. Ihre einzige Kleidung bestand in einer abgewetzten Arbeitshose, die auf ihrer

Hüfte mit einem Strick zusammengebunden war. Vom Scheitel ihrer eigentlich tiefschwarzen Haare bis zu den blanken Füßen war sie von einem feinen weißen Staub bedeckt, der unter ihren Achseln, den Falten ihrer beachtlichen Brüste und über dem Hosenbund eine trockene, borkige Schicht bildete. Eine zweite Haut, die mich an die Körperbemalung von Aborigines erinnerte, die ich auf einer Abbildung gesehen hatte. Die Frau musterte mich, umfasste mit einer ihrer kräftigen Hände meine Schulter, schüttelte mich, und fragte Guérin augenzwinkernd, wen er ihr denn da mitgebracht habe.

Sie solle mich am Leben lassen, sagte Guérin, der mir seit dem Auftreten der Frau albern vorkam. Dann lachten die beiden. Ich fand das nicht so witzig. Wäre ich nicht furchtbar neugierig gewesen, hätte ich mich umgedreht und wäre gegangen. Sicher war die Halbnackte nicht Guérins Frau, obwohl das altersmäßig ganz gut gepasst hätte. Ich schätzte sie um die Vierzig, ihn vielleicht zehn Jahre älter. Ich war im Frühjahr zwanzig geworden.

Ich zog bei ihm ein, das heißt, ins Obergeschoss der Orangerie, wo sich drei helle Zimmer befanden. Zwei davon wurden von Jovita bewohnt. Im dritten richtete ich mich ein.

Die Vereinbarung mit Guérin bestand darin, dass ich Essen, Trinken und Wohnen bei ihm frei hatte, dazu ein Taschengeld von ihm bekam, das später mit meinem Anteil am Verkauf meiner Bilder verrechnet würde.

Ansonsten, sagte Guérin, könne ich natürlich tun und lassen, was ich wolle. Meine Bilder seien aber ausschließlich für ihn. Er verkaufe sie zu guten Preisen. Von den Erlösen stünden mir dreißig Prozent zu.

Wucher, dachte ich. Aber dann rechnete ich schnell nach und begriff, dass, wenn Guérin meine Bilder auch nur einigermaßen gut verkaufte – sagen wir, eins pro Woche zu ähnlichen Preisen, wie er es im Schaufenster anbot –, ich davon gut leben könnte. Erst allmählich begriff ich die günstige Fügung des Schicksals, die Chance, die Guérin mir bot. Ich würde malen können, malen! Aller Nebensächlichkeiten entledigt, würde ich das tun können, wonach alles in mir verlangte.

Meine Verpflichtungen Linda und Eddi gegenüber hatte ich nicht vergessen, die sich sofort in meinem Kopf zu einem Konflikt verdichteten und meinem unverhofften Glück im Wege zu stehen schienen. Wir waren im Moselstädtchen Cochem zusammen gestartet und wollten auch zusammen zurück. Nach gut einer Woche würden die beiden mich erwarten, um die gemeinsame Rückfahrt anzutreten. Linda auf Noirmoutier, Eddi in Maillé. Ich sprach mit Guérin darüber. Er fragte nur, was ich denn damit für ein Problem hätte. Ich würde die beiden nach Deutschland bringen und käme nach einigen Tagen wieder zurück. Ich sah ihn sprachlos an, dankbar wegen seiner unkomplizierten Geradlinigkeit, einer Entschiedenheit, wie ich sie bis dahin so nicht kannte.

Ich stürzte mich in die Arbeit. Ich malte noch am Tag meiner Ankunft eine Reihe von Portraits, sehr frei in diversen Graustufen und sehr dunklem Weinrot. Alle zeigten die halbnackte Jovita, die mir erlaubt hatte, sie bei ihrer Arbeit zu portraitieren. Sie zeigten auch das Objekt, den gewaltigen, weißen, schlanken Stein, dem Jovita mit elektrischen Meißeln, Sägen und Schleifern, aber immer wieder auch mit Hammer und Meißel zu Leibe rückte, um ihm nach und nach die gewünschte Form abzuringen.

Wir arbeiteten wortlos, jeder auf sein Schaffen konzentriert. Jovita schwitzte und schuftete, trank dabei Unmengen von Wasser. Ich saß mit Pinseln und Papier im Schatten. Dennoch versetzten mich die Hitze und der Anblick der sich vor meinen Augen abmühenden Jovita in eine Art Trance. Mit wachsender Besessenheit versuchte ich, der Atmosphäre des Moments Raum und Gestalt zu verleihen und sie in meine Bilder zu bannen.

Irgendwann sagte Jovita, es sei genug für heute. Sie sagte es wie zu sich selbst, legte ihr Werkzeug auf einem Holzgestell ab, griff nach einem Tuch und bestrich damit sorgfältig ihr Objekt, halb roher Stein noch, halb schon Skulptur.

Ich saß erschöpft da, betrachtete die Frau, der meine Anwesenheit ziemlich gleichgültig zu sein schien. Als sie den Lappen zur Seite gelegt hatte, strich sie zuerst mit den Händen, mehr und mehr aber mit ihrem ganzen Körper über den Stein, umarmte ihn, streichelte, liebkoste ihn. Plötzlich war sie völlig nackt. Ihr einziges Kleidungsstück, die Hose, lag auf dem staubigen Boden. Ich hatte das Gefühl, sie wolle sich nun ganz dem Stein hingeben, mit ihren rankenden und anschmiegenden Bewegungen. Aber dann räusperte sie sich laut, löste sich allmählich von der Figur und verließ ihren Arbeitsplatz. Jovita und ich befanden uns auf der Rückseite der Orangerie, im Schatten des Gebäudes und auf der von Guérins Villa abgewandten Seite. Hier gab es eine provisorische Installation mit Schlauch und aufgehängter Gießkanne. Ich hatte der Apparatur, zu der mir das Wort *Freilanddusche* einfiel, bisher keine Beachtung geschenkt. Durch den Schlauch konnte Wasser in die Gießkanne befördert werden, die sich neigte, je mehr Flüssigkeit sie aufnahm, bis sie durch den Brausekopf überlief.

Jovita drehte den Wasserhahn auf, legte den Kopf zurück und ließ mit geschlossenen Augen das Wasser auf sich herabregnen. Eine ganze Weile stand sie so da, bewegte sich kaum. Sie hob die Arme und ließ sie langsam wieder sinken. Benommen schaute ich ihr zu, als würde sie das alles nur für mich inszenieren. Aber dann weckte sie mich aus meiner Trance. Sie hielt einen Schwamm in der Hand und rief zu mir herüber: »Come on boy, help me!«

Verdattert erhob ich mich. Im ersten Moment glaubte ich nicht, dass sie mich meinte, und ich schaute mich träge um. Sie bemerkte mein Zögern und wedelte mit dem Schwamm: »Come on, wash me!«

Vorsichtig näherte ich mich ihr. Ich muss unglaublich schüchtern gewirkt haben. Und das war ich auch. Ich stand unentschlossen vor der in alle Richtungen unkontrolliert sprühenden Freilanddusche. Jovita warf den nassen Schwamm nach mir, und er patschte mir auf die Brust.

»Come on, you are dirty too. Let's wash!«

Folgsam streifte ich meine kurze Hose von den Beinen und kickte die Sandalen von den Füßen. Das Wasser war sehr kalt. Der von Schweiß durchtränkte Staub saß wie fest gebacken auf Jovitas Haut. Ich musste ernsthaft mit dem Schwamm, der sehr weich war, zu

Werke gehen, um sie zu säubern. Jovita genoss es, abgerieben zu werden, und Strich für Strich genoss ich es, mit dem wasserschweren Schwamm ihren Körper zu erforschen. Alles ließ Jovita geschehen. Ich reinigte sie, immer forscher, vom Kopf bis zu den Füßen, von vorn und von hinten, von den Seiten und in den Falten und Höhlungen ihres kräftigen Körpers. Zunehmend verwandelte ich das robuste Handwerksweib, die Künstlerin, in eine Frau, der bald meine ganze Begierde galt.

Jovita nahm mir den Schwamm aus der Hand und begann ihrerseits mich zu waschen, denn auch ich war von dem weißen, feinen Staub ihrer Arbeit nicht unberührt geblieben, wenn auch weniger als sie. Während der Waschung zog sie mich immer näher an sich heran, sog mich regelrecht in sich auf, dass ich alle jugendliche Scheu verlor und uns mit immer kraftvoller werdenden Bewegungen in Entzückung versetzte, bis sich ihr Körper aufbäumte, sie laut und völlig hemmungslos aufschrie. Zuletzt sanken wir selig, noch ineinander verwoben zu Boden, stöhnend, keuchend und beregnet vom Wasser.

Am nächsten Tag machten wir es genau so. Allerdings bereits am Mittag und ohne vorher zu duschen. Ich war im Ort unterwegs gewesen, hatte mir Stifte, Pastell- und Wachskreiden besorgt und ein paar Bleistiftskizzen angefertigt, nach deren Vorlage ich am Nachmittag arbeiten wollte. Ich stieg die Treppe hinauf in mein Zimmer über der Orangerie, um meine Einkäufe auszupacken und zu ordnen. Ich hatte die Absicht unten in der Orangerie zu arbeiten, deren Glastüren sich weit öffnen ließen. Dort war es am Nachmittag wenn auch nicht kühl, so doch schattig und hell. Hinter dem Gebäude hörte ich Jovita hantieren. Ich ging zu ihr, um sie kurz zu begrüßen. Fast ein wenig mürrisch registrierte sie mein Erscheinen. In einem Kauderwelsch aus Französisch, Englisch und Portugiesisch sagte sie etwas, das ich zwar nicht verstand, aus dem ich aber heraushörte, dass ich mich nützlich machen solle, was ich wiederum so interpretierte, dass ich gehen und sie nicht von der Arbeit abhalten solle.

Also mach dich vom Acker und geh an deine Arbeit, dachte ich mir. Aber schon nach wenigen Schritten hörte ich sie hinter mir her brüllen: »Hey! Do it again, do it now!« Warum gab sie ihre kurzen, nach Befehlen klingenden Anweisungen immer auf Englisch? Ich fragte sie danach, und sie antwortete, dass sie gleich gemerkt habe, dass Französisch ja wohl nicht meine Stärke sei. Und da ich als Deutscher sicher eher Englisch als Portugiesisch verstünde, würde sie eben Englisch mit mir reden.

So als hätte sie keine Zeit für lange Erklärungen, winkte sie mich unmissverständlich zu sich heran, knöpfte den Strick auf ihrer Taille auf und schüttelte die Arbeitshose ab. Ihre Hand fuhr über meine Brust und meinen Bauch geradewegs zwischen meine Beine. »It's okay!«, sagte sie wie bei einer Begutachtung, und dann verstand ich, ich solle ihr jetzt dabei behilflich sein, sich zu entspannen. Sie beugte sich vor, umklammerte mit den Händen den Stein – in dessen Gestalt ich jetzt zum ersten Mal zwei sich umrankende Körper erkannte – und streckte mir gebückt ihren nackten Hintern entgegen. Ich tat, was sie von mir verlangte. Ich tat es nicht widerwillig, sondern verspürte eine Lust, wie ich sie derart bisher nicht gekannt hatte.

Ihre Eindeutigkeit, die geradewegs zum Ziel führte, ihre bedingungslose Direktheit, mit der sie mich aufforderte sie zu ficken, versetzte mich in einen Zustand höchster Erregung, und ich fiel über sie her wie ein Tier. Genau das war es, was sie wollte. Wir rackerten in der Hitze des Mittags, schwitzend, hechelnd bis zum Höhepunkt, der uns beide gleichzeitig überkam. In unserer Erschöpfung vernahm ich unsere schweren lauten Atemzüge, die mir vorkamen, wie ein kurzes Gespräch, unser erstes. Dazu das Gefühl schweißklebriger Haut auf der Haut des anderen.

Unvermittelt schüttelte sie mich ab, schnürte sich ihre Hose um, griff nach einem Werkzeug, und als hätte es keine Unterbrechung gegeben, fuhr sie fort, ihren Stein zu behämmern. Ich verzog mich wortlos und verzückt in den Schatten einer Kastanie in dem weitläufigen Garten jenseits von Guérins Villa. Noch hatte ich den mittäglichen Akt nicht verdaut, schon gelüstete es mich nach Wiederholung. Ich verbrachte ein, zwei Stunden im Halbschlaf, ausgefüllt von bewegten Bildern, die sich um Jovita drehten, um ihr animalisches Ringen mit sich selbst und ihrem Stein. Und um mich, und mein inneres Ringen mit dieser Frau.

Ich hörte Guérins Citroen vorfahren, verließ meinen Schattenplatz und winkte ihm zu. Er schien es eilig zu haben. Im Vorübergehen erkundigte er sich nach meinem Befinden, fragte, ob ich mich schon eingelebt hätte, ob ich mit dem Malen voran und mit Jovita zurecht käme. Ich wollte ihm antworten, aber da war er schon durch den Eingang seiner Villa verschwunden und hatte die Tür hinter sich zufallen lassen.

Ich verzog mich zum Malen in die Orangerie, legte ein großes Blatt aus grobem, handgeschöpftem Papier auf, das ich mir am Morgen besorgt hatte. Ich übertrug die Skizze einer Steinbrücke, die über den Aven führte. Es wurde leider kein Bild von der Klasse meines »Café mit roten Sonnenschirmen«, obwohl ich mich sehr bemüht hatte. Aber die Mühe mag schon den Irrtum in sich tragen. Außerdem ließen mich die Erlebnisse mit Jovita nicht los, und ich sehnte mich, ihr so schnell wie möglich wieder zu begegnen. Aber sie ließ mich links liegen. Als sie am Abend duschte, näherte ich mich ihr vorsichtig. Doch sie beachtete mich nicht. Ohne ein Wort, ohne einen Blick verzog sie sich in ihr Zimmer.

Ich zog mich ebenfalls zurück und malte, bis mir die Augen schmerzten und darüber hinaus. Ich malte bis in den frühen Morgen und rauchte und trank roten Wein dazu. Ich malte Motive aus Pont-Aven, mischte die unterschiedlichsten Materialien miteinander auf dem Blatt, Wasser und Pastell und Wachs und Kuli und Kohle und Rotwein und, ach was weiß ich! Alles was auf dem Papier Spuren hinterließ, setzte ich ein. Ich lief durch den Garten, die Flasche am Hals. Die Nacht war hell und warm. Ich pflückte Blüten, rot, rosa, orange und blau, ging zurück zu meinem Blatt, schmierte die Farben der zerquetschten Blüten darauf. Andere rührte ich mit Öl zu einem Farbgemenge, das ich auftrug und dem ich zur Form verhalf.

Irgendwann schlief ich dann doch ein. Ich erwachte auf dem kühlen Steinboden der Orangerie vor meinem Maltisch. Der Rücken tat mir weh. Ich kämpfte, um auf die Beine zu kommen und ging hinauf in mein Zimmer.

Stunden waren vergangen, die Sonne schien herein und heizte den Raum bereits auf. Draußen hörte ich Jovitas Schleifmaschine japsen. Ich stellte mir vor, wie Jovitas angespannter Körper dem Stein das Werkzeug mit Kraft und Gewalt aufdrückte. Ich hörte eine Autohupe. Kurz darauf Stimmen vorn am Tor. Jovita schien sich nicht darum zu scheren. Guérin, den ich wenig zu Gesicht bekam, hatte Haus und Grundstück sicher schon verlassen. Wieder hupte es, diesmal lang anhaltend. Dann hörte ich den Ruf: »Ako!« Ich fuhr zusammen. Außer Jovita und Guérin kannte hier niemand meinen Namen. Es war eine Frauenstimme, die rief, und sie kam mir bekannt vor. Wieder hörte ich: »Ako!«, diesmal von der Frau und einem Mann gleichzeitig hervorgebracht.

Was war denn nur los? Ein flaues Gefühl, eine unschöne Ahnung verstärkten sich unvermittelt in mir. Das hatte nichts Gutes zu bedeuten, das spürte ich. Und wieder im Duett: »Ako!« Die Männerstimme, das war doch Hotte. Mein Freund Hotte, den wir schmählich in Cochem zurückgelassen hatten, weil er nicht mehr ins Auto passte! Ich war mir sicher, draußen hörte ich ihn jetzt rufen. Ich stürzte ans Fenster. Wieder riefen die beiden.

»Hey Hotte«, rief ich, »verdammt noch mal, wie kommst du hierher?« Verdutzt stellte ich fest, wer seine Begleiterin war: Sieglinde, von der ich zuletzt gehört hatte, als ihre libidinösen Abenteuer mit einem amerikanischen Soldaten namens Richie bekannt wurden, der auf dem Fliegerhorst Büchel Dienst tat.

Ich rannte die Treppe hinunter, durchquerte den Park bis zum Tor und nahm die beiden in Empfang.

Hotte und Sieglinde

Gegen Mittag des gleichen Tages machte ich mich auf den Weg. Den Ernst der Lage hatte auch Jovita sofort begriffen. Erstaunlich teilnahmsvoll ging sie auf mich ein, unterbrach sogar ihre Arbeit, als ich sie aufgeregt informierte, warum ich auf der Stelle aufbrechen müsse. Sie legte ihr Werkzeug beiseite, klopfte sich den gröbsten Staub aus der Arbeitshose, sagte, dass sie uns noch einen Tee zubereite, denn soviel Zeit müsse sein. Dann könne ich ein wenig erzählen, wenn ich wolle, und danach losfahren. Überrascht von der Aufmerksamkeit, die sie mir mit einem Mal entgegen brachte, setzte ich ihrem Vorschlag nichts entgegen, sondern begab mich in die schattige Orangerie und wartete auf ihr Erscheinen. Sie hatte sich mit der Bemerkung, sie sei in zehn Sekunden wieder da, zurückgezogen. Tatsächlich trat sie nach kurzer Zeit mit einer Kanne duftendem Tee in den Raum. Sie war gewaschen, frisch gekleidet und wirkte völlig verändert, elegant nahezu und jung. Die Haare hatte sie aus der Spange gelöst. Sie trug einen kurzen Rock zu einem hellen Shirt, und neben dem Duft des Tees nahm ich noch einen anderen wahr, der von Jovita ausging. Nicht zu glauben, dass sie sich eben noch wie eine Halbwilde von einer Staubwolke umgeben an ihrem Stein abgemüht hatte.

Jovita schenkte ein. Ein leichter, aromatischer Tee, der mir gleich mit den ersten Schlucken die Spitzen meiner Aufgeregtheit nahm und Ruhe zuflößte. Sie lehnte sich mit ihrer Tasse im Sessel zurück und fragte aufmerksam, ob ich erzählen wolle, was geschehen sei.

Hotte und Sieglinde waren den gestrigen Tag und die ganze Nacht hindurch unterwegs gewesen. Jetzt waren sie hinunter in den Ort gegangen, wo sie sich etwas zum Essen besorgen und ein Zimmer zum Ausschlafen mieten wollten.

Müde, erschöpft und innerlich aufgewühlt hatten sie mit blassen Gesichtern und rot unterlaufenen Augen von ihrem Aufbruch berichtet, der nächtlichen Tour quer durch Frankreich und ihrer Suche nach mir. Diese habe sich zum Glück einfacher gestaltet, als zunächst befürchtet. In Pont-Aven hätten sie in einem Café nach mir gefragt, nach einem Maler, der sich derzeit im Ort aufhalten müsse. Der Kellner habe sofort *»oui, bien sûr«* gesagt und sie zu Guérins Villa geschickt.

Was war geschehen? Hotte hatte in aller Herrgottsfrühe des gestrigen Tages einen Anruf erhalten. Die Verbindung, erzählte er, sei ziemlich schlecht gewesen, man habe Französisch gesprochen und er habe zunächst überhaupt nicht verstanden, was man von ihm wollte. Schon habe er an einen blöden Scherz geglaubt. Doch kurz bevor er habe auflegen wollen, habe er an uns gedacht und dass wir doch in Frankreich unterwegs seien. Also sei er am Telefon geblieben und habe abgewartet. Plötzlich sei Eddis Stimme zu hören gewesen, aufgelöst habe dieser ihn beschworen, ihm Hilfe zu schicken. Er sei in Maillé verhaftet worden und würde des Mordes bezichtigt. Des Mordes! Er befinde sich derzeit in Polizeigewahrsam, also im Knast, in Einzelhaft, bei Scheißessen und übelstem Umgang. Eddi habe gesagt, er bekäme zwar einen deutschsprechenden Verteidiger, aber man wisse ja nie, wer einem da vorgesetzt würde. Hotte solle unbedingt versuchen, *mich* zu erreichen und mich, so schnell es ginge, ihm zur Hilfe schicken.

»Nur, wie hätte ich dich erreichen sollen?«, hatte Hotte gefragt.

Sieglinde, die sich inzwischen von Richie getrennt habe und jetzt häufiger mit ihm zusammen sei und am Morgen des Anrufs neben ihm im Bett gelegen habe, hätte sofort gesagt: »Lass uns einfach hin fahren!« Alles andere, etwa über die französischen Behörden meinen Aufenthaltsort ermitteln zu lassen, dauere zu lange. Außerdem wisse man nicht, ob man mit deren Unterstützung überhaupt rechnen könne. Das deutsche Konsulat sei bereits eingeschaltet. Das habe Eddi gesagt.

»Er flehte geradezu, dass wir *dich* informieren, Ako!«

Über die Umstände des angeblichen Mordes habe er von Eddi nichts erfahren können, nur dass die Sache sehr verzwickt sei und Eddi keine Beweise gegen die Vorwürfe vorlegen könne. Die ohnehin schon miserable Verbindung sei im Laufe des Telefonats immer schlechter geworden und schließlich ganz zusammengebrochen.

Hotte und Sieglinde seien daraufhin kurzerhand aus dem Bett gesprungen, hätten sich einen Kaffee genehmigt und ein paar Marmeladenbrote reingeschoben. Dann hätten sie Sieglindes neu erworbenen *Ford Capri* vollgetankt und sich auf die Fahrt nach Westen begeben. Non stopp, bis hierher in die Bretagne!

Bevor die beiden sich in den Ort aufmachten, drückte Sieglinde mir die Autoschlüssel ihres Wagens in die Hand.

»Hier, nimm«, sagte sie, »damit bist du schneller bei Eddi.« Sie und Hotte würden mein *italienisches Gürkchen* schon heil nach Hause bugsieren. Ich hatte da meine Zweifel, sagte aber nichts. Wenn auch seit Gégés Generalinspektion keine nennenswerten Komplikationen mehr aufgetreten waren, wusste ich jeden störungsfrei gefahrenen Kilometer zu schätzen. Die Aussicht auf einen zuverlässigen, dazu noch bequemen und schnellen Wagen, wie ich noch nie einen gefahren hatte, nahm mir die Sorge, irgendwo auf einer Landstraße mit dampfendem Motor in sengender Hitze liegen zu bleiben. Sieglinde und Hotte hatten sich schon verabschiedet, als Sieglinde ihre Arme um mich schlang und fast flehentlich hervorbrachte: »Bitte Ako, wenn du kannst, hol den Eddi da raus!«

»Ja, klar«, antwortete ich leise und hatte keine Ahnung, wie ich das bewerkstelligen sollte.

Jovita verabschiedete mich mit einem bittersüßen Kuss und einem kleinen, weichen Zungenspiel, bei dem sie ihre kräftigen Handteller um meinen Kopf legte, als müsse sie ihn vor dem Herabfallen schützen. Es war unser erster Kuss und unser letzter.

In einem Ford Capri saß man nicht, man lag. Mit ausgestreckten Beinen, den Fahrersitz leicht nach hinten geneigt, die Arme vorgereckt, das sportliche Lenkrad fest im Griff. Es bedurfte einiger Anläufe, bis ich mich umgewöhnt hatte. Gleich beim ersten Anfahren machte der Flitzer mit der langen Schnauze einen solchen Hechtsprung, dass ich meine Fahrt einen Moment lang schon am Ende sah. Motor abgewürgt, Baum knapp verfehlt. Okay, noch einmal langsam. Gern hätte ich Jovita lässig aus dem Fenster zum

Abschied gewunken. Aber ich musste mich konzentrieren, den Silberpfeil nicht gleich an die nächste Wand zu setzen. Als ich einen etwas längeren Blick in den Rückspiegel wagte, war Jovita bereits aus meinem Sichtfeld verschwunden.

Die *Île de Noirmoutier*, die ich abends erreichte, wurde von der Atlantikflut umspült. An die *Passage du Gois*, erinnerten nur hölzerne Pfosten, die, teils mit Signallichtern bestückt, alle paar hundert Meter aus dem Wasser ragten, um den Verlauf der Fahrbahn zu markieren. Ich schätzte, dass es nach Mitternacht werden würde, bis die Straße durch das Watt wieder zu befahren war. Das war viel verlorene Zeit. Kurz überlegte ich, ohne Linda weiter zu fahren und sie später abzuholen, verwarf den Gedanken aber und richtete mich aufs Warten ein. Ein weißer Mercedes mit Kölner Kennzeichen näherte sich, hielt an und blieb wenige Meter neben mir stehen. Die Türen des Fahrzeugs wurden von Innen aufgestoßen. Drei Kinder sprangen heraus. Der Fahrer und die Beifahrerin folgten. Mit befreienden Seufzern streckten sie ihre Glieder aus.

»Da simmer wieder, Kinder! Wie jedes Jahr!«, hörte ich den Mann in reinstem rheinischen Dialekt rufen. Die Kinder kreischten fröhlich durcheinander.

»Aber die Straße ist schon wieder weg, Papa«, rief das größte Kind, »jenau wie vorijes Jahr auch!«

»Dat mäht doch nix, fahren mir eben über die Brücke!«

Es gab noch eine Brücke zur Insel? Ich fragte den Mann mit dem vertrauten Dialekt.

»Sicher dat!« Er beschrieb mir den Weg, wollte wissen, wo ich denn her sei und wohin genau ich wolle, gab mir unverlangt eine Reihe von Ratschlägen, die ich nicht brauchte. Ich bedankte mich trotzdem und schenkte den Kindern eine Rolle Kekse, die ich in Sieglindes Auto gefunden hatte. Ich ärgerte mich über meine Unkenntnis, die den Rheinländer jetzt zu längeren Ausführungen über die Geografie und Infrastruktur der *Île de Noirmoutier* und ihrer Umgebung veranlasste. Mit der Frage *Weißte dat, Jung*?, auf die er freilich keine Antwort erwartete, versicherte er sich alle paar Sätze meiner Aufmerksamkeit. Ich war voller Unruhe, er scheinbar mit aller Zeit der Welt gesegnet. Ich entkam ihm, indem ich mich wortlos umdrehte und ins Auto stieg.

»Ja, wo jet et denn su jet?«, hörte ich ihn rufen. Ich legte einen Gang ein und gab Gas.

Noch vor Einbruch der Dunkelheit erreichte ich das Haus, in dem ich Linda vor Tagen zurückgelassen hatte. Ich versuchte, mich bemerkbar zu machen. Aber das Haus war leer. Auch das noch! Bisher war mir nicht in den Sinn gekommen, dass Linda vielleicht gar nicht hier war, dass sie inzwischen vielleicht ein anderes Quartier bezogen hatte, womöglich an einem anderen Ende der Insel. Mir blieb nichts übrig, als abzuwarten. Ich tigerte vor dem Gartenzaun auf und ab und versuchte, Ruhe zu bewahren.

Ich fragte mich erstmals, ob ich Eddi einen Mord zutrauen würde. *Mord*, wie das klang! Sah ich einmal von dem großen Morden in Kriegen rund um den Globus ab, über die Eddi und ich uns gleichermaßen entsetzten, war Mord, also das vorsätzliche Töten eines Menschen jenseits der Kriege, etwas, das sich in meiner bisherigen Gedankenwelt keinen Platz verschafft hatte. Wie also sollte ich Eddi etwas zutrauen, dessen Möglichkeit ich mir kaum vorstellen konnte. Und auch in Eddis Realität, da war ich mir sicher, war *Mord* bisher nicht vorgekommen.

Aber vielleicht hatte es einen Streit gegeben, in den Eddi verwickelt wurde, und er hatte unglücklich zugeschlagen. Ich kannte Eddi durchaus als einen Menschen, der Gefallen am Streit fand, allerdings am verbalen Streit, nicht an Handgreiflichkeiten. Er konnte ein guter Zuhörer sein. Andere Meinungen interessierten ihn. Er war scharf darauf, sie zu hören, und wenn sie ihn überzeugten, war er bereit, neu gewonnene Erkenntnisse in sein Weltbild zu integrieren. Manchmal reizte, ja, provozierte er sein Gegenüber – aber nur im Gespräch! Nur um das Äußerste aus ihm herauszulocken, nur um zu erfahren, ob der andere ein Wissen, eine Einsicht hatte, die ihm noch fehlte. Gewaltanwendung lag ihm fern. Dafür legte ich meine Hand ins Feuer.

»Ja, was ist das denn für eine Überraschung?«, hörte ich und erschrak sogar ein wenig. Lindas Stimme, nur wenige Schritte vor mir, hatte ich sofort erkannt. Sie war in Begleitung von Madame Aveline. Zwei weibliche Gestalten, von Dunkelheit umgeben. Sie waren vom Strand herauf gekommen, und ich hatte ihr Herannahen nicht bemerkt. Linda und ich fielen uns in die Arme. Die Geschmeidigkeit, mit der sie mich umschlang, machte mir überraschend bewusst, wie angespannt Jovita und ich uns immer berührt hatten. Als Linda sich von mir löste, sah sie mich fest an. Da war sie wieder, Lindas verlässliche Intuition. Unversehens trat ein Ausdruck von Besorgnis in ihr Gesicht. »Was ist passiert?«

»Können wir kurz rein gehen und uns setzen«, bat ich.

Der König ist tot

Wir konnten kaum glauben, wie schnell wir die Strecke vom Atlantik nach Maillé im Capri zurückgelegt hatten. Auf dem Hinweg waren Linda und ich einen ganzen Tag unterwegs gewesen und dennoch überrascht, dass wir den Atlantik am Abend schon erreicht hatten. Jetzt waren wir nach vier Stunden am Ziel. Das war früher, als es uns lieb war. Die Konfrontation mit der neuen, unbekannten Situation, auf die wir stoßen würden und die Sorge vor beunruhigenden Nachrichten bedrückten uns. Wir beschlossen, da wir beide hungrig waren, die Bäckerei in Maillé aufzusuchen, notgedrungen, denn es war die einzige uns bekannte Verkaufsstelle von Lebensmitteln in dem Ort. Um einer erneuten Konfrontation in dem Laden auszuweichen, ging Linda hinein. Ich blieb im Auto. Die Verkäuferin öffnete soeben das Geschäft. Linda wurde freundlich bedient, bekam sogar ein kleines Glas Marmelade geschenkt.

Behäbig kauten wir unser Brot, auf dem wir sorgfältig die Marmelade verteilt hatten. So zögerten wir die Weiterfahrt zum Hof und den zu erwartenden unheilvollen Nachrichten noch ein wenig hinaus. Bis Linda energisch ihren angeknabberten Brotkanten in die Tüte steckte und beschloss: »Bringen wir es hinter uns!«

»Es hat ja noch gar nicht begonnen«, antwortete ich, schob mir einen Rest Brot in die Backen und startete den Motor.

Der Hof wirkte auf uns wie ein unbewohntes Gemäuer. Gebäudereste, gleich neben der Einfahrt, überwuchert von verdorrendem Kraut. In die Mauerecken hatte der Wind allerhand Unrat geweht und um die Äste der wild wachsenden, jungen Birken Papier und Plastikmüll gewickelt. An den verfallenen Komplex hatte ich überhaupt keine Erinnerung. Aber auch der übrige Hof wirkte düster und grau, so ganz anders, als ich ihn vor erst einer Woche in sonnigen Farben gemalt hatte. Hier hatten wir glückliche Tage verbracht, und es kam mir vor, als lägen diese schon Monate zurück. Nichts rührte sich. Als erstes bekamen wir den Kojoten zu Gesicht, der um die Gebäude schlich. Wir verließen den Capri. Der Kojote blieb stehen, schaute eine Weile zu uns herüber, und als wir keine Anstalten machten, ihn zu begrüßen, trottete er mit hängendem Kopf davon. Wir klopften an die verschlossene Haustür der Kommune. Erst tat sich nichts. Dann rief ich nach Gégé, und da ich wusste, dass er deutsch sprach, rief ich: »Gégé, wir sind es, Linda und Ako!« Keine Antwort. Noch einmal klopfte ich: »Gégé! Gégé!«

Über uns wurde ein Fenster aufgerissen. Marc-Antoine erschien mit zerzausten Haaren und übernächtigtem Gesicht. Er steckte sich eine Kippe in den Mundwinkel, zündete sie an, inhalierte tief und paffte den Rauch hinaus ins Freie. Unverblümt, sarkastisch fast, fragte er, was wir von einem Toten wollten.

»Wieso denn einem Toten«, rief Linda. Auf ihre Frage folgten Augenblicke des Schweigens, aber nicht des Verstehens. Ich fragte, ob er uns herein ließe. Über uns schlug das Fenster zu, und da sich eine Weile nichts tat, setzten wir uns ratlos auf die Treppenstufen vor der Haustür. Dann wurde mit einem Mal doch geöffnet. Aber nicht Marc-Antoine stand im Türrahmen, sondern Marcel. Auch er wirkte unausgeschlafen, lächelte aber und sagte, wir sollten rein kommen. Wir saßen schweigend in der Küche, während Marcel einen Kaffee zubereitete. Dann setzte er sich zu uns, und während wir an unseren heißen Tassen schlürften, sagte er, Gégé sei tot. Noch immer kam uns nicht der Gedanke, dass Eddi mit Gégés Ableben etwas zu tun haben könnte, und Linda fragte erschrocken, was ihm denn zugestoßen sei. Marcels Antwort kam leise und bedrückt. Die Polizei glaube, dass Eddi ihn ermordet habe.

»Ach du Scheiße!«, entfuhr es Linda.

»Oui, Scheiße!« Marcel nickte. Das deutsche Wort sprach er mit französischem Akzent. Dann erzählte er, wie es dazu gekommen war:

»Es war die Premiere des Stückes *Der König ist tot*, frei nach François Villon, dargeboten vom Théâtre Yssabeau. Bereits die zweite Premiere, die wir in dem kleinen, aber renommierten Theater in Tours spielen durften. Unsere Premiere vom vergangenen Jahr, *Gebet an die himmlische Jungfrau*, war dermaßen erfolgreich gewesen, dass wir mit einer großen Anzahl weiterer Abendveranstaltungen in das

Programm aufgenommen wurden. Wir alle waren überzeugt, dass jetzt unser künstlerischer Durchbruch bevorstand. Den Erfolg der vergangenen Spielzeit wollten wir mit unserem neuen Stück *Der König ist tot* natürlich fortsetzen, besser noch übertreffen.

Alles lief bestens! Die Bude war nicht nur ausverkauft bis auf den letzten Platz, es wurden sogar Klappstühle herbeigeschafft und verbilligte Stehplätze verkauft. Vor der vorderen Sitzreihe hatten es sich Zuschauer auf dem Boden mehr oder weniger bequem gemacht. Es war großartig auf diese Bühne zu treten. Wir hatten das Gefühl von Zuschauern förmlich umringt zu sein, wie in einem antiken Theater. Die Stimmung im Publikum war hitzig, schon bevor wir begannen. Die Atmosphäre im Saal wie in einem brodelnden Kessel. Großartig! Wir spielten wie besessen. Ein munteres Stück, ein anarchistisches, hintergründiges. Das alte Thema der Franzosen, wenn man so will: Die Absetzung des Potentaten durch die Massen. Wir alle spielten mit Inbrunst. In den wichtigen Rollen Mark-Antoine als Bettler, Henriette als dessen ausgekochtes Weib, Marie-Louise als eine aufrührerische Intrigantin, die selbst mich mit ihrem kühlen Spiel oft frösteln ließ. Ich spielte die Rolle eines höfischen Bediensteten, der seinen König zunächst hinters Licht führt und letztlich ans Messer liefert. Für kleinere Rollen und als Statisten stand uns mit viel Spaß an der Sache eine Gruppe von Laienschauspielern zur Seite, die in der Region leben. Die absolut herausragende Darstellerin des Abends aber war Chantal in ihrer Rolle als Hure des Königs.

In dem Augenblick, da Chantal eine Bühne betritt, glaubt man, sie verwandele sich. Sie ist dann nicht mehr wirklich unsere Chantal, das Nesthäkchen der Theatertruppe, sondern die Figur, die sie darstellt. Ist die Vorstellung vorbei, braucht sie zunächst Zeit für sich, um runterzukommen, Kräfte zu sammeln und wieder Chantal zu werden. Während wir anderen schon in Feierlaune auf eine gelungene Aufführung anstoßen, zieht sie sich zurück, um allein zu sein. Sie kommt erst wieder zu uns, wenn sie sich zurückverwandelt hat.

Dein Bühnenbild, Ako, wirkte großartig. Wir hatten in dem auch technisch gut ausgestatteten Theater die Möglichkeit, der Kulisse durch farbiges Licht unterschiedliche Akzente und Stimmungen zu verleihen. Es war ganz das, was wir brauchten!

Unser wichtigster Mann aber war Gégé. Er hielt uns durch seine unglaublichen Fähigkeiten in vielen Bereichen jederzeit den Rücken frei, so dass wir uns immer aufs Theaterspielen konzentrieren konnten.

Es kam zum Finale unserer Aufführung. Eddi, der darauf brannte, mitspielen zu dürfen, mimte den Henker, Gégé in einer winzigen Rolle den König. Während Chantal einen flammenden Gesang anstimmte, kam Eddi die Aufgabe zu, Gégé zum Galgen zu führen, sodann den an einem Lederriemen befestigten Karabinerhaken, fürs Publikum nicht sichtbar, in die Öse von Gégés Brustgurt, den er verborgen unter dem Hemd trug, einzurasten, ihm den Strick um den Hals zu legen, und die Verriegelung der Klappe zu öffnen, auf der er stand.

Bei den Proben sah die Exekution verblüffend echt aus. Gégé machte allerhand Späße, während er in seinem Brustgurt baumelte. Er selbst hatte den Galgen gebaut, die Lederrequisiten konstruiert und bei einem Schuhmacher in Auftrag gegeben. Marc-Antoine hatte die Szene in seinem Bestreben nach Perfektion einen ganzen Abend lang mit den beiden in der Scheune geprobt. Zuletzt sogar noch einige Male auf der Bühne.

Am Abend der Premiere aber riss der Riemen, der Gégé auffangen musste. Wir alle, die wir auf der Bühne standen und auch das Publikum bemerkten sofort, dass Gégé viel zu tief fiel und nicht der Gurt, sondern der Strick es war, der seinem Fall jäh Einhalt gebot und ihm das Genick brach.

Wir alle stehen noch unter Schock. Henriette und Marie-Louise sind ans Meer gefahren. Chantal ist irgendwo unterwegs und taucht sporadisch hier auf. Ich selbst versuche mich mit historischen Studien abzulenken. Am dreckigsten geht es, glaube ich, Marc-Antoine, der sich in seinem Zimmer eingeschlossen hat und kaum ansprechbar ist. Und natürlich Eddi.

Statt einer fröhlichen Premierefeier, für die Gégé alles vorbereitet hatte, traf die Polizei im Theater ein. Nichts durfte mehr angefasst werden, alles wurde untersucht. Wir mussten uns stundenlangen, zermürbenden Verhören und sogar Leibesvisitationen unterziehen, die die ganze Nacht hindurch bis zum Mittag des nächsten Tages dauerten.

Hierher zurückgekommen, rannten wir wie verrückt über den Hof und durchs Haus und wussten nichts mit uns anzufangen. Wir waren der Situation nicht gewachsen. Wir bekamen Streit miteinander, schrien uns an, ja, beschuldigten uns sogar gegenseitig. Es war schrecklich! Am Tag danach fuhr die Polizei mit einem Gefangenenwagen auf dem Hof vor. Sie fragten nach Eddi, und als er ihnen entgegen trat, stürzten sich zwei Mann auf ihn und legten ihm Handschellen an. Einer der Polizisten verlas ein Schreiben, das ein anderer mehr schlecht als recht für Eddi ins Englische übersetzte.

In dem Schreiben wurde Eddi des Mordes an Gégé beschuldigt. Der gerissene Lederriemen, hieß es, sei manipuliert gewesen. In Eddis Hosentasche habe man bei der Untersuchung ein sehr scharfes Taschenmesser gefunden. Mit diesem seien die Lederriemen wahrscheinlich kurz vor oder sogar während der Vorstellung angeschnitten worden. Die Möglichkeit dazu habe vor allem Eddi gehabt, der die ganze Aufführung über in der Requisite hinter der Bühne, wo auch der Galgen stand, auf seinen Einsatz am Schluss der Vorstellung gewartet habe. Auch sei bei den intensiven Verhören durch die Polizei sehr schnell das Mordmotiv deutlich geworden: Eifersucht! Gégé habe dem Eddi Henriette abspenstig gemacht. Und Eddi sei, das hätten die Ermittlungen eindeutig gezeigt, in Henriette geradezu vernarrt gewesen.

Die Polizisten konnten die Freude über ihren Fahndungserfolg nicht verbergen und lachten belustigt, als sie Eddi in den Wagen verfrachteten.

Da habe der deutsche Henker wieder einmal persönlich Hand angelegt, rief einer.«

Eddi und Lissi

Erst am folgenden Tag erreichten wir nach endlosen telefonischen Versuchen die Verwaltung der Haftanstalt in Tours. Marcel führte die Gespräche. Nach langen Verhandlungen mit zermürbenden Wartezeiten, Unterbrechungen und erneuten Anrufen erhielt er letztlich die Zusage, dass einer von uns Eddi für zwei Minuten besuchen dürfe. Einer! Für zwei Minuten! Dennoch fuhren Linda und ich gemeinsam zum Gefängnis. Unsere Ankunft vor der Haftanstalt war der Beginn einer elenden Tortur. Nach endlosen Erklärungen via Sprechanlage, bequemte sich schließlich ein Bediensteter die Tür zu öffnen. Wir durften beide eintreten, wurden in einen leeren Raum geführt, um wieder eine uns schier endlos erscheinende Zeit zu warten. Irgendwann erschienen eine Frau und ein Mann in Uniform. Mitkommen! Linda mit der Frau, ich mit dem Mann. Wir wurden in getrennte Untersuchungszimmer geführt, mussten uns ausziehen und wurden von den behandschuhten Bediensteten aufs Unangenehmste betastet. Es war entwürdigend. Aber wir verhielten uns zurückhaltend, unterwürfig geradezu. Schließlich wollten wir zu Eddi. Nach geschätzten zwei bis drei Stunden innerhalb der Gefängnismauern war es soweit. Einer von uns könne mitkommen, der Gefangene stünde bereit.

»Geh du!«, sagte Linda.

Ich folgte dem Beamten. Ein riesiger Raum, ein Tisch in der Mitte, der durch eine Glasscheibe in zwei Hälften unterteilt war. Durch die Tür auf der anderen Raumseite wurde jemand herein gebracht. Seltsam, dass ich Eddi zunächst nur an seiner Kleidung erkannte. Vielleicht weil ich erwartet hatte, dass er mir in Gefangenkleidung gegenüber treten würde. Was fehlte, war seine Schirmmütze, ohne die er sonst nie das Haus verließ. Aber dieses Haus würde er ja auch nicht verlassen, jedenfalls nicht heute. Er war sehr blass und blickte aus großen aufgequollenen Augen zu mir herüber. Eine Spur von Lächeln flog über sein Gesicht, als er mich erkannte. Wir setzten uns, blickten uns wortlos durch die Glasscheibe an. Es war, als rinne mir die Zeit über den Nacken. Ich schüttelte den Kopf, sagte:

»Nein, Eddi!« Langsam bewegte auch er seinen Kopf, sah mir fest in die Augen und antwortete mit überraschender Klarheit: »Nein!«

Ich nickte und sagte: »Gut, Eddi« und legte so viel Entschlossenheit in meine Stimme, wie es eben ging. Gleichzeitig wurde ich mir bitter meiner Machtlosigkeit bewusst. Wie würde ich ihm je hier heraus helfen können? Aber ich war sicher: Eddi hatte Gégé nicht auf dem Gewissen, was auch immer vorgefallen sein mochte.

Ich berichtete Eddi, dass Linda mitgekommen sei und draußen warte. Leider habe nur einer von uns die Erlaubnis bekommen, ihn zu besuchen.

»Umarm sie von mir«, sagte er. Dann erhob er sich unerwartet von seinem Stuhl, deutete hinüber auf den Wachmann, der sich einige Schritte hinter ihm aufgebaut hatte, und spottete: »Bevor der Gorilla mich anraunzt, dass die Besuchszeit zu Ende ist, gehe ich jetzt, weil *ich* es entscheide.« Wir lächelten beide, wissend und verschworen. Ein trauriges Lächeln. Eddi drehte sich um und ging mit festen Schritten, ganz anders als er gekommen war, in Richtung Tür. Der Gorilla folgte ihm. Ich rieb mir den Unterarm durchs Gesicht und bemerkte, dass mir Tränen über die Wangen rannen.

Die Prozedur, aus dem Knast wieder heraus zu kommen, übertraf noch jene, die hinein geführt hatte. Zunächst wurde ich in den Raum geschleust, in dem ich Linda zuvor hinter mir lassen musste. Aber Linda war nicht mehr da. Ich solle mich setzen und warten, wurde ich angewiesen. Warten, was sonst? Nach einer gefühlten Stunde war meine Geduld vorbei. Ich dachte inzwischen allen Ernstes, dass man Linda und mich auch hier behalten wolle, warum auch immer. Die beiden Türen im Raum waren von außen verriegelt, jedenfalls ließen sie sich nicht öffnen. Das einzige kleine Fenster war vergittert. War ich in einer Zelle gelandet? Ich versuchte mich durch Rufen bemerkbar zu machen. Aus meinem Rufen wurde Schreien, Brüllen. Ich wurde panisch, schrie wie am Spieß, dass ich hinaus wolle. Ich schrie die Frage, wo Linda sei, was sie mit ihr gemacht hätten. Forderte, sie sollten sie sofort frei lassen.

Die Situation erschien mir mit einem Mal so absurd, dass mir die Gedanken durcheinander gerieten und ich die Vorstellung einer Verschwörung gegen uns hatte, einer Verschwörung der französischen Polizei oder überhaupt der Franzosen gegen uns Deutsche. Ich hörte nicht auf zu lärmen, ich schrie mich heiser. Irgendwann hörte ich das Rasseln eines Schlüsselbundes, eine Tür wurde von außen aufgeschlossen und ein Beamter mit zivilen Manieren forderte mich auf, ihm zu folgen.

»Ich will sofort hier raus!«, maulte ich. Der junge Mann in Uniform, kaum älter als ich, lächelte. Ob er mich wirklich verstand, weiß ich nicht. Ich riss mich zusammen und erkundigte mich nach Linda. Sie warte auf mich, ich solle jetzt mitkommen, bekam ich, wenn ich seine Worte richtig interpretierte, in ruhigem Ton zur Antwort. Während wir durch Gänge und Räume eilten und mein Begleiter hundert Türen und Gitter vor uns aufschloss, mit mir hindurch ging und hinter uns wieder abschloss, klärte er mich auf. Ich müsse wissen, dass in einer Haftanstalt andere Gesetzmäßigkeiten gelten als draußen in Freiheit. Das müsse man auch als Besucher hinnehmen. Ich erkundigte mich noch einmal nach Linda. Er gab mir zu verstehen, ich solle mich jetzt wirklich beruhigen, wir seien auf dem Weg zu ihr und er würde gleich das Haupttor öffnen, das hinaus in die Stadt führe.

Als das Tor hinter mir zuschlug und Linda draußen schon auf mich wartete, kam es mir vor, als erwache ich aus einem schweren Traum, als sei ein bedrückender Film zu Ende und soeben das Licht im Kinosaal angeknipst worden.

»Wie geht es Eddi?«, wollte Linda wissen. Ich blickte sie an und atmete tief.

»Lass mir noch einen Augenblick. Ich muss erst wieder zu mir kommen«, bat ich sie.

Wir machten uns zum Theater auf, in dem vor wenigen Tagen die Premiere gespielt worden war. Auf dem Weg dorthin erzählte ich Linda von der Panik, die mich im Knast überfallen hatte und natürlich von der kurzen Begegnung mit Eddi. Obwohl Marcel uns vor unserer Abfahrt die Route genau beschrieben hatte, liefen wir mindestens eine Stunde kopflos durch die Stadt. Dann ruhten wir uns auf einer hohen Bordsteinkante aus.

»Wo müssen wir eigentlich hin?«, fragte Linda. Ich holte einen zerknitterten Zettel aus der Hosentasche, auf dem die Theateradresse stand. Wir erkundigten uns bei einem Passanten nach dem Weg und zogen weiter.

Von Außen wirkte der Bau unscheinbar. Hätte nicht ein Schaukasten mit Bildern eben jenes Stückes an der Hauswand gehangen, wären wir womöglich erst einmal vorbei gelaufen. Fast alle Bilder zeigten Gruppenszenen mit unterschiedlichen Akteuren. Auf einem war Chantal zu sehen, solo. Beinahe nackt und mit feurigen Körperfarben bemalt schien sie in einem wirbelnden Tanz die Schwerkraft zu überwinden. Magisch fühlte ich mich von der Darstellung angezogen, und ihr Körper trat mir einen Augenblick lang spürbar in Erinnerung. Linda wandte sich ab, wirkte angeödet und besah sich demonstrativ die Fassade des Hauses, auf der es nicht viel zu sehen gab.

»Du magst sie nicht besonders«, sagte ich. Linda verzog das Gesicht, und aus ihrer Stimme hörte ich so etwas wie Bitterkeit: »Sie ist mir egal. Aber ich mag *dich* nicht, wenn sie in deiner Nähe ist.« Die hölzerne Schwingtür zum Gebäude ließ sich aufstoßen. Wir gingen hindurch und betraten ein abgedunkeltes, großzügiges Foyer. Die Augen mussten sich an die Lichtverhältnisse gewöhnen. Aber wir hörten Stimmen. Allmählich erkannten wir zwei Frauen. Eine, die Ältere, war mit Putzarbeiten beschäftigt. Die andere im Minirock, mit einer riesigen gelockten Mähne, durchflochten von einem gelben Band, trat auf uns zu. Sie sei Lissi, lächelte sie, die Chefin des Theaters. Leider müssten derzeit sämtliche Vorstellungen ausfallen.

Linda tat überrascht, fragte: »Ah, pourquoi?«

Die Frau erwies sich als äußerst redselig und erzählte unbekümmert, es habe vor ein paar Tagen einen Unfall gegeben. Die Polizei habe die Bühne und die dahinter liegenden Räume noch immer nicht frei gegeben.

Was denn passiert sei, fragte Linda. Ihre Schlagfertigkeit und die Art, wie sie die naive Unwissende spielte, beeindruckten mich, und ich hielt mich mit Äußerungen zurück. Ich hatte ohnehin Schwierigkeiten, Lissi sprachlich zu folgen. Immer wieder musste ich nachfragen, ob ich sie richtig verstanden hatte. Mitunter half Linda mir auf die Sprünge, die Französisch bedeutend besser verstand und sprach als ich.

Lissi fragte, ob wir denn keine Zeitung läsen, da wäre der Todesfall im Theater doch seit Tagen das Thema Nummer eins. Aber wir wären ja sicher Touristen und würden keine französischen Regionalzeitungen lesen. Lissi redete einfach immer weiter. Sie wisse es ja noch nicht genau und sei gespannt, ob sich Nachrichten über eine öffentliche Hinrichtung auf ihrer Bühne, von der die Zeitungen sprächen, positiv auf die Bekanntheit und das Renommee ihres Theaters auswirken würden oder ob das Gegenteil der Fall sei. Natürlich täten ihr die Vorkommnisse schrecklich leid, vor allem für die Theatergruppe Yssabeau, die das neue Stück, an dem sie Monate gearbeitet hätte, jetzt natürlich nicht mehr aufführen könne. Weder hier in ihrem Theater, noch anderswo. Aber sie sei eben auch Unternehmerin und dürfe das Wirtschaftliche des Betriebes nicht aus den Augen verlieren. Natürlich täte ihr der arme Gégé leid, den sie persönlich gut gekannt habe, und der zu Tode gekommen sei. Und dann der Schock für das Ensemble und die Zuschauer.

Plötzlich habe da tatsächlich ein Toter auf der Bühne gehangen, ein Mensch, der vor einer Minute noch quicklebendig gewesen sei. Zuerst sei sie vor Schreck in eine Art Schockstarre verfallen. Als sie aber begriffen habe, was geschehen war, habe sie dafür gesorgt, dass der Vorhang zugezogen und das Saallicht eingeschaltet wurde. Das Stück sei ohnehin zu Ende gewesen. Der Unfall habe sich in der allerletzten Szene ereignet. Sie habe sämtliche Ausgänge öffnen lassen, durch die das Publikum mit großer Irritation das Theater verlassen habe.

Was denn genau passiert sei, fragte Linda.

Sie persönlich glaube, es sei ein Unfall gewesen, ein äußerst tragischer Unfall, das verstehe sich. Die Polizei allerdings sei anderer

Meinung. Sie behaupte, einer unserer Landsleute, ein Deutscher, habe den Galgen manipuliert und damit aus einer gespielten eine echte Exekution gemacht. Er sei in dem Stück mit einer winzigen Nebenrolle ausgestattet gewesen, ja, er habe ausgerechnet den Henker gespielt. Sie, Lissi, aber glaube das nicht, weil er ja auch so sympathisch gewesen sei, der Deutsche.

Wir hatten uns inzwischen gänzlich an das spärliche Licht gewöhnt. Während draußen die Hitze über der Stadt brütete, war es hier drinnen angenehm kühl.

Sympathisch?, fragte Linda.

Ja, der Deutsche sei ihr überaus sympathisch gewesen und habe so furchtbar aufgeregt auf seinen Einsatz gewartet, dass sie ihm am liebsten ein wenig die Hand gehalten hätte.

Ich glaube, meine und Lindas Augen wurden, während sie redete, immer größer vor Verwunderung.

Plötzlich schien Lissi sich selbst über ihre Redseligkeit zu wundern, unterbrach sich und zog ihre kleine Nickelbrille von der Nase, blickte streng wie eine Lehrerin. Und als würde bei ihr jetzt der Groschen fallen, oder die Centimemünze, witterte sie, dass wir ihn, den Deutschen, wohl kannten.

Wir verstellten uns nicht weiter und klärten sie auf, wer wir waren. Sie verzieh uns sofort. Ihre Bereitschaft, uns Auskunft zu geben, steigerte sich noch. Sie bat uns an einen Stehtisch und schenkte Limonade ein.

Sie selbst, erzählte sie, würde sich die Vorstellungen ihres Theaters regelmäßig aus dem Seitenaufgang anschauen, der direkt in die Requisite führe. Von hier könne sie nötigenfalls auch schon mal helfend in das Geschehen eingreifen. Auf diesem besonderen Platz habe Eddi ihr vor Aufregung mit schweißnassen Händen Gesellschaft geleistet.

Dann seien sie und Eddi die ganze Vorstellung über ja zusammen im gleichen Raum gewesen, wunderte sich Linda.

Ja, was schon *zusammen* heiße, entgegnete Lissi, sie hätten freudig vereint auf der kleinen Bank, ihrem, Lissis Stammplatz sozusagen, nah beieinander gesessen, hätten mit dem Schauspiel gefiebert, gehofft und sich wohltuend amüsiert.

»Wie ich unseren Eddi kenne«, sagte Linda fast ein wenig erheitert zu mir, »hat der sich an die ran gemacht.« Wir dachten, Lissi würde die Bemerkung weder hören noch verstehen, denn sie war ein paar Schritte zurückgetreten, um nach der Zigarettenschachtel zu greifen, die auf der Theke des kleinen Kassenhäuschens hinter ihr lag. Aber Lissi lachte, o nein, dafür sei er viel zu aufgeregt gewesen.

Ich fragte, ob sie denn tatsächlich während der gesamten Vorstellung zusammen gewesen seien. Sie überlegte einen Augenblick.

Ja, sagte sie, sogar in der Pause hätten sie erst draußen miteinander eine geraucht, hätten sich ein Gläschen Rotwein genehmigt und seien dann wieder auf die Bank gerückt, um die zweite Hälfte des Stücks anzuschauen.

Ich wollte sicher gehen, und fragte noch einmal nach, ob ihr als Chefin des Theaters während einer Premiere denn keine besonderen Aufgaben zukämen, die sie zu erledigen habe und wegen der sie sich, wenn auch nur kurz, entfernen müsse.

Wenn die Premiere beginne, sei für sie das meiste gelaufen. Außerdem habe sie doch bereits gesagt, dass sie den Deutschen sympathisch gefunden habe, äußerst sympathisch. Dass er jetzt im Gefängnis säße, bedrücke sie. Doch sie habe alles der Polizei haarklein erzählt, mehrfach sogar und versucht ihn zu entlasten.

Die Polizei glaube ihr aber nicht, das wisse sie. Zu oft schon sei sie für kulturelle Skandale, wie sie es nannte, in der Stadt verantwortlich gemacht worden. Denn natürlich habe sie immer wieder die bürgerliche Bevölkerung der Stadt mit gewagten Aufführungen brüskiert. Das gehöre schließlich zu ihrer Arbeit, die sie sehr ernst nehme. Und ja! Deshalb sei ihr Theater tatsächlich, wie es ein Kulturredakteur anlässlich einer Uraufführung genannt habe, eine *Wiege der Schande.* Sie schmunzelte spöttisch, wurde aber umgehend sehr ernst und sagte, dass der Todesfall natürlich auch ihr über den Kopf wachse. Der Tod eines Menschen, das sei etwas ganz anderes. Und ausgerechnet dieser Gégé, dieser Tausendsassa!

Mit gesenktem Blick schüttelte sie den Kopf, und ihre wuchtige Mähne wogte wie ein Meer. Sie wisse nicht, wie es jetzt weiter gehen solle, sagte sie und sah uns dabei mit großen, traurigen Augen an. Als wir uns von ihr verabschiedeten, umarmte sie uns herzlich wie eine gute Freundin.

Linda und ich liefen ohne viel zu reden durch die Stadt, auf der noch immer die Hitze lag, erreichten den Fluss, fanden an seinem Ufer einen schattigen Platz nahe der Wilson-Brücke, deren steinerne Gewölbe die Luft ein wenig abkühlten. Wir hatten uns zwei Flaschen Bier gekauft. Bier kostete hier mehr als Wein, und da wir beide unsere Geldbeutel in unseren Rucksäcken bei der Kommune zurückgelassen hatten, gaben wir das letzte Kleingeld dafür aus, das wir in der Tasche hatten.

»Jetzt noch mal von vorn«, sagte Linda. Sie öffnete den Porzellanverschluss einer Bierflasche, stülpte sie auf und reichte sie an mich weiter. Das Bier war schon nicht mehr kalt, obwohl der Verkäufer es aus dem Kühlschrank geholt hatte.

Linda überlegte: »Wenn es stimmt, was Lissi sagt und Eddi die ganze Vorstellung an ihrer Seite verbracht hat, müsste er schon sehr kaltblütig gehandelt haben: Sich ihrem Blick entziehen, das Messer aufklappen und den Gurt damit traktieren ...«

Ich musste lachen: »Vor allem eines! Wäre er tatsächlich wegen Henriette dermaßen wütend gewesen und hätte beschlossen, den Gégé auf diese Art und Weise umzubringen, hätte er sich doch nicht ausgerechnet am Abend der Tat auch noch an die Theaterchefin dran gehängt. Die hätte ihm die Tour doch vermasseln können.«

»Zugang zur Requisite hatte er als Mitwirkender sowieso«, ergänzte Linda. »Dazu hätte er sie nicht gebraucht.«

»Außerdem ist doch eines klar, Linda. Dass unser Eddi die heiße Lissi angebaggert hat, das passt ausgezeichnet zu ihm. Über Henriette mag er sich ja vielleicht geärgert haben, als diese von seinem auf Gégés Schoß wechselte. Wir waren an dem Abend ja dabei und haben erlebt, wie sauer er über ihr Verhalten war, wie er aufgestanden ist und den Tisch verlassen hat. Aber ich wette, dass Eddi Henriette spätestens vergessen hatte, als er bei Lissi landen konnte.«

»Was ja der Fall gewesen zu sein scheint.«

»Genau! Und du glaubst doch nicht, dass unser immerscharfer Eddi, wenn er die Chance hat, eine hübsche Theaterchefin flach zu legen, erst noch schnell einen Mord begeht.«

Linda verdrehte die Augen und musste lachen: »Nein, nie und nimmer!«

Das zweite Bier war bereits warm, als wir die Flasche öffneten. Wir unternahmen Versuche, es im Wasser der Loire zu kühlen. Aber auch das war im flachen Uferbereich seicht und warm.

Grand-Maman

Es war schon ein ziemliches Drama, als nach zwei Tagen Chantal auf dem Hof auftauchte. Linda und ich hatten uns soeben entschlossen, die Heimfahrt anzutreten. Wir hatten erkannt, dass wir hier nichts mehr ausrichten konnten. Zuhause wollten wir alle Hebel in Bewegung setzen, um für Eddi einen guten Verteidiger zu beschaffen. Aber dann flog die Küchentür auf, und Chantal stand im Türrahmen. Sie wirkte übernächtigt wie wir alle. Aber es schien ihr nichts auszumachen. Ich bemerkte sofort, wie Linda neben mir unruhig wurde, als Chantal da stand und offenbar von unserer Anwesenheit, mit der sie nicht gerechnet hatte, überrascht war. Aber dann ließ sie auf der Stelle ihre Tasche fallen und stürzte sich wie ein Kind in meine Arme. Linda verließ die Küche. Ich war wie elektrisiert. Chantal umschlang mich und überhäufte mich mit Küssen und Liebkosungen. Sie schmiegte ihren Körper an meinen, dass ich das Gleichgewicht verlor und mit ihr zusammen vom Stuhl fiel. Ich begann, ihre Zärtlichkeiten zu erwidern.

Marcel, der währenddessen am Herd stand und in einem Topf rührend eine Suppe zubereitete, sagte, wir sollten das aber jetzt bitte *nicht hier* fortsetzen. Chantal hätte doch schließlich ein Zimmer. Wie damals, als wir zum ersten Mal zusammen waren, streiften wir durch den fensterlosen Gang zu Chantals Raum, ohne voneinander abzulassen, ja, wir ließen den ganzen Tag und die folgende Nacht nicht voneinander ab. Erst als wir am nächsten Morgen nach kurzem Schlaf erwachten, begannen wir zu reden.

Ich hatte Mühe, die Augen zu öffnen und versank immer wieder in den weichen Kissen ihres Bettes im Schlaf. Ganz anders Chantal. Sie stand auf, lief hinaus auf den Hof, um sich an der Pumpe zu erfrischen, stand bald angekleidet und mit blitzenden, entschlossenen Augen vor mir. Erst streckte und räkelte ich mich, doch dann gab ich mir einen Ruck. Das kalte Brunnenwasser, das wegen der schon so lange anhaltenden Dürre nur noch in einem dünnen Strahl floss, weckte allmählich meine Lebensgeister. Den Rest tat ein schwarzer

Espresso, den Chantal in der Küche gebraut hatte. Was hatte Chantal vor? Sie funkelte geradezu vor Entschlossenheit und sagte, dass sie mich ihrer Oma vorstellen wolle.

Ihrer Oma? Darauf konnte ich mir keinen Reim machen, aber sie sagte, ich solle abwarten und ihr einfach vertrauen. Ihr zu vertrauen fiel mir nicht schwer.

Wir würden nach Maillé laufen, wo ihre Oma wohne. Sie sei bei ihr aufgewachsen, da ihre Mutter bei der Geburt ihres kleinen Bruders, der auch bei *grand-maman* wohne, gestorben sei. Ich schlug vor, den Capri zu nehmen, aber Chantal winkte ab. Wir liefen eine halbe Stunde durch die Felder, bis wir die ersten Häuser der Ortschaft erreichten. Als ich das Gespräch auf Eddi zu lenken versuchte, sagte Chantal, ich solle mir nicht so viele Gedanken um meinen Freund machen, die Wahrheit käme bald ans Licht. Ich war wegen ihrer Antwort, die sie mit einer vollkommenen Klarheit hervorbrachte, ziemlich verstört und fragte, ob sie denn die Wahrheit kenne. Chantal sah mir in die Augen, stülpte die Lippen vor, sagte, dass die Wahrheit eine schillernde Sache sei. Ein Regenbogen.

Wir durchschritten einen schmalen Vorgarten. Die Haustür stand offen. Ein Junge kam aus dem Haus gelaufen: »Bonjour Chantal!« rief er übermütig und flitzte an uns vorbei. Chantal versuchte nach ihm zu greifen, streifte aber nur mit der ausgestreckten Hand sein Kopfhaar. Er verschwand hinter den Gartenhecken, wo andere Jungen auf ihn warteten.

Ich kannte den kleinen Kerl. Aber woher? Es fiel mir ein, als Chantal mich ihrer Oma vorstellte. Denn wo diese mir bereits begegnet war, wusste ich sofort. Auch sie schien mich wiederzuerkennen. Wir standen uns sprachlos und gleichermaßen verblüfft gegenüber. Schnell erklärte ich Chantal, dass ich ihrer Großmutter schon in der Bäckerei begegnet war, ebenso ihrem kleinen Bruder. Ich verschwieg auch nicht, dass die Frau dort mit ihrem Stock nach mir geschlagen, dass sie vor mir ausgespuckt, mich beschimpft und den Bäcker dazu veranlasst hatte, mich aus seinem Laden zu werfen. Chantal schien sich darüber kaum zu wundern und lachte sogar.

Ja, ja, sie kenne ihre Oma. Aber sie habe ihr versprochen, dass sie mit mir reden werde.

Ich wolle doch gar nicht mit ihr reden, versuchte ich einzuwenden, für mich sei die Sache erledigt, vergessen. Aber Chantal legte mir die Hand auf die Brust und bat mich zu schweigen.

Ich wurde ins Wohnzimmer gebeten, das sich gleich hinter der Küche befand, nahm Platz in einem Sessel, in den ich tiefer einsank, als es mir lieb war. Chantal stellte eine Flasche Mineralwasser und Gläser auf den Tisch. Ihre Oma folgte im Rollstuhl. Lange schien sie mich nicht zu beachten. Ihr wässriger Blick segelte schwerfällig durch das halb geöffnete Fenster hinaus auf die verdorrten Sträucher des Vorgartens. Wir leerten die Flasche Wasser, und niemand sprach. Chantal holte eine neue Flasche aus dem Kühlschrank. Die alte Frau führte langsam ihre rechte Hand zum Mund, wandte mir zögernd ihren Blick zu und begann mit den Fingern an ihren Lippen zu zupfen, als müsse sie ihren Mund auf diese mechanische Art zum Reden bringen. Vieles von dem, was sie anschließend sagte, verstand ich nicht, vermutlich wegen ihres Dialektes, ihrer kraftlosen, heiseren Aussprache, freilich auch wegen meiner mangelnden Französischkenntnisse. Aber Chantal half aus, wenn sie bemerkte, dass ich der Alten nicht folgen konnte:

»Am Vorabend des 25. August 1944 feierte ich meinen 35. Geburtstag. Es war im Krieg, und die Festlichkeiten fielen eher bescheiden aus. Aber ein Teil der Familie war da, meine Eltern, einer meiner Brüder und meine Schwester. Ein paar Leute aus der Nachbarschaft. Wir hatten einige sehr heiße Tage hinter uns, fast wie in diesem Sommer, und der Abend war lau. Im Hof hatten mein Mann und ich eine Tafel für die Gäste aufgebaut. Auch die Kinder halfen, die Tische mit weißen, gestärkten Damastdecken zu belegen und aufzudecken. Es gab Suppe und Rindfleisch, Salat, Gemüse, Pasteten und Pudding. Den Wein hatten wir uns über die letzten Wochen und Monate für das Fest aufgespart.

Wenn ich von Chantal und ihrem Bruder absehe, die heute als einzige Licht in mein Leben bringen, war es der letzte Tag meines

Lebens, an dem Freude in mein Herz drang. Es war schon nach dem Essen, wir saßen beim Kaffee und die Männer beim Schnaps, als wir zwei Detonationen in der Ferne hörten. Uns allen war sofort klar, und die meisten von uns empfanden klammheimliche Freude, dass die *Maquisards* zugeschlagen hatten. Während die Kämpfer der Résistance es sonst in unserer Gegend eher auf die wichtige Bahnverbindung zwischen Paris und Bordeaux abgesehen hatten, auf der die Deutschen Waffen und Truppen transportierten, waren an diesem Abend zwei deutsche Lastwagen in die Luft geflogen. Die Rache der Deutschen ließ nicht lange auf sich warten. Aber sie bekämpften nicht die *Maquisards*, sondern rächten sich an uns, die wir angeblich die Partisanen unterstützten. Doch wie hätten wir sie auch *nicht* unterstützen können? Setzten diese Männer und Frauen doch ihr Leben für die Befreiung Frankreichs und gegen die verhassten deutschen Besatzer ein! So taten wir natürlich alles, was uns möglich war, sie zu unterstützen, auch wenn das nicht viel war. Während in Paris am 25. August alles im Jubel der Befreiung der Hauptstadt versank, wurde unser Dorf ausgelöscht. Unbemerkt von der Welt, unbemerkt von Frankreich, bis heute.

Der Morgen des 25. August war diesig, die Luft schwer zu atmen und die Tiere auffallend unruhig. Die Kühe brüllten, und die Hühner waren kaum aus ihrem Pferch zu locken. Etwas lag in der Luft. Eine jede Kreatur schien das zu spüren. Wir verrichteten dennoch unsere Arbeit, gingen in die Ställe, molken die Kühe, misteten aus, was eben zu tun war. Mein Mann war schon beizeiten auf dem Feld unterwegs. Aber er kehrte früher als gewöhnlich zurück; ruhig aber innerlich aufgewühlt setzte er sich an den Küchentisch mit schweißnasser Stirn. Er hatte deutsches Militär aufziehen sehen. Erst nördlich der Ortschaft, wo auch unsere Felder lagen, dann kamen sie auch von Westen und von Osten her. Keine Frage, wir wurden umzingelt. Dann preschten sie mit Höllenlärm über die staubige Dorfstraße herein. Schüsse und von weiter her Kanonendonner. Sie brachen die Türen der Häuser auf, brüllten: *Raus, raus*! Die Männer raus auf die Straße! Wer nicht schnell genug war, auf den wurde an Ort und Stelle geschossen. Ich sehe meinen Mann noch in den Hof laufen. Ich solle mich mit den Kindern im Keller verstecken, rief er mir zu. Wir hatten keine Zeit uns voneinander zu verabschieden. Er fiel gleich der ersten Exekutionswelle zum Opfer, unweit von unserem Haus, wo die Männer sich in einer Reihe aufstellen mussten.

Ich schreie, dass unsere beiden Mädchen in den Keller laufen und sich hinter den Kohlen verstecken sollen. Ich selbst laufe hinaus, um nach unserem Jüngsten zu sehen. Er war zum Spielen hinausgegangen. Ich rufe verzweifelt, schreie mich heiser, er solle sofort zum Haus kommen, raufe mir die Haare, weiß nicht wohin mit meiner Angst, meinem Entsetzen. Mein Junge gibt keine Antwort, mein Kleiner. Das Rasseln von Kettenfahrzeugen. Ich versuche mich zu beruhigen, klammere mich an den Glauben, dass er sich im Dorf auskennt und bestimmt längst ein sicheres Versteck gefunden hat. Militärfahrzeuge stoppen vor unserem Haus. Deutsche springen heraus, verteilen sich auf sämtliche Gebäude in der Nachbarschaft. Schüsse überall! Schreie, Schreie, mein Gott, diese Schreie! Manche Deutsche halten lange Messer in der Faust und fuchteln belustigt damit herum. Ich renne zu den Mädchen, taste mich in den dunklen Keller hinunter, krieche zu ihnen hinter die Kohlen und ducke mich neben sie.

Wir hören, wie trockenes Holz zersplittert, die Haustür wird aufgebrochen. Deutsche! Ihre Stiefel auf dem Dielenboden über uns. Eine Gewehrsalve! Die Kellertür reißt auf, Licht von draußen. Sie lachen, stelle dir vor, sie lachen und feuern in den Keller. Kohlen fliegen auf, schwirren uns mit den Gewehrkugeln um die Ohren. Ich spüre, wie Chantal, meine Älteste, neben mir plötzlich in meinen Arm sinkt. *Maman* haucht sie, *Maman*. Ich drücke sie an meine Brust und merke, wie leblos ihr kleiner Körper sich anfühlt. Ich spüre ihr Blut, das warm aus einer großen Wunde auf meinen Körper fließt. Ich rühre mich nicht, sehe die Deutschen oben an der Kellertreppe stehen. Es sind drei. Sie reden ohne Hast, finden laufend Anlässe zum Lachen, amüsieren sich vergnügt. Einer verteilt Zigarren, die sie sich in aller Seelenruhe anzünden, bevor sie verschwinden, während ich im Blut meiner getöteten Tochter liege. Im Weggehen dreht sich einer noch einmal um, zielt erneut mit dem Gewehr auf uns und schießt eine weitere Salve, dass die Kohlen nur so durch den Raum fetzen.

Chantal war auf der Stelle tot. Christine und ich blieben, wie durch ein Wunder, unverletzt. Bis spät nach Mittag hockten wir in der Dunkelheit und trauten uns nicht uns zu rühren. Draußen wurde es ruhiger, und es hielt mich nicht mehr hinter dem Kohlenberg. Ich bat Christine bei ihrer toten Schwester zu bleiben, während ich nach Georges, dem Kleinen sehen wollte. Aber wo sollte ich ihn suchen? Die Deutschen schienen abgerückt zu sein. Mir bot sich ein Anblick des Grauens. Die Straßen lagen voller Leichen, die toten Körper von Menschen, die ich allesamt kannte. Während ich durch eine gespenstische Stille irrte, rief ich den Namen immer wieder, den Namen meines Jungen.

Dann plötzlich setzte Granatfeuer ein. Erst schossen vereinzelt Feuerblitze in den Himmel. Aber schnell wurden es mehr. Wände stürzten ein, ganze Häuser brachen zusammen oder gingen in Flammen auf. Am Abend war das Dorf dem Erdboden gleich gemacht. Kaum etwas erinnerte an das Maillé, wie es am Morgen noch gewesen war.

Dann kam der Moment, der all den Schrecken noch übertraf. Ich fand meinen Jungen. Er lag tot auf dem Rücken, fast als ob er schliefe. Alle in unserer Familie haben schwarzes Haar, auch in der Familie meines Mannes waren alle, die ich kannte, schwarz. Nur Georges, mein Junge, hatte dickes, blondes Haar, wie Stroh. Einer der Deutschen hatte ihm einen langen Nagel in die Stirn getrieben und daran einen Zettel befestigt.«

Längst war der Blick der alten Frau wieder durch das offene Fenster hinaus in den Garten gerichtet. Ich war mir nicht mehr sicher, ob sie mich überhaupt angeschaut oder die ganze Zeit an mir vorbei geblickt hatte. Ich sah die Feuchte in ihren Augen, die in ihrem Gesicht wie zwei dunkle Seen inmitten einer herben, unebenen Landschaft glänzten.

Chantal schob mir behutsam ein Papier über den Tisch, ein verschmutztes, mit allerhand Flecken übersätes, vermutlich aus einem Schreibheft herausgerissenes vergilbtes Blatt Papier. Ich nahm es sorgsam in die Hand. In der Mitte hatte es ein kleines, rundes Loch. Noch immer gut leserlich stand darauf in blauer Tinte: *Das ist die Bestrafung der Terroristen und ihrer Helfershelfer.*

Ich war zutiefst aufgewühlt, wusste nicht, was ich sagen sollte. Die Frau hatte mich mit ihrer Erzählung dermaßen berührt, dass ich, besonders, wenn sie von ihrem Jungen sprach, selbst gegen die Tränen kämpfen musste. Nur, fragte ich mich, warum erzählte sie mir das alles, und vor allem, warum wollte Chantal, dass ich die Geschichte ihrer Familie und ihres Dorfes so detailliert kennenlernte. Zu gern wäre ich jetzt der bedrückenden Situation entkommen, wäre am liebsten aufgestanden und davongelaufen. Aber die beiden Frauen mit ihrem langen Schweigen, ihre Aufmerksamkeit gänzlich auf diesen alten Fetzen Papier gerichtet, der jetzt vor uns auf dem Tisch lag, ließen mir keine Chance, ihnen zu entkommen.

Diese eine Nacht noch

Auf dem Hof der Kommune erwischten wir Marc-Antoine noch knapp, bevor er sich davon machte. Mit Rucksack und gepackten Koffern stand er vor der Tür und wartete darauf, abgeholt zu werden. Er schien sich ein wenig gefangen zu haben. Er gehe für eine Weile nach Paris, erklärte er Chantal. Ich merkte, dass er mich keines Blickes würdigte und nur Chantal zugewandt war. Dort wolle er erst einmal nachdenken und herausfinden, wie es jetzt nach der Katastrophe weiter gehen könnte. Marcel habe sich schon gestern aus dem Staub gemacht, um an der Universität von Orléans seine historischen Studien voranzutreiben. Sähe man also von Louis ab, wären wir beiden jetzt die einzigen auf dem Gehöft. Den Bruchteil einer Sekunde mag ich wohl gestutzt haben, aber dann fragte ich vorwurfsvoll, wo denn Linda sei.

Ach, Linda? Missbilligend, als bemerke er jetzt erst meine Anwesenheit, sah Marc-Antoine mir ins Gesicht. Die Linda hätte ich ja wohl ganz schön hängen lassen.

Hängen lassen?, fragte ich beleidigt zurück. Aber mir war sofort klar, dass ich, seit Chantal aufgetaucht war, an Linda kaum mehr einen Gedanken verloren, geschweige mich um sie bemüht hatte.

Aber eigentlich müsse er mir dankbar sein, sagte Marc-Antoine bissig, denn Linda hätte ihm in langen Gesprächen und mit ihrer Aufmerksamkeit wieder auf die Beine geholfen. Dass sie eine wunderbar einfühlsame Frau sei, sagte er noch – als hätte ich das nicht viel besser gewusst als er – und dass ich weit unter ihrem Niveau läge.

Wo sie denn sei, fragte ich wütend.

Abgereist, antwortete er, schon gestern Morgen, und bisher hätte ich sie ja wohl kaum vermisst. Sie hätte ihr Bündel gepackt und ihn, Marc-Antoine, gebeten, sie zur nächsten Autobahnauffahrt zu bringen, von wo sie habe nach Hause trampen wollen.

Chantal legte mir den Arm um die Schulter und schob mich an Marc-Antoine vorbei ins Haus. Bevor sie die Tür schloss, wandte sie sich ihm zu, umarmte ihn, küsste ihn kurz zum Abschied und wünschte ihm alles Gute.

Wir gingen geradewegs in Chantals Zimmer. Chantal zog sich aus. Ich wusste nicht so recht, was ich jetzt tun sollte, zu sehr fuhren meine Gefühle mit mir Achterbahn, zu wenig vermochte ich es, meine Gedanken in eine Ordnung zu bringen. Nicht einen Millimeter war ich bisher weiter gekommen, um Eddi aus der Patsche zu helfen. Aber nur dazu war ich hierher gekommen und hatte ihm versprochen, alles dafür zu tun. Da hatte Linda sicher schon mehr unternommen. Aber Linda war weg. Ich konnte sie nicht fragen.

Ich dachte an Gégé, den ich sehr gemocht hatte, dessen Körper jetzt irgendwo in einem pathologischen Institut in Tours in einer Kühlbox lag, aufgeschnippelt, ausgeräumt, begutachtet, notdürftig wieder in Form gebracht und mit groben Stichen zusammengenäht.

Einen Augenblick lang kam mir Jovita in den Sinn. Nichts hatte zwischen uns und unserer Lust gestanden, keine Liebe, kaum Gefühle, nicht einmal Freundschaft. Welch eine Freiheit! Der Wille zum unbedingten kreativen Schaffen war uns beiden zueigen, aber nicht einmal das verband uns wirklich. Nur dass wir uns begehrten und von Zeit zu Zeit übereinander herfielen wie Tiere, nur einem Zweck verpflichtet, füreinander da zu sein, wenn sich unsere Gier Bahn brach.

Diese eine Nacht noch, sagte Chantal, möge ich bei ihr bleiben. Sie sagte es fast bittend, fast flehentlich. Natürlich hatte sie bemerkt, wie mich die Ereignisse bestürmt hatten, so dass ich kaum noch in der Lage war, auf Chantal einzugehen. Mit ihrer Bitte aber hatte sie mich erschreckt, und ich sagte, dass ich noch viele Nächte mit ihr zusammen verbringen werde. Viele Nächte und auch viele Tage, und ich meinte das sehr ernst. Doch spürten wir beide, wie sehr unser Glück schon im Begriff war, zu vergehen. Und wir spürten beide, dass wir es spürten. Ich lief auf den Hof hinaus, um mich unter dem Wasserstrahl abzukühlen.

Ich ging zu Chantal zurück. Eine Nacht noch, sagte sie, fasste meine Hand, und wir stiegen auf ihr Bett. Mit verschränkten Beinen und ineinander verankerten Blicken saßen wir uns lange gegenüber, eine Stunde, zwei … Wer vermochte es zu sagen? Die Stille wurde nur vom gelegentlichen Heulen des Hofhundes, des Kojoten, unterbrochen. Plötzlich war ein Geräusch zu hören, fremd und trotzdem vertraut. Regentropfen trafen mit dumpfen Schlägen auf den staubigen Boden des Hofs. Regen. Es begann tatsächlich zu regnen! Wind frischte auf, wirbelte verdorrtes Laub und herumliegenden Unrat durch die Luft, trieb die schnell heftiger werdenden Schauer gegen die halb offenen Fensterscheiben. Hand in Hand liefen wir hinaus, wo es in Strömen goss. Alles schien der Regen im Nu abzustreifen, die Hitze der vergangenen Tage und Wochen ebenso wie die Bedrückung, die bitter in uns lag. Wir gerieten in Bewegung, sehr langsam erst, taumelten durch die wild wirbelnden Regenmassen über den Hof, die bald wie Peitschenhiebe auf uns niederprasselten. Bockig stemmten wir uns ihnen entgegen. Auch noch als Donner heranrollte und Blitze über unseren Köpfen die Luft zerrissen und es um uns herum für Sekunden taghell werden ließen.

Wir erwachten ineinander verschlungen und frierend, wollten dennoch nicht voneinander ablassen, uns nicht aus dem Schlamm erheben, in dem wir zuletzt lustvoll gebadet hatten und von dem wir kaum mehr zu unterscheiden waren. Das Unwetter hatte unser beider Leben kein Ende gesetzt, kein Blitz war in uns gefahren und hatte uns ausgelöscht, so wie wir es einen kurzen Moment lang geglaubt und angenommen, ja, beinahe erhofft hatten. Dabei war der feuerspeiende Himmel so nah gewesen, und wir hatten uns weit, so weit zu ihm empor gestreckt.

Gégés Schuld

Die Tür zu Gégés Zimmer, vor der wir am nächsten Tag standen, war immer noch mit amtlichen Bändern und Plomben versiegelt. Die Polizei hatte angeordnet, dass dies bis auf weiteres, bis die Untersuchungen abgeschlossen seien, auch so bleiben müsse. Chantal umfasste die Bänder nacheinander und riss daran mit einem leichten Ruck, so dass die Plomben flogen. Erschrocken fragte ich, was sie da tue, und sie antwortete, das werde ich gleich sehen.

Sie zog einen Schlüssel hervor, schloss auf und gab der Tür einen Ruck, dass sie nach innen aufflog. Die Größe des hellen Zimmers überraschte mich. Es hatte drei Fenster und einen kleinen Balkon zum Garten hinaus. Was mich aber geradezu verblüffte, war die Ordnung, die hier herrschte. Das hölzerne Mobiliar bestand aus rustikaler Eiche. Die Wäsche auf dem Bett, geschniegelt und gebügelt, wie es in einem Hotel nicht akkurater hätte sein können. Ein hoher verschlossener Schrank, andere Schränke mit Schubladen, Truhen. Ein geordneter Schreibtisch, Regale mit Büchern, Schallplatten. Eine Sitzecke mit Ohrensessel, Couch und Stehlampe. Bücher auf dem Tisch, deutschsprachig. Josef Martin Bauer, *So weit die Füße tragen*, Günter Grass, *Die Blechtrommel*. Sogar Heinrich Bölls *Entfernung von der Truppe* lag da und aufgeklappt, mit dem geöffneten Buchblock zur Tischplatte *Die verlorene Ehre der Katharina Blum*. Ein Buch, von dem ich wusste, dass es erst kürzlich erschienen war.

Chantal steuerte zielbewusst auf ein Regal hinter dem Schreibtisch zu und zog einen Ordner hervor, der mit *Yssabeau Correspondance* beschriftet war. Sie legte ihn auf den Schreibtisch und blätterte darin. Obwohl Gégé eine Schreibmaschine besessen hatte, die vor uns auf dem Schreibtisch stand, war der größte Teil seiner Briefe handschriftlich abgefasst und die Kopien hier sorgfältig abgeheftet. Chantal entnahm dem Ordner ein kurzes Schreiben Gégés. Dem Datum nach war es ein gutes halbes Jahr alt und im Gegensatz zu sämtlichen anderen Schreiben statt in Französisch in einwandfreiem Deutsch abgefasst. Darin bedankte Gégé sich bei zwei Männern, die er Hans-Georg und Friedhelm nannte, für ihre Unterstützung bei der Aufführung des Schauspiels *Gebet an die himmlische Jungfrau*.

Chantal bemerkte, dass einige der Statisten, mit denen *Yssabeau* regelmäßig zusammengearbeitet habe, im vergangenen Herbst sehr kurzfristig ausgefallen seien. Sie hätten ein ganzes Wochenende für insgesamt drei Aufführungen ersetzt werden müssen. Die Truppe sei nervös gewesen, weil niemand gewusst habe, woher geeigneter Ersatz hätte kommen können. Schließlich hätten Ersatzdarsteller auch noch eingearbeitet werden müssen und die Zeit sei knapp gewesen. Aber wie so vieles habe Gégé auch das möglich gemacht. Er sei ein organisatorisches Genie gewesen.

Sie wisse nicht, wie er das angestellt habe, aber Gégé habe Kontakt zu einer Gruppe deutscher Gymnasiasten hergestellt, die damals an der Loire auf Klassenfahrt gewesen seien. Als er erfahren habe, dass die Schüler einem Theater-Leistungskurs an ihrer Schule angehörten, habe er zuerst die beiden Lehrer, und dann auch die Schüler begeistern können, mitzuspielen.

Dieses Dankesschreiben, sagte Chantal, ging an die beiden Lehrer der Schulklasse, einen Hans-Georg Michel und einen Friedhelm Zahm und ihre Schüler. Chantal wurde noch ernster, als sie ohnehin an diesem Morgen schon gewesen war. Das trotzige Kind. Ich spürte, wie es sich in ihr aufbäumte. Sie legte einen Finger auf das Schriftstück und sagte, ich solle lesen:

... danke ich allen Helfern und Helfershelfern aus Eurer Schulklasse, die uns bei der Aufführung »Gebet an die himmlische Jungfrau« so großartig unterstützt haben.

Ja und? Ich sah Chantal fragend an. Was sollte ich an diesem Satz Besonderes finden? Chantal traten Tränen in die Augen. Vorsichtig zog sie den Zettel hervor, den sie mir bei ihrer Großmutter über den Tisch geschoben hatte. *Das ist die Bestrafung der Terroristen und ihrer Helfershelfer.* Sie legte ihn neben Gégés Schreiben. Erst begriff ich überhaupt nichts. Doch dann, mit einem Mal, hatte ich das Gefühl, alles Blut sacke aus meinem Kopf. Mir wurde schwindlig, und ich ließ mich in Gégés Schreibtischsessel sinken. Chantal nickte, ja, so wie mir sei es ihr auch gegangen.

Es gab keinen Zweifel. Es war überdeutlich. Der Schriftschwung des Wortes *Helfershelfer* – und mir wurde klar, wie altbacken, ja ungebräuchlich dieser Begriff inzwischen war – im Schreiben an die Schulklasse und auf dem schmutzigen Papier mit dem kreisrunden Loch in der Mitte waren identisch, absolut identisch. Da bedurfte es keines Graphologen. Sogar die Größe der beiden Schriftzüge war nahezu gleich. Man hätte die beiden Papiere aufeinander legen können und bei durchscheinendem Licht kaum eine Abweichung wahrgenommen. Auch den übrigen Worten und Buchstaben war es anzusehen: Beide Beschriftungen entstammten der gleichen Hand.

Dennoch weigerte ich mich, zu realisieren, was das bedeutete und sagte zu Chantal, dass sie doch nicht wirklich glaube …

Aber sie unterbrach mich. Es stehe zweifelsfrei fest. Chantals Mimik, ihre ganze Haltung, ihr Blick, die schönen schwarzen Augen, alles an ihr verströmte Entschlossenheit und begrub jeden Zweifel: Gégé war bei der Mordaktion deutscher Soldaten und der SS in Maillé dabei gewesen. Vielleicht hatte er persönlich dem Kind ihrer Großmutter den Nagel in die Stirn getrieben, um seinen Zettel daran zu heften.

Chantal war auf Gégés Schuld vor gut einem halben Jahr zum ersten Mal aufmerksam geworden. Zufällig suchte sie ihn in seinem Zimmer auf, um etwas mit ihm abzusprechen, als er im Begriff war, das Schreiben an die Schulklasse und die beiden Lehrer anzufertigen. Aus reinem Interesse warf Chantal einen Blick auf den in Deutsch verfassten Text.

Sie lobte Gégé sogar, weil er diese andere Sprache so fehlerfrei beherrschte. Bis ihr Blick auf den Schriftzug des Wortes *Helfershelfer* fiel, der ihr sofort bekannt vorkam. Sie erschrak, sagte aber nichts. Sie musste sich vergewissern und überredete ihre Großmutter, ihr den Zettel zu zeigen, den *grand-maman* wie ein Familiengeheimnis hütete und wie eine Reliquie unter Verschluss hielt. Zu besonderen Anlässen nur holte sie ihn für die Familie hervor und erzählte unter Tränen seine bittere Geschichte. Letztlich gab sie Chantals

Drängen nach und reichte der Enkelin das Papier, die ihre Vermutung bestätigt fand.

Aber damit gab sich Chantal noch nicht zufrieden. Sie besprach sich mit Marcel, der sich wie kein anderer in ihrem Umfeld mit Geschichte beschäftigte, weihte ihn jedoch nicht in ihre grausige Entdeckung ein und erzählte ihm nichts über ihren Verdacht gegen Gégé. Marcel erläuterte, dass wahrscheinlich ein damals in der Nähe stationiertes *Feldersatz Bataillon der 17. SS-Panzergrenadier-Division »Götz von Berlichingen«* das Massaker verübt habe. Nun konnte sich Chantal nichts Rechtes unter einer *SS-Panzergrenadier-Division* vorstellen. Also ließ sie sich erklären, wer die Waffen-SS war, welche Aufgaben sie hatte und welcher Verbrechen sie sich schuldig gemacht hatte.

Eine Auskunft Marcels ließ Chantal jedoch besonders aufhorchen. Sie erfuhr, dass Mitglieder der SS unter dem linken Oberarm die Blutgruppe eintätowiert hatten. Aus rein praktischen Erwägungen übrigens, erläuterte Marcel. Der damit verbundene Zweck war, dass die Träger bei Verwundungen und der Notwendigkeit einer Bluttransfusion sofort die richtige Blutgruppe erhielten.

Und diese Tätowierung hatten alle?, versuchte Chantal sich zu vergewissern.

Ja, soviel ihm bekannt sei, alle.

Chantal versuchte in den folgenden Tagen und Wochen die Stelle an Gégés Oberarm zu Gesicht zu bekommen, um ihren Erkenntnissen einen weiteren Mosaikstein hinzufügen zu können. Aber so sehr sie sich auch in seine Nähe drängte, sie bekam die Stelle nicht zu sehen. Im Übrigen hatte der Winter eingesetzt. Das Haus der Kommune ließ sich mit seinen Öl- und Kohleöfen nicht besonders gut beheizen, und seine Bewohner wärmten sich in dicken Pullovern und Jacken.

Aber Chantal wollte nicht bis zum Sommer warten und musste sich, wie sie mir ausdrücklich versicherte, einen gewaltigen Ruck geben, um den Plan, den sie sich ausgedacht hatte, umzusetzen. Schließlich war Gégé weit mehr als doppelt so alt wie sie und hätte leicht ihr Vater sein können. Und tatsächlich hatte er in ihrer Wohngemeinschaft ja auch eine Art Vaterrolle übernommen, in seiner Besorgnis und dem ständigen Bemühen, um das Theater *Yssabeau*. Mehr oder weniger lebten die Mitglieder der Kommune eine offene Sexualität oder das, was man damals dafür hielt. Gégé aber bevorzugte Henriette, und obwohl auch sie seine Tochter hätte sein können, lag sie gern in seinen Armen.

Chantal wollte es also versuchen. Es war mitten im Winter, und Gégé hatte sich in sein gut beheiztes Zimmer zurückgezogen. Chantal klopfte an seine Tür. Ihn zu verführen war ihr zuwider. Also trat sie gleich halbnackt bei ihm ein und fragte sehr direkt, ob er sie ficken wolle, denn ihr sei eiskalt.

Anders als Chantal vermutete, zögerte Gégé, lachte und fragte, was denn in sie gefahren sei. Jung und hübsch wie sie sei, könne sie alle Männer der Welt besitzen, und dann käme sie ausgerechnet zu ihm?

Sie gab ihm zur Antwort, dass sonst niemand im Haus sei, der infrage käme. Marcel läge bei Marie-Louise, Marc-Antoine arbeite an dem neuen Stück, und jeder wisse ja, wie unbeherrscht er sein könne, wenn er in seiner Arbeit gestört wurde. Und den ewig bekifften Louis in seiner Bleibe schräg über den Hof zu besuchen, wolle sie sich nun wirklich nicht zumuten. Bliebe also nur noch er übrig. Außerdem, sagte sie frech, wolle sie testen, was so ein alter Sack wie er noch drauf habe. Während sie vorgab, so mit ihm zu flirten, ihn zu reizen, streifte sie ihm die Jacke von den Schultern, knöpfte ihm Hemd und Hose auf, und als sie ihm auch das Hemd abstreifen wollte, sagte Gégé freundlich aber bestimmt, ja väterlich, dass es jetzt gut sei, dass kleine Mädchen und alte Männer nicht immer zueinander passten.

Natürlich fühlte Chantal sich zurückgewiesen. Doch gleichermaßen erleichtert verließ sie sein Zimmer. Denn Sex, wirklichen Sex hätte sie nicht mit ihm haben können, ein Blick auf die Unterseite seines Oberarmes hätte ihr genügt und sie wäre unter irgendeinem Vorwand verschwunden. Aber Chantal hatte Fantasie und verwirklichte bald eine andere Idee.

In einem kleinen Anbau neben dem Wohnhaus befand sich eine Waschküche, in der auch eine Badewanne stand und ein Wasserboiler, der mit Holz beheizt wurde. Anders als zu der Zeit noch in Deutschland, wurde in Frankreich nicht nur samstags gebadet. Chantal passte den Zeitpunkt ab, als Gégé den Boiler heizte, um danach in das warme Wasser zu steigen. Sie stieß einfach die Holztür zur Waschküche auf, da es dafür weder Schloss noch Riegel gab und stellte sich mit gespielt finsterer Mine breitbeinig vor Gégé auf, der in der Badewanne lachend seinen Kopf schüttelte. Sie zog ein Holzstück in Form einer Pistole aus dem Hosenbund, richtete es auf ihn und rief, ihr Name sei *Jeanne d'Arc*, er solle die Hände über dem Kopf verschränken. Gégé liebte Theater und wollte kein Spielverderber sein. Er hob die Arme und sagte, na los, sie solle sich ausziehen und in die Wanne kommen, dann würden sie es halt mal miteinander versuchen, und sie solle sich nicht wundern, wenn sie nachher nicht mehr wisse, wo hinten und vorne sei. Chantal, noch immer mit vorgehaltener Spielzeugpistole trat näher an ihn heran, konnte an der beschriebenen Stelle allerdings keine Tätowierung erkennen. Stattdessen blickte sie auf der Unterseite seines Oberarms auf eine etwa fünf Zentimeter große, annähernd kreisrunde Narbe. Was denn das sei, fragte sie, und es kam ihr einen Augenblick lang so vor, als verliere Gégé die Fassung. Aber dann sagte er, ach das! Eine Verbrennung, die er sich im Krieg zugezogen habe.

Chantal spielte weiter die Rolle der *Jeanne d' Arc*. Während sie ihr Gegenüber fest im Auge behielt, steckte sie langsam ihre Pistole, das Holzscheit, zurück in den Hosenbund. Dann wandte sie sich von ihm ab und ging zurück zur Tür. Von dort sagte sie Gégé, er habe heute noch einmal Glück gehabt und dürfe ohne sie weiter baden. Doch nehme er sich für die Zukunft in Acht! Als sie die Waschküche verlassen hatte und die Tür hinter sich zuzog, hörte sie Gégé vergnüglich lachen. Dass sie ein Teufelsweib sei, rief er ihr hinterher.

Auf Chantals Nachfrage wusste Marcel, dass viele SS-Männer sich die Tätowierung zum Ende des Krieges mit heißen Eisen ausgebrannt oder sich selbst in den Oberarm geschossen hatten, um nicht erkannt zu werden.

Schon kurze Zeit nachdem Chantal die Handschrift Gégés entdeckt hatte, begann in ihr der Plan zu reifen, sich an ihm zu rächen. Aber sie wollte weitere Indizien für seine Täterschaft sammeln, um auch ganz sicher zu gehen. Sie durchsuchte an einem Tag, als Gégé unterwegs und auch sonst niemand im Haus war, sein Zimmer, seine Schränke und Schubladen. Sie ging behutsam vor, damit er hinterher nichts merkte. Sie hoffte, Bilder oder andere Erinnerungsstücke zu finden, die er vielleicht irgendwo aufbewahrte, mit denen sie ihn weiter hätte belasten können. Aber nichts. Chantal durchblätterte einige Bücher, die sie beliebig aus dem Regal zog. In jedem fand sie eine kleine Beigabe, die der Nutzer vermutlich als Lesezeichen gebraucht hatte: eine gepresste Blume, einen ausgeschnittenen Zeitungsartikel, eine Bahnfahrkarte oder einen Einkaufsbeleg. Aber nichts, was auf eine Nazi-Vergangenheit hinwies. In einem Buch mit abgegriffenem und verschmutztem Einband, es war *Goethes Faust* in deutscher Sprache, bestand das Lesezeichen aus einem alten brüchigen Stück Stoff mit der schematischen Abbildung eines umgekippten Kelches. Obwohl Chantal nichts Besonderes in dem Stofffetzen erkannte, außer eben diesem umgestürzten Kelch und dass er ziemlich alt zu sein schien, steckte sie ihn einem Gespür folgend ein.

Wieder besprach sie sich mit Marcel, von dem sie weitere schreckliche Details über die SS erfuhr. Auch den Stofffetzen zeigte sie ihm.

Das ist nichts, sagte Marcel und bewegte das Ding in seiner Hand, bis er es auf den Kopf drehte und intuitiv nach Luft schnappte.

Wo sie das her habe, fragt er.

In der Bibliothek gefunden. Das war nicht einmal eine Lüge.

Was aber damit sei, fragte sie.

Sie müsse das Symbol auf die Beine stellen. Bisher habe sie es auf dem Kopf stehend betrachtet. Dann ergäbe sich ein ganz anderes Bild.

Stimmt, sagte sie. Jetzt sieht es aus wie eine hoch gereckte Faust. Marcel war sich schnell sicher. Was da zu sehen war, symbolisierte die *Eiserne Hand* des *Götz von Berlichingen.* Es handelte sich bei dem Fetzen um das von einer Uniform abgetrennte Wappen der 17. SS-

Division, die sich nach der Rittergestalt aus Goethes gleichnamigem Schauspiel benannt hatte.

Chantals Plan war ausgereift. Jetzt bedurfte es nur der nötigen Ruhe und einer guten Gelegenheit, ihn wirkungsmächtig umzusetzen. *Der König ist tot*. Die Uraufführung des Stückes bahnte sich an. Jede Textprobe, jede Übung zum Ablauf einer Szene, jeder Gedanke war auf das Gelingen des Abends gerichtet. Welch ein Spektakel die Besucher erwartete! Am Ende des Schauspiels würde nicht nur der Unterdrücker im Königsmantel, sondern auch einer der Mörder von Maillé sterben durch des Volkes Hand.

Der SS-Mann, der sich Gégé nannte und der mein Kumpel geworden war, entpuppte sich also als ein untergetauchter Kriegsverbrecher. Im Schoß der Kommune hatte er das perfekte Versteck gefunden, um nicht erkannt zu werden und einer möglichen Bestrafung zu entgehen. In der Mitte seiner Opfer und deren Nachfahren hatte er sich eingerichtet und damit jeden aufkommenden Verdacht im Keim erstickt und von sich abgelenkt.

Am Premierenabend waren alle so aufgeregt und auf das Spiel konzentriert, dass es Chantal ein Leichtes war, in einer Auftrittspause das Messer zu zücken und die Klinge in den Gurt zu stoßen, der Gégés Leben sichern sollte. Einzig Lissi, die Theaterchefin hätte ihr in die Quere kommen können, da sie sich während der Aufführungen im Hintergrund der Bühne aufzuhalten pflegte. Doch Eddi hatte durch sein Verhalten gegenüber Lissi Chantals Absicht unverhofft begünstigt und sich sogar unwissentlich zum Komplizen gemacht. Denn er war so lange um Lissi herumgeschnurrt, bis auch diese bald nur noch Augen für ihn hatte und Chantal die Bahn frei machte.

Eddi, seiner Eroberung ganz und gar verfallen und von seinem ewigen Verlangen getrieben, hätte um ein Haar seinen einzigen Einsatz als Henker am Ende des Stückes noch verpasst. Aber Lissi, ganz Profi, hatte ihm im entscheidenden Moment einen Stoß verpasst und ihn rechtzeitig auf die Bühne gejagt.

Kein Zurück mehr

Meine Gedanken kreisten einzig um die Frage, wie es zu verhindern sei, dass Chantals Tat nicht doch noch auffliegen und sie zur Rechenschaft gezogen werden könnte. Gleichzeitig dachte ich an Eddi, der unschuldig im Gefängnis saß und gegen den bald ein Verfahren wegen Totschlags oder sogar Mordes angestrebt werden würde. Eddi würde nur frei kommen, wenn die Ermittlungen einen völlig neuen Verlauf nähmen, der ihn doch noch entlastete. Aber dann würde Chantal womöglich näher in den Fokus der Ermittlungen rücken. Eddis Inhaftierung beruhte zweifelsfrei auf einem Irrtum, sogar einer Reihe von Irrtümern. Ein zweiter, ähnlicher Missgriff der französischen Kriminalpolizei war äußerst unwahrscheinlich, und die Ermittlungen würden unweigerlich auf Chantal zulaufen. Der Konflikt schien unlösbar, und in mir reifte der Plan, Chantal mit nach Deutschland zu nehmen, wo ich sie für sicherer hielt. Eddi aber musste von fähigen Anwälten, die es noch zu finden galt, herausgeboxt werden. Eine schwache Hoffnung. Aber eine andere hatte ich nicht.

Chantal lachte, o nein, so einfach sei die Sache nicht zu beenden.

Denn was als nächstes komme, gehöre noch mit zu ihrem Plan, sei sozusagen der zweite Teil. Morgen schon sei mein Freund Eddi wieder frei. Ich fragte irritiert, wie sie das erreichen wolle. Was ich von ihr zu hören bekam, ging mir durch Mark und Bein und raubte mir vollkommen die Fassung, ganz im Gegensatz zu Chantal, deren Fassung immer stabiler wurde.

Ich möge sie jetzt bitte nach Tours fahren, wo sie sich der Polizei stellen und ein Geständnis ablegen wolle.

Nein, rief ich, das könne sie nicht von mir verlangen, nein, das würde ich nicht tun! Und ich bat sie noch einmal inständig mit mir nach Deutschland zu kommen, zu mir nach Hause an die Mosel, wo sie sicher wäre. So leicht käme niemand auf die Idee, sie zu verdächtigen und zu belangen. Dort werde sich vieles richten. Gleichzeitig geriete sie in Frankreich aus der Schusslinie der Ermittlungen. Ich weiß nicht mehr, ob ich selbst glaubte, was ich ihr damals erzählte, weiß nur noch, dass ich verzweifelt darum rang, diese Frau, dieses halbe Kind, meine Geliebte nicht zu verlieren.

Es gebe sowieso keinen Weg zurück, sagte Chantal gelassen, zog die Kopie eines zweieinhalbseitigen Schreibens hervor, mit der Maschine abgefasst und von ihr unterschrieben. Eine Erklärung an die Presse, in der sie die Tötung Gégés, des SS-Verbrechers, wie sie ihn nannte, öffentlich gestand. Ausführlich legte sie ihre Beweggründe dar. Sie erklärte, wer Gégé war und was er getan hatte. Sie verbinde ihre Tat, ihren *Akt der Rache* mit der Hoffnung, die Verbrechen von Maillé damit endlich in das Bewusstsein der französischen Gesellschaft zu schaffen.

Meinen kläglichen Versuch, Chantal zu überzeugen, diese Erklärung nicht abzuschicken, beendete sie mit dem Hinweis, dass die Briefe bereits an alle wichtigen französischen Zeitungen, die regionale Presse, sowie an Fernseh- und Radiosender unterwegs seien. Es gelte jetzt nur noch den letzten Schritt zu gehen. Und bei diesem würde sie mich um meine Begleitung bitten.

Der Zutritt zum Präsidium der Gendarmerie in Tours gestaltete sich nicht leicht und erinnerte mich an die Schwierigkeiten, die Linda und ich hatten, zu Eddi ins Gefängnis zu gelangen. Letztlich gingen wir durch einen langen weißen Gang, betraten von dort einen Raum, in den uns ein Mann in Polizeiuniform geschickt hatte. Chantal hatte ihn gefragt, wo sie denn hier einen Mord gestehen könne. Daraufhin zeigte er in eine bestimmte Richtung und nannte die Zimmernummer, ungerührt, als hätte sie ihn nach der Toilette gefragt.

In besagtem Raum saßen hinter einer langen Theke drei Polizisten an ihren Schreibtischen, sichtlich in ihre Arbeit vertieft. Einer fragte, ohne dabei aufzuschauen, was wir denn wollten. Sie habe einen Mord begangen, antwortete Chantal. Mit einem Mal lösten alle drei Männer gleichzeitig ihre Blicke ungläubig aus den vor ihnen liegenden Akten und schauten verdutzt auf. Ich wurde hinausgeschickt und nahm draußen auf einer Bank Platz. Ich wartete sehr lange. Ab und zu öffnete sich eine der vielen Türen zum Flur. Bedienstete traten heraus mit amtlichen Mienen, Papiere in der

Hand oder Aktenordner unterm Arm. Sie liefen den Gang entlang und verschwanden durch eine der anderen Türen.

Ich war einen Moment eingenickt, als ich plötzlich von herrischen Stimmen, einem Rasseln und Türenschlagen geweckt wurde. Aus einem Durchgang am hintersten Ende des Ganges wurde Chantal von zwei Uniformierten hinaus auf den Flur gezerrt. Offenbar waren die Räume der Polizeiwache im Hintergrund miteinander verbunden. Sie hatten Chantal von beiden Seiten an den Oberarmen ergriffen. Mit einer Hand umfassten sie ihre Schultern. In schnellem Schritt kamen sie auf mich zu. Nie werde ich Chantals Blick vergessen, in dessen Trotzigkeit sich ein unerschütterlicher Ausdruck von Stolz gemischt hatte. Ihr Blick war nicht auf mich gerichtet, was mich einen Augenblick kränkte, sondern in ein fernes Nirgendwo. Zügig eilte die Gruppe an mir vorbei. Laut hallten die Stiefelschritte der Gendarmen und erzeugten in dem leeren Gang ein martialisches Echo. Ich sprang von der Bank auf und rief: »Chantal, je t'aime!«

Sie blieb so überraschend stehen, dass die beiden Beamten, die sie abführten, aus dem Tritt gerieten. Chantal nutzte den Moment der Irritation, drehte sich zu mir um und schenkte mir ein letztes, traurig strahlendes, trotziges Lächeln voller Würde und Anmut. Erst als sie weiter gingen, erkannte ich, dass Chantals Hände auf dem Rücken gefesselt waren.

Ich wusste nicht, was ich tun sollte, wie es weitergehen sollte. Also tat ich nichts. Ich blieb einfach auf der Wartebank sitzen. Am Abend kam ein Polizist und schickte mich fort. Draußen war es bereits dunkel. Nach Mitternacht fand ich mich an der Bar eines Cafés wieder. Ich hatte etliche Gläser *Pastis* zu mir genommen. Hatte immer wieder an Gégé denken müssen und daran, dass er jetzt tot war. Je mehr ich trank, umso deutlicher trat mir sein Bild, sein einnehmendes Wesen vor Augen. Ein Mann, aus einem Holz geschnitzt, dass ich ihn mir gern als Kumpel, als Freund vorgestellt hätte. Nie wäre mir in den Sinn gekommen, dass Gégé ein Kriegsverbrecher sein könnte, der verträgliche, mitteilsame, hilfsbereite und auf seine Art bescheidene Alleskönner Gégé.

Konnte es sein, dass Chantal trotz aller Indizien und Beweise, die sie für Gegés Schuld gesammelt hatte, vielleicht doch irrte? Ich hatte bisher an der Richtigkeit ihrer Version über Gégés Geschichte keine Zweifel gehabt. Doch je mehr ich trank, stieg Trübsal in mir auf, die nicht meiner Geliebten, die jetzt wahrscheinlich in einer Gefängniszelle eingesperrt war, sondern Gégé galt.

Womöglich hatte er nach dem Krieg seine Taten bereut und suchte, um mit seinen Verbrechen weiterleben zu können, nach Wegen der Sühne. Andere SS-Verbrecher hatten sich scharenweise ins Ausland, bevorzugt nach Südamerika abgesetzt oder lebten unter falscher Identität in Deutschland, wo sie, je mehr Zeit verging, immer weniger zu befürchten hatten. Gégé aber hatte den Ort seiner Gräueltaten nicht verlassen, war hier untergetaucht oder hierher zurückgekommen. Er hatte sich in die Gesellschaft der Menschen, denen er so viel Leid angetan hatte, eingefügt, war zu ihrem Helfer, ihrem Förderer geworden, fast einer von ihnen. Sein ganzes Engagement, sein Können galt der Entwicklung, dem Gelingen des Theaters Yssabeau. Bis heute denke ich manchmal, dass er zwar nicht bereit war, sich zur Rechenschaft ziehen zu lassen, auf seine Art aber nach Wegen gesucht hat, seine Taten, sofern das überhaupt möglich war, zu sühnen.

Der freundliche Barkeeper, dunkelhäutig und mit Rastalocken, stieß mich an und klopfte mit dem Fingernagel vielsagend auf das Glas seiner Armbanduhr. Halb zwei, ich müsse jetzt gehen. Er half mir die wenigen Treppenstufen hinunter zur Straße und wünschte eine gute Nacht, bevor er die Bar abschloss.

Ich schlief auf einer Bank auf einem kleinen Platz unter einem Ahorn. In der Frühe weckte mich Autolärm. Ich entfernte mich ohne Ziel, fand mich aber mit einem Mal an einem bekannte Ort wieder. Hier unter dem Bogen der Brücke über der Loire hatte ich vor einigen Tagen mit Linda gesessen, mit ihr Bier getrunken und überlegt, wie wir Eddi helfen könnten. Die Loire, ebenfalls ein Opfer der Trockenheit, führte nur noch wenig Wasser. Ich rückte weit in die ausgetrockneten Uferbereiche bis zum Wasserrand vor, schlief gleich wieder ein und erwachte erst spät am Vormittag mit knurrendem

Magen und leichter Übelkeit. Ich ging etwas essen, besuchte die Bar von gestern Abend und trank zwei, drei Kaffee, die mir auf die Beine helfen sollten. Wirklich zu mir kam ich aber erst wieder mit dem ersten *Pastis*. Es wurden zwei, drei daraus und einige mehr.

Ich weiß nicht mehr, wie viele Tage ich so in Tours zugebracht habe. Den *Pastis* kaufte ich mir später im Supermarkt und trank ihn aus der Flasche, ohne Eis. Ich sah keinen Ausweg aus meinem Unglück, war ständig betrunken, aß kaum etwas und mied die Menschen. Nachts suchte ich den Platz unter dem Brückenbogen auf. Jemand sprach mich auf der Straße an und verkaufte mir Marihuana. Die Menge war ausreichend für viele herrlich betäubende Tüten, die ich in den Parks oder auf den Plätzen der Stadt rauchte. In einer wachen Stunde besorgte ich mir Buntstifte und einen Zeichenblock. Ich malte, was mir in den Sinn kam oder was ich sah. Am Abend ließ ich die farbigen Zeichenblätter von der Brücke hinunter in die Loire segeln. Der Wind fegte sie in alle Richtungen. Das Wasser nahm sie auf, und die Strömung des Flusses trieb sie davon.

Auf der *Place Plumereau,* einem der wegen seiner hohen Häusergiebel aus Fachwerk berühmtesten Plätze der Stadt, stand er plötzlich unvermittelt vor mir: Eddi. Wir umarmten und begrüßten uns, als wären wir hier verabredet gewesen und hätten aufeinander gewartet. Aber wir erschraken voreinander, als wir uns in die Augen blickten. Die Zeit der Gefangenschaft hatte tiefe Spuren in Eddis Gesicht gegraben, und auch er muss mir meine Exzesse der vergangenen Tage angesehen haben.

Ich lud ihn zum Essen ein, kaufte salziges Gebäck aus Blätterteig mit Wurst und Käse und eine teure Flasche Rotwein. Während wir sie leerten, erzählte ich Eddi, was sich zugetragen hatte. Nur allmählich begann er zu begreifen, warum sich seine Lage unversehens gewandelt hatte.

Einer der Gefängniswärter sei am frühen Morgen in seine Zelle getreten und habe ihn rüde aufgefordert mitzukommen, berichtete er. Auf Fragen nach dem Warum habe es grundsätzlich keine Antworten gegeben.

»Ich hatte echt Angst, dass die mich umbringen«, sagte er und sah mich dabei aus dunkel umschatteten Augen an. Er umklammerte meinen Arm: »Im Knast, da bist du völlig ausgeliefert, da machst du nix mehr!« Verängstigt sei er dem Beamten gefolgt. Er habe mit allem gerechnet, nur nicht mit seiner Freilassung. Er sei geradewegs in die Kleiderkammer gebracht worden, wo man ihm gegen Unterschrift seine Sachen ausgehändigt habe, und das sei's gewesen. Wortlos habe der Wärter ihn durch das Tor der Anstalt geschoben und es hinter ihm ins Schloss fallen lassen.

Wir bestiegen den Capri, den wir nach ziemlich langer Sucherei auf einem Parkplatz nicht weit vom Polizeigebäude fanden. Erst jetzt erinnerte ich mich, dass ich hier vor Tagen das Auto abgestellt hatte, bevor ich Arm in Arm mit Chantal die Treppen zur Polizei hinauf stieg.

Den Hof der Kommune fanden wir verlassen vor. Selbst Louis schien nicht da zu sein. Er reagierte nicht auf unser Rufen und Klopfen an seiner Haustür. Alles war verschlossen. Selbst vom Kojoten gab es keine Spur. Das Wohnhaus der Kommune hingegen stand offen. Wir gingen hinein, um unsere Sachen zu holen. Auf Chantals Bett fand ich einen kurzen Brief und einen offenen Umschlag, in dem sich der Zettel mit Gégés Handschrift aus dem Jahr 1944 befand.

Sie habe es nicht mehr geschafft, schrieb Chantal, ihn ihrer Oma zurückzubringen und bat mich, das für sie zu erledigen. Ihre Oma sei über alles, was sie getan habe, im Bilde. Denn sie habe alles von Anfang an mit ihr besprochen.

Die alte Frau in Maillé trat mir freundlich entgegen. Sie hatte sich aus ihrem Rollstuhl für mich erhoben und war mir mit beschwerlichen Schritten bis zur Haustür entgegengekommen, ganz so, als hätte sie auf mich gewartet. Ich hielt ihr den Umschlag hin, den Chantal hinterlassen hatte. Aber bevor sie ihn in die Hand nahm und an die Brust drückte, legte sie ihre kräftigen, runden Arme um meinen Hals, drückte und küsste mich unter Tränen. Ihrer Bitte, sie ins Wohnzimmer zu begleiten, wollte ich nicht folgen. Ich zeigte auf den Wagen und Eddi, der auf dem Beifahrersitz auf mich wartete.

Sie sagte etwas, das ich bis auf den Namen *Chantal* nicht verstand. Ich lächelte, nickte und wandte mich zum Gehen. Dann hörte ich sie in gebrochenem Deutsch hinter mir herrufen:

»Auf Wiedersehen«.

»Auf Wiedersehen«, antwortete ich, »au revoir« und ging zum Capri. Als ich startete und losfuhr, sah ich durch das Seitenfenster Chantals Oma weinend und mit einem weißen Taschentuch winkend in der Haustür stehen.

Abschied und Ankunft

Der Capri brachte uns nicht heil nach Hause. Irgendwo auf einer Landstraße zwischen Verdun und Metz hörten wir ein Klappern aus dem Motorraum, das wir beschlossen zu ignorieren. Es wurde lauter, und ich gab Vollgas. Mensch, wir wollten heim!

Dem zunächst diffusen aber bereits beißenden Geruch, der uns in die Nase stieg, setzten wir das Öffnen sämtlicher Wagenfenster entgegen. Das half für kurze Zeit, und wir bildeten uns ein, auch das Geräusch, das vom Motor zu uns drang, nicht mehr so laut zu hören. Was dann kam, war allerdings nicht mehr zu ignorieren. Vor uns trat Qualm aus der Motorhaube, der uns die Sicht nahm und zum Abbremsen zwang. Noch bevor wir zum Stehen kamen, hörten wir mehrere deftige Schläge, einhergehend mit einem starken Rucken, das den Wagen zum Stillstand brachte.

Eddi sprang als erster aus dem Auto, trat einen Schritt zurück und nahm die Mütze vom Kopf.

»Am Arsch!«, urteilte er. »Echt!«

Ich stieg ihm hinterher, musste unter einer Qualmwolke hindurchtauchen, während ich um die Motorhaube des Capri einen Bogen schlug.

»Jou, Eddi«, sagte ich frustriert, »total am Arsch!«

Wir hatten die ganze Fahrt über nicht viel miteinander gesprochen. Jeder hing zu sehr seinen Gedanken nach. Hin und wieder tauchten aber auch mal Fragen auf, die wir uns gegenseitig stellten. Antworten fanden wir nur wenige. Erklärungsversuche scheiterten schnell und verliefen sich bald wieder im Schweigen. Sicher wäre es so bis nach Hause weitergegangen. Deshalb stellte sich rückblickend der Totalschaden des Motors sogar noch als Glück heraus. Ein Abschleppdienst war schnell zur Stelle und nahm das Fahrzeug an den Haken. Wir durften im Fahrerraum Platz nehmen. Die Autowerkstatt befand sich am Stadtrand von Metz. Wir tauschten die nötigen Formalitäten und Autopapiere mit unserem freundlichen Retter aus, schulterten unsere Siebensachen und zogen in Richtung Innenstadt.

Auch in Metz war es der Fluss, der uns anzog. Wir fanden einen Übernachtungsplatz an seinem Ufer, kauften Brot und Käse und zwei Flaschen Rotwein, aßen und tranken, saßen uns gegenüber und tauschten für eine Weile nur Blicke aus. Als am späten Abend der Verkehr und damit der Lärm in der Stadt abschwoll, hörten wir die Geräusche des Wassers vor uns. Vertrautes Geplätscher, wie Gurgeln manchmal, hervorgerufen von Steinen, die in der Strömung lagen.

»Hörst du«, sagte Eddi, »die Mosel begrüßt uns.«

»Hm, sie hat uns wieder.«

»Aber sind wir noch die gleichen, die vor ein paar Wochen ausgezogen sind?«

Und als habe er mit seiner Frage unsere Blockade durchbrochen, fanden wir zum Reden zurück, so dass uns die Nacht zu kurz wurde, um auch nur annähernd alles, was gesagt werden wollte, miteinander zu besprechen.

Zuhause war Sieglinde nicht gerade begeistert, mich ohne ihren Capri wiederzusehen. Während sie mir den Autoschlüssel des Fiat übergab und sogar noch lobte, wie gut das *Gürkchen* von der Bretagne bis hierher durchgehalten habe, hatte ich nur die Adresse einer Autowerkstatt in Metz vorzuweisen. Von dort erfuhr Sieglinde schon am nächsten Tag, dass sich eine Reparatur des acht Jahre alten Wagens nicht mehr lohne. Ich hatte ihr angeboten, sie nach Metz zu bringen. Sie aber winkte ab, faltete die Auto-Papiere mit einem kurzen Begleitschreiben in ein Kuvert und schickte es mit der Bitte, den Capri, wenn möglich kostenlos zu verschrotten, an die französische Autowerkstatt.

Eddi täuschte in den Tagen nach unserer Rückkehr Magen-Darm-Probleme vor, um nicht zur Arbeit zu müssen. Er ließ sich von seinem Hausarzt wochenlang krankschreiben. Erst als eine Magenspiegelung unausweichlich schien, erklärte er, dass er seine Arbeit im Krankenhaus wieder aufnehmen werde.

Ich hingegen hatte entschieden, meine Lehrwerkstatt auf dem Fliegerhorst erst gar nicht wieder aufzusuchen. Stattdessen gab ich mich Fantasien hin, Chantal aus dem Gefängnis zu befreien und mit ihr irgendwohin zu fliehen. Tag und Nacht träumte ich von Chantal. Mein Atelier unter Frau Häbels Dach verwaiste. Ich brachte nichts zustande. Krank lag ich im Bett, als es an der Haustür Sturm schellte und der Briefträger, da ich nicht öffnete, Frau Häbel ein Einschreiben für mich übergab. Absender, Fliegerhorst Büchel. Übelste Konsequenzen wurden mir in kurzen, militärisch formulierten Floskeln angedroht, wenn ich nicht umgehend erscheinen und meine Ausbildung, wie vertraglich vereinbart, wieder aufnehmen würde.

Kurzerhand schrieb ich in schnodderiger Sprache zurück, sie könnten mich mal und sollten sich jemand anderen suchen, der ihnen ihre Mordmaschinen zusammenschraubt. Im Übrigen könnten sie mir mit ihren Drohungen überhaupt nicht imponieren, und auch auf einen Gesellenbrief aus ihrer Hand würde ich keinen Wert mehr legen. Heute denke ich manchmal, dass ich damals zwar nicht vernünftig handelte, mich allerdings in einem Zustand höchster Freiheit fühlte, da mich nichts mehr beeindrucken und schon gar nicht zu etwas veranlassen konnte, das mir zu tun widerstrebte.

Freedom's just another word for nothin' left to lose, hatte Janis Joplin gesungen. Immer wieder legte ich die Platte auf. In ihrem Lied fühlte ich mich damals gut aufgehoben.

Sehr langsam nur tauchte ich wieder in der Wirklichkeit auf. Ausgerechnet Linda war es, die zu kurzen Besuchen kam, Essen und Trinken und hin und wieder ein Lächeln für mich übrig hatte. Ich vermied es, mit ihr über Chantal zu sprechen. Aber sie spürte, dass ich mit all meinen Gedanken bei ihr war, und ich spürte auch, wie sehr ich Linda damit wehtat.

An einem verregneten Vormittag betrat ich mein Atelier. Durch die großen Giebelscheiben sickerte graues Licht in den Raum. Auf ihren Außenflächen rannen Tropfen herab wie Tränen. Nach langer Zeit malte ich zum ersten Mal wieder ein Bild. Ich nannte es *Das weinende Haus.*

Schon am zaghaften Klopfen erkannte ich, dass Linda vor meiner Tür stand. Außerdem hatte ich ihre unverwechselbaren Schritte im Treppenhaus gehört.

»Schön, dass du wieder malst«, sagte sie und setzte ein mildes Lächeln auf. Sie fragte, ob ich Lust auf Spaghetti mit Hackfleischsoße hätte. Ich nickte, und sie räumte einen großen Topf aus meinem Küchenschrank.

Während wir aßen, erzählte sie mir die Neuigkeit, dass Hotte und Sieglinde heiraten wollten.

»Heiraten?«, rief ich. »Ausgerechnet die beiden?« Ich konnte es nicht fassen! Doch, es sei tatsächlich wahr, und wir seien alle zur Hochzeit eingeladen. Sieglinde und Hotte, das ungleiche Paar – jedenfalls erschien es mir damals so – trat zwei Tage vor Weihnachten vor den Standesbeamten. Eddi war zum Trauzeugen bestellt. Linda war nicht gekommen, und niemand konnte sagen, warum. Später hörten wir, dass sie bereits wieder in Frankreich gewesen sei. Den Winter habe sie auf der *Île de Noirmoutier* im Haus von Madame Aveline verbracht. Als sie im Frühjahr für ein paar Wochen zurück an die Mosel kam, um ihren Umzug vorzubereiten, begegneten wir uns nicht. Erst nach ihrer Abreise erfuhr ich, dass sie sich entschieden hatte, für längere Zeit auf der *Île de Noirmoutier* zu leben. Ich hörte nichts mehr von ihr. Alle Informationen über sie, die zunehmend spärlicher ausfielen, erhielt ich von Eddi. Er war es auch, der mir ausrichtete, dass Linda sich noch ein- oder zweimal nach mir erkundigt habe, ob ich mich gefangen hätte und wieder am allgemeinen Leben teilnähme.

Linda

Zu François Guérin entwickelte ich in den Folgejahren zunächst eine Partnerschaft, später wurde eine Art Freundschaft daraus. Mindestens einmal im Jahr, meist aber häufiger, führte mich mein Weg nach Pont-Aven. Immer hatte ich Bilder für Guérin im Kofferraum, die er gewinnbringend zu verkaufen wusste. In den Wochen meiner Aufenthalte in der Bretagne malte ich vor Ort und schuf für Guérin gut verkäufliche Bilder mit bretonischen Motiven. Ich produzierte sie mitunter fast wie am Fließband. Der ernsthafteren Malerei widmete ich mich, wenn ich zuhause war. Immerhin ermöglichte mir dieses Arrangement, als Maler wirtschaftlich Fuß zu fassen. In die Orangerie bei Guérins Villa zog ich allerdings nicht wieder ein. Andere junge Künstlerinnen und Künstler sah ich dort mitunter wirken und werken. Für mich war der Ort untrennbar verbunden mit meinen Erinnerungen an die heißen Sommertage mit Jovita.

Auf meinen Reisen in den Westen Frankreichs wählte ich regelmäßig die direkte Route über Paris, Le Mans und Rennes. Erst Mitte der Achtziger entschied ich mich zu einem Abstecher. Ich wusste nicht, wo und ob ich Linda auf der *Ile de Noirmoutier* finden würde, wusste nicht einmal genau, ob sie überhaupt noch dort lebte oder längst fortgezogen war. Ein wenig fühlte ich mich wie vor fast acht Jahren, als ich im Capri aus Pont-Aven hierherkam, um Linda abzuholen. Ich fuhr wie damals an den einzigen Ort, den ich auf der Insel kannte, das Haus von Madame Aveline. Ich traf die Besitzerin im Garten ihres bezaubernden Anwesens. Sie wirkte fast unverändert, erkannte auch mich sofort und fiel mir zur Begrüßung um den Hals. Ich erfuhr, dass Linda mit einem Kurs am Meer unterwegs sei.

Ich fragte, um was für einen Kurs es sich handele.

Ich wisse doch sicherlich, dass sie hier am Ort eine Yogaschule unterhalte.

Nein, sagte ich, das wäre mir nicht bekannt. Schließlich hätten wir seit fast acht Jahren keinen Kontakt mehr.

Madame Aveline sah mich verblüfft an. Nein, das glaube sie mir nicht, das könne nicht wahr sein. Linda würde doch immer und immer wieder von mir erzählen. Es verginge keine Woche, in der sie nicht meinen Namen im Mund führe und von ihrem Freund Ako, dem Maler, erzähle. Zwar habe sie sich all die Jahre darüber gewundert, dass ich niemals hier aufgetaucht sei. Aber das, sagte sie augenzwinkernd, würde sich jetzt ja vielleicht ändern. Erst wollte ich sie fragen, wie sie das denn meine. Doch dann brachte ich nur ein verschämtes, halb verlegenes Lächeln hervor.

Madame Aveline beschrieb mir den Weg zum Strand, an dem Linda zu finden sei. Ich fuhr ein kurzes Stück mit dem Auto, parkte am Wegrand und stieg in die Dünen. Unten am Strand, in einer Gruppe von vielleicht zwanzig Personen, die sich im Kreis zu einer Bewegungsübung aufgestellt hatten, erkannte ich Linda sofort. Noch immer strahlte sie eine naturgegebene Sanftheit aus, von der ich wusste, dass sie blitzartig auch ins Gegenteil umschlagen konnte. Linda wirkte entschieden und schien in der Runde den Ton anzugeben. Größer und aufrechter als ich sie in Erinnerung hatte, stand sie da, ihr Lockenkopf leicht federnd im Wind, hennarot wie früher. Ich stand, verdeckt von hohem Gras, für sie unsichtbar in den Dünen, sah, wie die Teilnehmer der Übung langsam auf das Zentrum des von ihnen gebildeten Kreises zuschritten, bis sie sich, nah beieinander, in der Mitte begegneten. Ich ahnte, dass es sich dabei um ein Abschlussritual nach einer Folge von Übungen handelte und die Gruppe sich gleich auflösen würde.

Was hatte Madam Aveline da vorhin über Linda gesagt? Es ging mir nicht mehr aus dem Kopf. Linda rede beständig von mir. Was immer das zu bedeuten hatte, ich war nur gekommen, um Linda einmal wiederzusehen, kurz nur, um nach so vielen Jahren einfach mal *hallo* zu sagen und zu fragen, wie es ihr gehe. Plötzlich überkam mich die Sorge, Linda ein weiteres Mal zu enttäuschen, sie durch meinen Überraschungsbesuch vielleicht mehr zu verletzen als zu erfreuen. Nein, ich wollte mit meinem Auftauchen keine neuen Hoffnungen in ihr wecken, keine Erwartungen schüren, die sich wieder einmal als unbegründet herausstellen würden. Ich wollte ihr nicht wehtun. Nicht noch einmal.

Schon morgen würde Guérin mich in Pont-Aven zum Mittagessen erwarten, wo er mich seiner neuen Entdeckung, einer jungen Grafikerin aus Avignon vorstellen wollte, mit der er eine große Ausstellung im kommenden Herbst plante.

Unvermittelt blickte Linda, die mit dem Rücken zum Meer stand, in meine Richtung, und ich fürchtete einen Augenblick, sie könne mich entdeckt und erkannt haben. Als sie sich aber wieder gelassen ihren Kursteilnehmern widmete, machte ich schnell kehrt, rutschte auf den Fußsohlen eine Sandböschung hinunter, geradewegs auf die Schotterstraße zu, auf der mein Auto parkte. Ich erreichte die *Passage du Gois* rechtzeitig, bevor die Flut einsetzte.

Chantal

Ich wusste nicht, ob meine Briefe, die ich an Chantal abschickte, sie auch erreichten. Über viele Monate erhielt ich keine Antwort auf meine Fragen, wie es ihr gehe und wann ich sie endlich einmal besuchen könne. Nach einem dreiviertel Jahr erfuhr ich durch die französische Justizverwaltung, dass der Prozess gegen sie eröffnet worden sei. Doch bevor ich Genaueres herausfinden konnte, war er auch schon wieder vorbei. Kurzer Prozess, dachte ich damals, sprichwörtlich. Als das Urteil gesprochen war, das Chantal für Jahre hinter Gitter brachte, schrieb sie mir zum ersten Mal.

Am meisten enttäuschte sie, dass die französische Öffentlichkeit, trotz ihrer massenhaft abgeschickten Bekennerschreiben, nicht derart informiert wurde, wie sie es erhofft hatte. Zwar überschlug sich die Regionalpresse fast mit Berichten, sparte allerdings auch nicht mit Anschuldigungen gegen sie als »selbsternannte Rächerin«. Fernsehen und Radio beschränkten sich auf knapp gehaltene, ausgewogene Beiträge.

Chantal fand milde, anerkennende Richter, die mit viel Verständnis über die Angeklagte und ihre Tat urteilten. Während des Prozesses erhielt Chantal ausführlich Gelegenheit, ihr Ansinnen noch einmal zu erläutern und zu erklären, woraufhin auch die Presse ernsthafter als zuvor reagierte. Einige, vorwiegend linke Blätter des Landes, berichteten ausführlicher als andere. Ein Magazin erklärte sie sogar zu einer *Jeanne d'Arc* des zwanzigsten Jahrhunderts. Aber das entsprach nicht dem, was sie sich erhofft hatte, dass nämlich ein Aufschrei durch die Nation ginge und das Massaker von Maillé endlich in den Mittelpunkt und in das Bewusstsein der Menschen gerückt würde.

All das interessierte mich damals eigentlich nur, weil es für Chantal von so großer Bedeutung war, das muss ich gestehen. Chantal selbst, was aus ihr und *unserem* Leben werden würde, das war es, was ich wissen wollte. Ich musste sie sehen, sie berühren. Ich drängte auf einen Besuch. Sie vertröstete mich, das sei nicht so einfach, und die Möglichkeit Besucher zu empfangen sei im Knast stark eingeschränkt. Sie werde aber sehen, was sich machen ließe. Nach über einem Jahr, es ging schon wieder auf den Herbst zu, schrieb sie, dass ich in zwei Wochen zu einem Besuch kommen könne. Allerdings sei die Zeit, die wir miteinander hätten, auf eine dreiviertel Stunde begrenzt, und ich solle mir gut überlegen, ob ich für die kurze Begegnung eine so lange Reise auf mich nehmen wolle. Und ob ich wollte! Mehr als ein Jahr führte ich nichts anderes im Sinn. Ich wäre auch gefahren, um Chantal nur eine einzige Sekunde lang zu sehen. Selbst mit der Aussicht, nur ihren Schatten zu erhaschen, wäre ich aufgebrochen.

Geschenke waren nicht erlaubt. Dennoch ließ der Justizbeamte sich überreden, und ich durfte Chantal das kleine Bild, das ich für sie mitgebracht hatte, geben. Ich hielt es für sehr gelungen. Und das war es auch. Alles was man auf dem Bild sah, war im Begriff, sich in einem warmen, diffusen Licht zu vereinen. Eine Flussschleife war zu erkennen, die sich zwischen den umliegenden Erhebungen hindurchwand, und auf einem fernen Gipfel war die Ruine einer ehemals hoch aufragenden Burg zu erahnen.

Lange blickte Chantal auf die Darstellung. Sie sah mich an und fragte mich, was das sei. Ich erklärte, dass es in einem besonderen Licht die Landschaft zeige, in der ich lebe. Sie lächelte, *c'est joli*, sagte sie und legte das Bild auf dem großen Tisch, der zwischen uns stand, zur Seite.

Ich wollte von Chantal wissen, ob uns denn künftig häufiger Besuche zugestanden würden, erklärte sofort, dass mir die Fahrt hierher nichts ausmache, dass auch eine weite Strecke, je öfter man sie fahre, mit der Zeit kürzer erscheine.

Chantal antwortete, sie würde an einer Therapie teilnehmen, die ihr in dem Urteil gegen sie auferlegt worden sei. Darin gehe es vor allen Dingen erst einmal darum, mit alten oder intensiven Beziehungen aufzuräumen.

Ich fragte, wie ich das verstehen müsse, und sie hob die Schultern in die Höhe, sagte, das müsse man abwarten.

Aber sie würde doch unsere Bindung nicht infrage stellen? Wieder hob sie die Schulten. Da müsse ich mich eben gedulden. Geduld sei ja nun wirklich nicht meine Stärke, antwortete ich, und ich spürte das Gefühl schmerzhafter Enttäuschung in mir aufsteigen. Einen Augenblick lang ließ es den Boden unter mir schwanken.

Chantal wechselte das Thema.

Mich machte nervös, dass sie ständig zu der großen Wanduhr blickte, die überdeutlich darauf hinwies, wie begrenzt die Besuchszeit war.

Seit der Prozess beendet sei, erzählte sie, liefe auch hier im Knast manches leichter als zuvor. Im Sommer habe sie die Erlaubnis erhalten, ein Knasttheater zu gründen. Die Frauen in ihrer Abteilung seien begeistert. Viele spielten mit, die anderen schauten einfach zu. Derzeit verhandele sie sogar mit der Gefängnisleitung, ein Stück, das die Situation von Frauen in Gefangenschaft thematisiere, auch in anderen Abteilungen des Knasts aufführen zu dürfen.

Mit hörbarem Knacken rückte der große Zeiger der riesigen Uhr vor und nahm Chantals Blick wieder einen Moment für sich ein.

Sie selbst, sagte Chantal, habe das Stück geschrieben und führe Regie. Spielen ließe sie die anderen, für die das Spiel, die Kunst der Darstellung eine Möglichkeit sei, sich zu artikulieren und die Situation der Gefangenschaft zu reflektieren. Sie selbst zeige, wie es gehe und sie führe vor, wie gespielt werden müsse. Die meisten Frauen hätten ja keine Ahnung von Theater. Deshalb müsse sie diese bei der Hand nehmen, da abholen, wo sie ständen und behutsam zu einem guten spielerischen Ergebnis führen.

Bei guter Führung, freute sie sich, sei ihr in Aussicht gestellt worden, im nächsten Jahr vielleicht mit einem Studium der Theaterwissenschaften beginnen zu dürfen. Das müsse ich mir mal vorstellen! Bei ihrer Entlassung könne sie dann ein Staatsexamen vorweisen. Chantal wirkte geradezu begeistert über ihre Lage. Während ihres Erzählens war sie zunehmend munterer und lebendiger geworden. Ich folgte den geschmeidigen Bewegungen ihrer Hände. Kaum ertrug ich meinen Wunsch, diese Hände in meine zu legen. Und jetzt wieder dieser schmerzhafte Blick zur Uhr. Wieder das Knacken des Zeigers. In wenigen Minuten war die kurze Zeit, die man uns zugestanden hatte, schon zur Hälfte abgelaufen.

Unerwartet sagte Chantal, ja, es würde jetzt Zeit. Sie schob ihren Stuhl zum Aufstehen zurück. Erschrocken fragte ich nach dem Warum.

Nun, es täte ihr ja auch leid, aber ausgerechnet heute seien Proben angesetzt, die in fünf Minuten begännen. Sie selbst habe darauf keinen Einfluss. Die Leiterinnen der Abteilung würden den Tagesablauf und die Zeiten festlegen, in denen Freizeitunternehmungen, und zu denen zählten ihre Theaterproben, stattfinden können. Sicher würde ich verstehen, dass sie die Frauen nicht warten lassen wolle.

Sie danke mir sehr für meinen Besuch, sagte sie, und schob mir ihre Hand zum Abschied über den Tisch. Über ihr Gesicht huschte ein mir fremdes Lächeln, das keinen Raum mehr für den früheren Trotz ließ, der diesem Gesicht so eigen gewesen war und nach dem ich mich so lange verzehrt hatte. Chantal gab der diensthabenden Aufseherin, die während des ganzen Treffens in einer Ecke des Raumes gestanden hatte, das Zeichen, sie aus dem Raum zu begleiten. Ich hörte ein Schlüsselbund rasseln, das klackende Vorrücken des Uhrzeigers, das Zuschlagen der Tür. Mein Blick fiel auf das Bild, das Chantal auf dem Tisch hatte liegen lassen.

Nachbemerkung des Autors

Der Sommer, der alles veränderte trägt autobiografische Züge, ist jedoch kein autobiografischer Roman. Die Handlung beruht auf Fiktion.

Ich verneige mich mit diesem Roman vor den Opfern des Massakers von Maillé.

Meine Kenntnisse über dieses Verbrechen deutscher Besatzer an französischen Zivilisten im Jahr 1944 entspringen intensiver und sorgsamer Recherche.

Alle hier beschriebenen Vorgänge, die Verbrechen von Maillé betreffend, sind frei erfunden, doch an die tatsächlichen Begebenheiten angelehnt, sofern diese noch nachvollzogen werden können.

Das Massaker von Maillé war auch in Frankreich bis ins 21. Jahrhundert weitgehend unerforscht. Frankreichs damaliger Präsident Nicolas Sarkozy hat 2008 als erstes französisches Staatsoberhaupt in einem Trauerakt der 124 Ermordeten gedacht, unter denen sich 44 Kinder befanden. Die Bluttat war 64 Jahre lang fast in Vergessenheit geraten.

An diese Tat auch in Deutschland zu erinnern, ist eines der Anliegen des Romans.

Zurück nach Maillé

Im Sommer des Jahres 2023 besuchte ich zusammen mit meiner Frau Gudrun auf einer Reise in den Südwesten Frankreichs erstmalig die französische Stadt Tours an der Loire.

Im vorliegenden Roman, *Der Sommer, der alles veränderte,* ist mein Protagonist Ako fast ein halbes Jahrhundert vor uns in ihren Straßen unterwegs. Ich musste mich also, als ich den Roman in den 2010er Jahren schrieb, kundig machen, wie es in der Stadt ausgesehen hat. Vom Schreibtisch aus überlegte ich damals, welche Wege Ako zurücklegen könnte, wo er unter dem Bogen der Wilson-Brücke sein provisorisches Nachtquartier finden, auf welchem der Plätze er sich mit Eddi wiedersehen könnte und vieles mehr. Schließlich sollten alle Details der in Tours spielenden Passagen stimmig sein. Ich recherchierte sorgsam, las in Büchern über die Stadt und ihre Umgebung, schaute mir Fotografien an, durchforstete das Internet und studierte den Stadtplan.

Blick auf zwei Bögen der Wilson-Brücke in Tours

Meine gründlichen Nachforschungen und die darauf aufbauenden Texte des Romans bescherten mir im Jahr 2023 einen besonderen Eindruck. Als wir in Tours von der Rue Nationale kommend geradewegs auf den Brückenkopf der Pont Wilson zugingen, sagte ich wie einer plötzlichen Eingebung folgend: »Da unten hat der Ako übernachtet.« Wir stiegen eine Treppe hinunter, die unter den ersten Brückenbogen führte. Augenblicklich widerfuhr mir ein Déjà-vus-Erlebnis. Ich war mir vollkommen sicher, schon einmal hier gewesen zu sein. Aber dann begriff ich schnell, das war wohl nicht ich, sondern Ako, meine Romanfigur. Ich glaubte den Ort genau zu kennen, den kleinen Sandstrand, vor dem ich stand, auf dem Ako sich im Roman mit Alkohol betäubt und einige Male übernachtet hat.

Auch unsere Weiterfahrt zwei Tage später verlief wie im Roman beschrieben: *Bald erstreckte sich weites, flaches Agrarland in alle Richtungen. Die Straße mittendrin und immer geradeaus.*

Aber wir suchten nicht wie Ako und seine Freunde den Hof der Kommune, sondern hatten direkt Maillé als Ziel. Es drängte mich hierher, seit ich über das Massaker geschrieben hatte. Ich wollte wissen, ob Spuren an das Verbrechen vom 25. August 1944 und Zeichen der Erinnerung zu finden waren. Aber auch zum Abgleich zu dem, was ich in meinem Roman geschrieben hatte, wollte ich hierher. Wir fanden ein Dorf, wie es auch in meiner Vorstellung als Resultat meiner Recherche existiert hatte. Die Straßen waren menschenleer, und um uns herum war es still. In behutsamer Fahrt glitten wir vorbei an Gebäuden wie Kulissen. Vergeblich hielt ich Ausschau nach einer Bäckerei, die Schauplatz für Akos erste Begegnung mit Chantals Großmutter gewesen sein könnte, in der sie ihn als deutschen Boche erkennt und rüde attackiert.

Am westlichen Dorfrand hielten wir vor der Friedhofsmauer an, deren überraschend große Höhe ein wenig irritierte. Sollte sie vor unerwünschten Blicken, vor Lärm von der Straße schützen? Sie schien das gesamte Friedhofsgelände zu umfassen. Wir fanden ein schmiedeeisernes Eingangstor, das nicht verschlossen war. Als wir

Blick auf die Kirche von Maillé
(historisches Foto von Algret aus der Broschüre »Maillé Martyrium eines Dorfes«, Maison de Souvenir, Maillé)

Blick auf die Kirche im Jahr 2023

hindurchgingen, wurden wir augenblicklich von einem Kosmos umfangen, in dem nichts mehr an die profane Straße auf der anderen Seite der steinernen Begrenzung erinnerte. Vielmehr ergriff uns die Wucht, die das Verbrechen im Sommer 1944 hier hinterlassen hatte. Unsere Blicke wurden von einem überdimensionalen Stein eingenommen, einem Felsen fast, der aussah wie aus Granit und auf der Vorderseite plan geschliffen und behauen war. Die Namen der von deutschen Soldaten bestialisch ermordeten, wehrlosen Dorfbewohner sind darin eingemeißelt unter der Inschrift:

A la Memoire des 124 Victimes du Massacre du 25. Aout 1944.
Zum Gedenken an die 124 Opfer des Massakers vom 25. August 1944.

Gedenkstein auf dem Friedhof

Doch was waren Zahlen von Toten?
Durch ihre Namen erst erhielten sie Persönlichkeit. Durch das Alter, das hinter jedem Namen des Ermordeten eingraviert worden war, wurde ihnen Geschichte und Gestalt gegeben:
Guitton Anne 78 Jahre
Confolent Rene 17 Jahre
Menanteau Hubert 3 Monate.

Wegen der alphabetischen Reihenfolge standen viele Familiennamen doppelt oder mehrfach hintereinander. Sie ließen den Schluss zu, dass in vielen Fällen ganze Familien oder Teile von Familien unter den Ermordeten waren. Die Bestätigung erfuhren wir, als wir uns den Gräbern zuwandten. Gleich gegenüber dem Gedenkstein stießen wir auf eine lange Gräberreihe. Die darin Bestatteten starben alle am Tag des Massakers. Auf manchen Grabsteinen waren Fotografien der Toten zu sehen, Portraits oder Familienfotos, die deren Identität noch näher an uns heranrücken ließen. Später erfuhren wir, dass sich unter dieser Gräberreihe ein Sammelgrab befand, das in

den Tagen nach dem Massaker ausgehoben wurde und in das viele der Ermordeten gelegt wurden. Eine Arbeit, die von Überlebenden aus Maillé und freiwilligen Helfern aus den Nachbargemeinden verrichtet wurde. Historische Fotografien, die wir später in einer Broschüre fanden, zeugten davon.

Mit einem Mal, während wir uns noch den Gräbern, den Namen und Jahrgängen auf den Grabsteinen und den teils bis zur Unkenntlichkeit ausgewaschenen fotografischen Abbildungen der Getöteten über dem Sammelgrab widmeten, war ein fernes Geschrei zu vernehmen. Kein unangenehmes Geräusch, aber wir brauchten ein paar Sekunden, um nach der langanhaltenden Stille zu verstehen, was da mit einem Mal an unsere Ohren drang. Kindergeschrei, ausgelassen und fröhlich! Offenbar hatte in der Schule die Pause begonnen und die Kinder waren aus ihren Klassen auf den vom Friedhof nicht weit entfernten Schulhof gelaufen. Vielleicht war das der Moment, als uns die Normalität der Gegenwart einholte. Als wir durch das Eisentor wieder auf die Straße traten, wurde uns klar, dass der Sinn der hohen Friedhofsmauer gar nicht so sehr darin bestand, das Gräberfeld von außen vor unerwünschten Störungen zu schützen, sondern umgekehrt die innere Atmosphäre dieses besonderen Ortes wie Säulen und Wände im Innern eines Doms vor der Banalität der Außenwelt zu bewahren.

Zu Fuß erkundeten wir das kleine Dorf. Zum Zeitpunkt unseres Besuches hatte es rund 550 Einwohner und bestand vornehmlich aus nach seiner Zerstörung durch die Deutschen schnell wiederaufgebauten, überwiegend schlichten, funktionalen, von der Landwirtschaft geprägten Gebäuden. Wir trafen auf den Straßennamen *Rue du 25. Aout.* Die Hauptstraße hieß *Rue de la Paix.* Hier stand auch die Schule, die aus den Ruinen des alten Schulgebäudes wieder hergestellt worden war. An ihrer Außenwand informierten zwei Steintafeln, die am ersten Jahrestag des Massakers angebracht worden waren. Die Aufschriften lauteten:

ICI EN CETTE COMMUNE LE 25. AOUT 1944 124 HABITANTS ONT ETE SAUVAGEMENT MASSAGRÉS PAR LA BARBARIE NAZIE.
MAILLÉ 25 AOUT 1945
N'OUBLIONS JAMAIS
Le Comité Cantonal de Liberation.

Hier in dieser Gemeinde wurden am 25. August 1944
124 Einwohner durch die Nazi-Barbarei brutal massakriert.
Maillé am 25. August 1945
Lasst uns nie vergessen
Das kantonale Befreiungskomitee

Ein Wegweiser überraschte uns mit dem Hinweis auf das nahe *Maison de Souvenir*, Haus der Erinnerung. Nach wenigen Minuten standen wir vor dem Gebäudeensemble. Die gläserne Eingangstür fanden wir zu unserer Enttäuschung verschlossen vor. Dienstags geschlossen, war bei den Öffnungszeiten zu lesen, und heute war Dienstag. Doch Sekunden nachdem wir versucht hatten, die Tür aufzuschieben und uns entschlossen, uns durch vorsichtige Klopfzeichen und Rufen bemerkbar zu machen, wurde uns tatsächlich von einer jungen Frau geöffnet. Die nahm uns lächelnd in Empfang und sagte, dass sie sich über unseren Besuch freue, und obwohl heute offiziell geschlossen sei, sollten wir hereinkommen. Sie hatte gleich bemerkt, dass wir Deutsche waren und sprach in gutem Schulenglisch mit uns. Wir erfuhren, dass das Haus der Erinnerung 2006 eröffnet worden war und sich seither Schulklassen aus der Region, sowie Touristen aus Frankreich und manchmal aus dem Ausland in ihm über Maillés Geschichte informierten. Sie sagte, das wichtigste Ziel ihres Hauses sei es, die Ehrerbietung und die Erinnerung an die Opfer festzuhalten und die Öffentlichkeit für die Achtung der Menschenrechte zu sensibilisieren, individuell und kollektiv. Sie empfahl uns, zunächst den Film *Maillé, das vergessene Massaker* anzuschauen. Sie führte uns in einen Kinosaal und wir nahmen in der ersten Reihe Platz. Es dauerte ein paar Minuten, bis sie die technischen Vorbereitungen für die Filmvorführung getroffen hatte. Dann sahen wir einen entsetzlich traurigen Dokumentar-

film, in dem Überlebende des Massakers über ihre Erinnerungen sprachen. Einige von ihnen waren in den Monaten oder Jahren nach dem deutschen Angriff auf ihr Dorf aus Maillé weggezogen, weil sie es nicht aushielten, täglich mit dem Schrecken der Vergangenheit vor Augen zu leben. Manche weinten bei der Schilderung ihrer Erlebnisse, anderen versagte die Stimme. Wir erfuhren, dass die Hinterbliebenen jahrzehntelang von einem kollektiven Schweigen beherrscht wurden, gegen das sie sich nicht aufzulehnen wussten. Erst als am Jahrestag, dem 25. August 2008, der damalige französische Staatspräsident Nicolas Sarkozy an der jährlichen Gedenkfeier teilnahm und der Ermordeten gedachte, brach das jahrzehntelange Schweigen allmählich auf. Die überlebenden Opfer des Massakers und ihre Nachfahren kamen miteinander ins Gespräch und zu einem hoffentlich tröstlichen Austausch. Deutlich wurde aber auch, dass für viele Menschen die grauenvolle Erinnerung niemals zu verblassen schien. Nach dem Abspann des Films saßen wir aufgewühlt und unfähig aufzustehen vor der schwarzen Leinwand. Die junge Frau kam herein, nahm unsere Verfassung wahr, die sie ähnlich vielleicht schon von anderen Besuchern kannte. Wir sollten ruhig noch sitzenbleiben, bot sie uns an, so lange wie wir brauchten, das Gesehene aufzunehmen. Anschließend sei Zeit, auch die Ausstellung in Ruhe anzuschauen.
Dort, ich konnte es kaum fassen, wurden neben vielen anderen Exponaten drei Originale der von den deutschen Tätern an ihre Opfer gehefteten Zettel mit der Aufschrift gezeigt: *C›est la punition pour les terroristes et leurs assistants*. Das Wort »Strafe« ist falsch geschrieben, *punission* statt punition. Im Roman ist der Zettel, den Chantal aus dem Besitz ihrer Oma hat und der letztlich Gégés Schuld beweist, auf Deutsch abgefasst: *Das ist die Strafe der Terroristen und ihrer Helfershelfer*.

Im Hof des Hauses der Erinnerung begegneten wir einer immer gleichen Darstellung in variierenden künstlerischen Ausführungen. Alle Variationen gingen auf ein und dieselbe Fotografie zurück, die wir in der Ausstellung gesehen hatten. Sie schien als eine Art Logo die

Identität des Hauses visuell zu repräsentieren. Ein Junge und zwei Mädchen waren zu sehen. Sie standen vor der an der Außenwand der Schule angebrachten Erinnerungstafel und schienen den Text darauf zu lesen. Obwohl die Kinder mit dem Rücken zum Betrachter der Fotografie standen, glaubte ich beim Anschauen dennoch ihre bestürzten und gehörig verstörten Gesichter zu sehen. Auf einem Plakat, das auch wieder die drei Kinder im Mittelpunkt zeigte, wurden 83 Kriege dokumentiert, die nach dem Zweiten Weltkrieg bis nach der Jahrtausendwende im Jahr 2007 Zerstörung und Tod in die Welt brachten. Eine nicht abreißende Kette von Zwietracht, Machtgebrauch, Brutalität und Vernichtungswut. Als Plakatüberschrift war *Prendre conscience du sort de tous est notre devoir* zu lesen. Es ist unsere Pflicht, uns des Schicksals aller bewusst zu sein.

Lange stand ich mit meiner Frau vor einer der Außenfassaden des Hauses der Erinnerung. Eine fensterlose Wand nah bei der Rue de la Paix. Darauf von einem Künstler in rostüberzogene Metallplatten geschnittene Abbildungen. Ein Polyptychon aus vier Teilen. Es zeigte in verblüffend fotografischer Genauigkeit kleine, überschaubare Menschengruppen. Vom Stil ihrer Kleidung, ihrem ganzen Habitus schienen hier moderne Leute unterschiedlichen Alters gezeigt zu werden. Ihre Haltung aufrecht und fest, ihr Blick in eine Richtung gewendet, vielleicht auf einen Vorgang, den sie gemeinsam beobachteten. Auf einer der vier Tafeln, ganz links, waren spielende Kinder zu sehen. Viel später, von der Reise längst zurückgekehrt, betrachteten wir noch einmal intensiv die Abbildungen des Künstlers auf unseren Fotografien. Wir kamen zu der Überlegung, dass hier die Menschen gezeigt werden, zivile Personen, die jetzt und künftig in Maillé über den Frieden wachen.

Ernst Heimes im Frühjahr 2025

Die ersten Särge im Sammelgrab, 1944
(Foto Cl. Houlnick aus der Broschüre »Maillé Martyrium eines Dorfes«, Maison de Souvenir, Maillé)

Geschlossenes Sammelgrab
(Foto: Nouvelle République aus der Broschüre »Maillé Martyrium eines Dorfes«, Maison de Souvenir, Maillé)

Sammelgrab mit individuellen Grabsteinen auf dem Friedhof im Jahr 2023

Grabstein der Familie Robert Guiton 30 Jahre,
Marie 26 Jahre,
Yvette 6 Jahre,
Ardette 4 Jahre,
Jackie 2 Jahre
(2023)

Fotografie auf dem Grabstein Robert Guiton

Grabstein der Familie Cholette
Guiton 26 Jahre,
Eliane 6 Jahre,
Gerard 4 Jahre,
Yvonne Blanchard 17 Jahre
(2023)

Fotografie auf dem Grabstein zeigt Cholette, Eliane und Gerard Guiton

Abbildung Yvonne Blanchard

Erinnerungstafel zum 1. Jahrestag
am 25. August 1945
an der Hauswand der Schule (2023)

Kinder von Maillé
(Foto: Maison de Souvenir, Maillé)

Ortsstraßen von Maillé (2023)

Zerstörte Häuser in Maillé nach dem Sommer 1944
(Fotos: Abel Chauvin aus der Broschüre »Maillé Martyrium eines Dorfes«, Maison de Souvenir, Maillé)

Maison de Souvenir, Haus der Erinnerung (2023)

Kunst im Hof des Maison de Souvenir: Kinder von Maillé (2023)

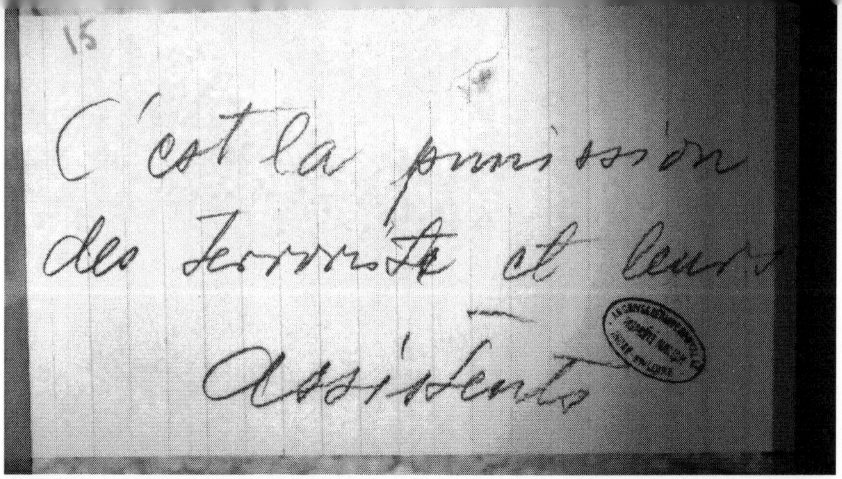

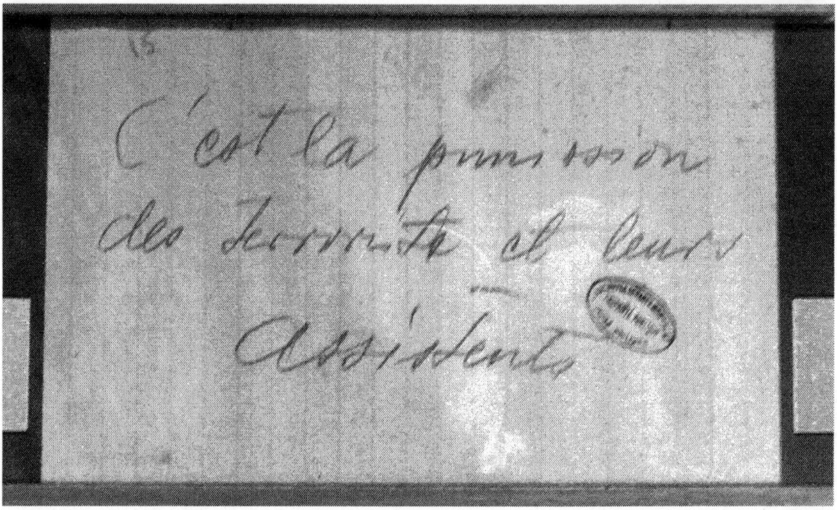

Drei handschriftlich verfasste Zettel dokumentieren das Grauen
(Maison de Souvenir, Maillé)

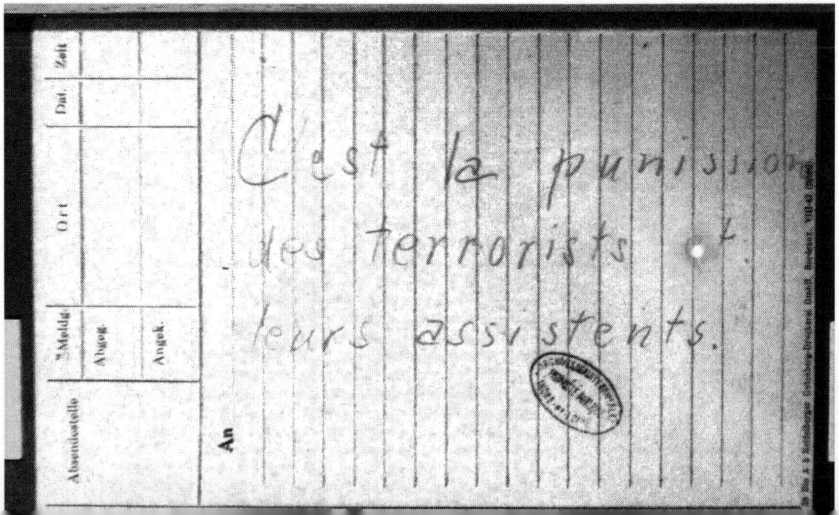

Zwei Plakate: »Es ist unsere Pflicht, uns des Schicksals aller bewusst zu sein.«
(Maison de Souvenir, Maillé)

Polyptychon auf der Fassade des Maison de Souvenir (2023)

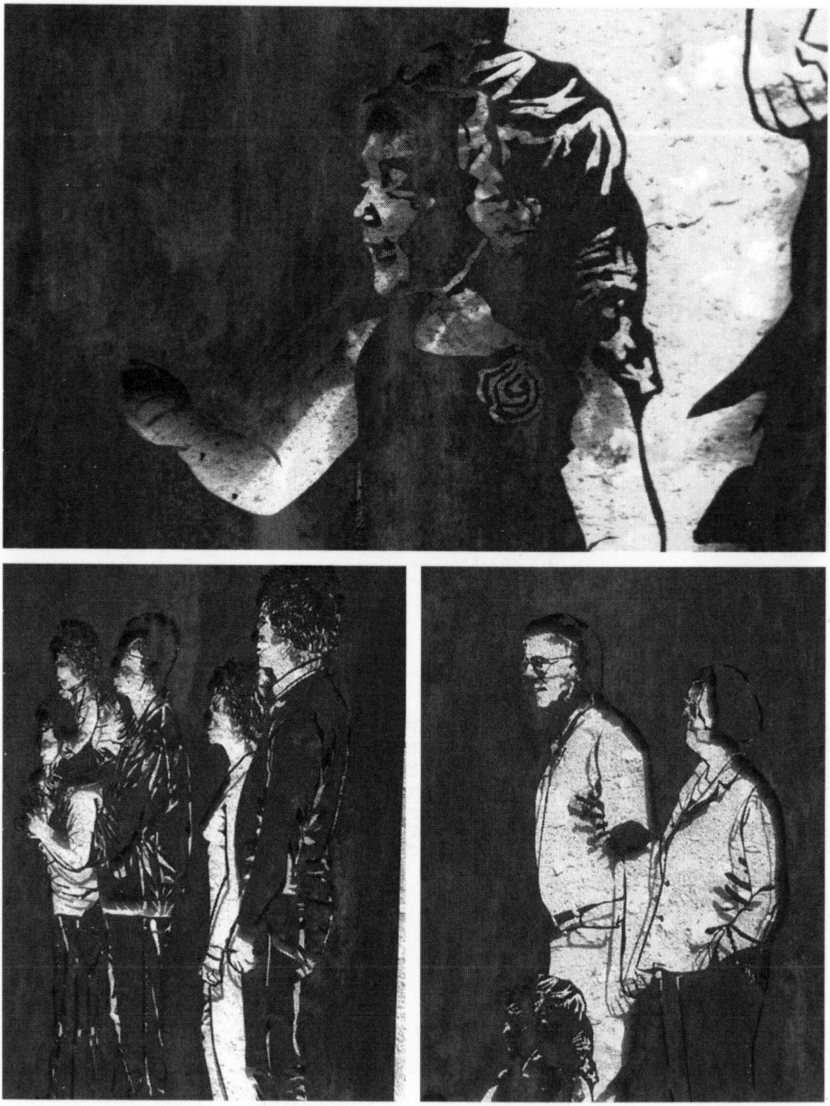

Polyptychon auf der Fassade des Maison de Souvenir (2023)

Ernst Heimes:
Ermittlungen über das KZ-Außenlager Cochem

»Ich habe immer nur den Zaun gesehen«
Klappen-Broschur
270 S.
ISBN 978-3-89801-412-0
19,80 €

»Bevor das Vergessen beginnt«
Klappen-Broschur
284 S.
ISBN 978-3-89801-461-8
19,80 €

Ernst Heimes:
Inmitten von allem der Fluss

Anfang des 20. Jahrhunderts beginnend, reicht dieser Generationenroman bis in unsere Zeit. Auf der Vorlage seiner eigenen Familiengeschichte erzählt Ernst Heimes mit Tiefe und Witz von Menschen während der vielen gesellschaftlichen, sozialen und politischen Umwälzungen in mehr als hundert Jahren. Er erzählt vom Aufwachsen in Zeiten des Krieges, von einer Kindheit in den 1950er und 1960er Jahren, von der Suche nach Herkunft und Heimat und der Sehnsucht nach Freiheit und Unabhängigkeit.

»Inmitten von allem
der Fluss«
Klappen-Broschur
320 S.
ISBN 978-3-89801-475-5
18,90 €